【星槍の魔女】

カーラ・マクスウェル

かつて七賢人を務めた上級魔術師。現在は退任済み。七つの魔術を同時維持できる大天才であり、ルイスの姉弟子にあたる。殆ど未解明な光属性の魔術を独自に開発し、その魔術は彼女の二つ名の由来にもなった。

サイレント・ウィッチ VII

沈黙の魔女の隠しごと

Secrets of the Silent Witch

ルイス
&
ブラッドフォード
「……させません」
モニカ
&
バルトロメウス

ラウル&レイ
「みんなで食べようぜ！」
「魔術使おうが、斧使おうが、勝てばいいんですよ、勝てば」
戦闘の激化する
ケリーリンデンの森にて——

彼女は綿を含んだ頬をモゴモゴと動かして言う。

「これで、どうさー？」

モニカは絶句した。

彼女は、自称悪役令嬢なイザベル・ノートンとは
別の意味で、徹底した演技派なのだ。

サイレント・ウィッチ VIII

沈黙の魔女の隠しごと

Secrets of the Silent Witch

依空まつり

Illust

藤実なんな

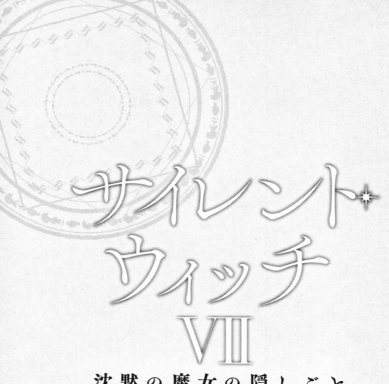

口絵・本文イラスト
藤実なんな

装丁
百足屋ユウコ＋モンマ蚕（ムシカゴグラフィクス）

Contents

Secrets of the Silent Witch

005 【プロローグ】〈沈黙の魔女〉の時間稼ぎ
012 【一章】誇りはなくとも、意地はある
028 【二章】邪悪な魔女の末《まつ》裔《えい》
054 【三章】天才達の美学、唯一無二の価値
073 【四章】冬精霊の子《こ》守《もり》唄《うた》
089 【五章】パウロシュメルの処刑鏡
107 【六章】笛の本懐
136 【七章】秋の名残を捧《ささ》ぐ
160 【八章】動きだした者
181 【九章】優しい王子様と青い薔薇《ばら》の思い出
204 【十章】帰ってきた日常、広まる噂《うわさ》
218 【十一章】煌《きら》びやかな笑顔の応酬
238 【十二章】恋愛初心者迷走中
258 【十三章】従者の名前
287 【エピローグ】沈黙の魔女より粘土男《クレイマン》へ
299 【シークレット・エピソード】星詠む魔女の願い
303 ここまでの登場人物
312 あとがき

プロローグ　〈沈黙の魔女〉の時間稼ぎ

ケリーリンデンの森の上空を、強い風が渦巻いていた。

魔力を帯びたその風は、北から流れ込む風を巻き込み、ゴゥゴゥと音を立てて木の枝をしならせる。

そんな中、一本だけ風の影響を受けていない木があった。

モニカの眼前にそびえ立つその木の天辺《てっぺん》には、金髪を結った美しいメイドが両足を揃《そろ》えて佇《たたず》み、無機質な目でモニカとバルトロメウスを見下ろしている。

風の上位精霊、リィンズベルフィード。〈結界の魔術師〉ルイス・ミラーの契約精霊であるリンは、いつもならモニカにとって心強い味方だ。

だが、今のリンは言葉の一つもなく、モニカに風の刃《やいば》を振り下ろす。淡々と、ただの作業のように。

「リンさん！」

防御結界を展開したモニカは、リンを見上げて声をあげた。

いかにも、有能メイド長のリィンズベルフィードにございます——などという、本気か冗談か分からない言葉は返ってこない。

言葉の代わりに、風の刃がモニカの防御結界に振り下ろされる。巨大な斧《おの》を受け止めたような衝撃に、防御結界が瓦解《がかい》した。

モニカは咄嗟《とっさ》に次の結界を張って、攻撃を凌《しの》ぐ。

（流石《さすが》、上位精霊の攻撃……魔力密度が人間とは違う！）

精霊は人間よりも遥《はる》かに魔力量が多く、そしてその力の扱いに長《た》けている。

それ故、人間のように術式を編み、魔術という形で力を行使する必要がない。つまりは詠唱を必要としないのだ。

詠唱のいらない精霊と、無詠唱魔術の使い手である〈沈黙の魔女〉の戦闘は、互いに詠唱の間がない攻防となった。

休むことなく振り下ろされる風の刃、詠唱で途切れることなく次々と繰り出される防御結界。

一見、互角の戦いに見えるが、このままだと先に魔力切れになるのは人間のモニカだ。

「リンちゃん、待ってくれ！　俺達は、やばい魔術師から君を助けに……！」

「駄目です、バルトロメウスさん」

バルトロメウスの声を、モニカは静かに遮った。

バルトロメウスは、〈宝玉の魔術師〉が精霊を動力源にする魔導具の発明をしていることは知っている。だが、精霊を操る古代魔導具の存在を知らないのだ。

バルトロメウスに説明するなら、古代魔導具の存在は伏せた方がいい。

モニカは慎重に言葉を選んだ。

「おそらく、リンさんは……操られています」

「は、はぁ⁉」

バルトロメウスは驚愕《きょうがく》の表情で、モニカとリンを交互に見ている。

精霊を意のままに操る魔術は、現代魔術に存在しない。バルトロメウスがすぐに理解できないのも、無理はないだろう。

また、結界が砕けた。モニカは新しい結界を展開しつつ、思案する。

リンを操っているのは、〈宝玉の魔術師〉エマニュエル・ダーウィンが所持する古代魔導具〈偽《ぎ》王《おう》の笛ガラニス〉だ。だが、誰かがこの古代魔導具を破壊してくれるまで時間を稼ぐというのは、あまりに悠長すぎる。

(リンさんを消滅寸前まで攻撃するか、或《ある》いは封印結界を施すか……)

リンの契約主であるルイスは、リンと対峙《たいじ》したら徹底的にぶちのめして構わない、うっかり消滅しても不可抗力、などと言っていたが、モニカは学園潜入任務でリンに色々と世話になったのだ。できれば、封印結界で無力化したい。

ただ、上位精霊は魔力の扱いに長けているため、人間の魔術では干渉しづらい。本気で抵抗されたら、モニカの腕前でも完璧《かんぺき》な封印は難しいだろう。

(それでも、操られている今のリンさんは、攻撃が単調になっている……複雑な封印にすれば、しばらくは無力化できる、はず)

頭の中で必要な魔術式を思い浮かべるモニカに、バルトロメウスが声をかけた。

「おいチビ。お前さんの魔術で、リンちゃんを助けられるか?」

「リンさんの隙を作ることができれば……封印結界で、無力化できます」

封印結界は遠隔で行うのが困難だ。どうしても、ある程度近づく必要がある。

モニカが同時維持できる魔術は二つまで。そして、リンの風の刃から身を守るために、常に防御結界に一手を割かなくてはならない。

残りの一手で、どうリンを追い詰めるか、モニカが思案していると、バルトロメウスが小声で提案した。

「……上手《うま》くいくかは分からんが、策がある。時間を稼げるか？」

モニカは瞬《まばた》きをし、バルトロメウスを見上げた。

バルトロメウスは一般人だ。だからモニカは、バルトロメウスを戦力として考えていなかった。

「あ……う、えっと……」

一般人を巻き込んで良いのだろうか、頼って良いのだろうか、悩むモニカの背中をバルトロメウスがポンと叩《たた》く。

「リンちゃんの前で、カッコつけるチャンスなんだ。協力しろよ、チビ」

「は、はいっ。お、お願い、しますっ！」

「はっはー！　いい返事だ！」

モニカが防御結界を解除すると同時に、バルトロメウスは来た道を逆に走っていった。

木の上に立つリンが、その細い指先をバルトロメウスに向ける。どうやら、逃亡者も仕留めるよう指示を受けているらしい。

「……させません」

リンが放った風の刃が、バルトロメウスに届くよりも速く、無詠唱の魔女は防御結界を展開する。

膨大な魔力を秘めた風の刃は、モニカの防御結界を容易《たやす》く破壊した。だが、すぐにまた次の防御結界がリンの攻撃を防ぐ。

殺意に満ちた風は不可視の凶器も同然だ。見えない刃が、こちらを切り刻むべく振り下ろされる。

それでも、リンと向き合うモニカに恐怖はない。

「わたしの結界は、ルイスさんに劣る、けど……」

必要な魔力、結界の規模、持続時間、それらが最小限のものになるよう計算し、淡々と防御結界を展開する。

そういう計算は得意だ。モニカは瞬間的に高威力の魔術を使うより、消費魔力の配分を考えて戦う方が性に合っている。

「時間稼ぎ、割と得意、です」

膨大な魔力を操る上位精霊を相手に一歩も引かず、〈沈黙の魔女〉は計算に没頭した。

The Silent Witch could,

if she wanted to,

沈黙の魔女はその気になれば、

behead her enemies without uttering a word.

一言も発さずに敵の首を刎ねることができるのだ。

サイレント・ウィッチ VIII

沈黙の魔女の隠しごと

Secrets of the Silent Witch

一章　誇りはなくとも、意地はある

バルトロメウス・バールは、シュヴァルガルト帝国の下町生まれだ。彼は早くに父を亡くし、母と幼い妹を養うために、ダーミッシュ魔導具工房に一一歳で弟子入りした。

ダーミッシュ魔導具工房は、主に小型魔導具を扱う工房だ。

小型魔導具と一口に言ってもその種類は様々で、剣や鎧《よろい》などの武具もあれば、装飾品や日用品の形をした物、或いは魔力付与した糸で刺繍《ししゅう》をした衣類と、多岐に渡る。

ダーミッシュ魔導具工房は、この手の小型魔導具を幅広く扱っていて、そこそこ器用だったバルトロメウスは、とにかく多種多様な仕事を叩き込まれた。

母と妹を養いたかった彼は、自分に回された仕事は、どんなことでもこなした。

ひたすら糸を撚《よ》って魔力付与するだけの仕事をしたかと思えば、飾り彫りをしたり、図面を引いたり、ミシンで服を縫ったり、剣の研ぎをしたり。

バルトロメウスはデザインセンスは欠けていたが、それ以外のことは大抵小器用にこなせたので、工房長からは、それなりに重宝されていた。

彼の技術は、何か一つに特化したものではない。

広く浅く、大抵のことはできるけれど、専門家には劣る。それがバルトロメウスだ。

彼はどの分野でも二流にはなれるが、一流にはなれない。それでも構わなかった。

ある日、九歳下の妹が、無邪気に訊《たず》ねた。

「お兄ちゃん、今日も違う仕事なの？」

家に持ち帰って彫り物の仕上げをしていたバルトロメウスは、金屑《かなくず》にふぅっと息をふきかけ、ニヒルに笑った。

「はっはー！　俺ぁ何でもできるからな。仕事を選ばねぇんだ。カッコいいだろ？」

嘘《うそ》だ。

バルトロメウスは何でもできるけれど、一流にはなれない。だから、仕事を選べない。

そんな彼が、どんな仕事でも嫌がらずに引き受けるのは、病気の母と幼い妹を養うためだ。

だが、そのことで妹に負い目を感じさせたくなくて、バルトロメウスは殊更明るい口調で言った。

「つまり、仕事を選ばないのは、俺の職人としての誇りってぇわけだ。どんな難しい仕事でも、こなしてこその一流だからな」

「わっはー！　お兄ちゃんカッコいい！」

「だろ？　わっはっはー！」

「あたしにも、それ教えて。やりたい、やりたいー！」

「おぅ、怪我《けが》には気をつけろよ！」

妹は快活な性格だが、友人と遊ぶよりも、兄のお古の彫刻刀で木彫りを作っている方が好きな少女だった。

物覚えが早く、手先の器用さは兄以上だ。もしかしたら妹は天才なんじゃないかと、バルトロメウスは兄馬鹿ながら、そう思っていた。

数年後、妹も同じダーミッシュ魔導具工房に弟子入りした。妹の年齢は、奇《く》しくもバルトロメウスが弟子入りしたのと同じ、一一歳だった。

ここに限らず、大抵の魔導具工房では、服飾の分野を除き、女性職人は少ない。特に鍛冶《かじ》場は女人禁制としている所もあるほどだ。

だが、工房長のダーミッシュは、妹が男装すること、客の前に出ないことを条件に、弟子入りを認めた。

それだけ人手不足だったというのもあるが、大きな理由は、妹に魔導具職人としての才能があったからだ。

妹の才能が見出《みいだ》されて、バルトロメウスは悔しさ半分、嬉《うれ》しさ半分の複雑な心境だった。

それでも自分は兄なのだ。妹が見出されたことを喜び、応援してやるつもりだった。

それから更に数年後、妹が逮捕された。贋作《がんさく》を作り、販売した罪だった。

純朴な妹が、贋作作りを引き受け、販売に手を染めるなんてできるはずがない。誰かに利用されたに決まっている。

バルトロメウスは、工房長を問い詰めた。

お前が妹を利用したのだろう。妹を騙《だま》して、贋作作りをさせたのだろう、と。

すると、工房長は小馬鹿にするように笑いながら言う。

「お前の妹は、『仕事を選ばないから、とにかく何か作りたい』と言ったんだ。だから、お望み通り仕事をさせてやっただけだろう」

その言葉に激怒したバルトロメウスは、工房長をぶん殴って、そのまま工房を飛び出した。

(俺か？　俺が、仕事を選ばないことが、職人の誇りだなんて言ったから？)

だから、妹は言われるがままに贋作を作ってしまったのだろうか。

だとしたら、妹が道を間違えたのは、自分のせいではないか。


妹が逮捕されたショックで母は倒れ、そのまま帰らぬ人になった。

妹も人知れず処刑されたと小耳に挟んだバルトロメウスは、失意のままに故郷を出た。

そうして、フラフラと流れ着いたリディル王国で、彼はまた、仕事を選べない職人を続けている。

〈宝玉の魔術師〉のもとで魔導具を作り、そこを飛び出してからは、何でも屋を営み。生きていくためには仕事を選んでいられない。それの何が悪いと、自分に言い訳をして。

そうして食うに困っていた頃、アボット商会の紋章を作ってくれ、と依頼を受けた。依頼人はタチの悪い男で、悪用するのは目に見えていた。

それでも、金のないバルトロメウスはその仕事を受けるしかなかった。

金か、職人のプライドか。その二つを天秤《てんびん》にかけて、バルトロメウスは金を選んだのだ。

依頼されたアボット商会の紋章は、雄牛と車輪の紋章だった。

それを再現する時、バルトロメウスはわざと車輪の軸の数を変えた。

——贋作と複製品は似て非なる別物だ。贋作は本物との違いが分からないほど似せている。複製品は偽物と分かるようにできている。この紋章は、車輪の軸の数を変えた。だから贋作じゃない。複製品だ。

そうやって、自分に言い訳するために車輪の数を変えたら、うっかり雄牛の尻尾《しっぽ》を描き忘れた。

やっぱり、バルトロメウスはどこまでいっても一流にはなれない半端者なのだ。

職人の誇りなんてものは、もうとっくに忘れてしまった。

もしかしたら、最初から誇りなんてもの、持っていなかったのかもしれない。

そうして今も、信念も持たず、ただ流されるように、何者にもなれないバルトロメウス・バールは、ダラダラと生き続けている。

＊＊＊

森の入り口あたりまで引き返したバルトロメウスの足元に転がるのは、モニカが破壊した魔導甲《かっ》冑《ちゅう》兵の残骸《ざんがい》だ。残骸は全部で三つ。その中から、比較的損傷の少ない物を拾い上げる。

（どうりで見覚えあるはずだ）

〈宝玉の魔術師〉の工房にいた頃、鎧のパーツらしき物を幾つか作らされた。これは、その一部だ。

魔力付与する塗料を流しこむ、溝の微調整に苦労したのを覚えている。

バルトロメウスは、自分が作っている物が何に使われているかなんて、考えもしなかった。

魔導甲冑兵は兵器だ。精霊を殺し、閉じ込める棺《ひつぎ》だ。

(俺ぁ、そんな物を作らされてたのかよ)

くそっ、くそっ、と毒づきながら、鎧の内側に詰め込まれた金属糸の束を引きずり出し、そこに刻まれた魔術式を確認する。

非常に複雑な術式だ。バルトロメウスには、その半分も理解できない。

(あぁ、ちくしょうめ！)

ここで、この魔導甲冑兵に手を加えて、自由自在に動かすことができたら。そうして〈沈黙の魔女〉を助けることができたら、どんなに格好良かっただろう。

だが、バルトロメウスの知識と技術では、それは叶《かな》わない。

七賢人が一人、〈宝玉の魔術師〉エマニュエル・ダーウィンは魔導具作りの天才だ。

その天才が己の技術を惜しみなく注《つ》ぎ込《こ》んだ魔導甲冑兵は、バルトロメウスの手に負える代物ではなかった。

(分かってる、あぁ、分かってるさ。俺ぁ、二流職人だ)

与えられた仕事をただこなすだけで、自分の仕事に誇りなんて持っちゃいない。そうやって、なんとなく生きてきた。

(……それでも)

誇りはなくとも、意地はある。

物作りで食ってきた、職人としての意地が。

＊＊＊

風霊リィンズベルフィードの風による攻撃は、形状の異なる武器を振り下ろすのに似ていた。喩《たと》えるなら、殴りつける槌《つち》、切断するための斧《おの》、貫くための槍《やり》。おおまかにこの三種類だ。

モニカは防御結界の強度と角度を微調整しながら、リンの攻撃を慎重に受け流した。

リンは大木の天辺《てっぺん》に爪先を揃《そろ》えて佇《たたず》み、こちらを見下ろしている。まずは、木の上から引きずり下ろさなくては。

（……ここ）

一際強力な風の斬撃を、モニカは防御結界で受け流す。

受け流した先にあるのは、やや細く背の高い木だ。モニカは常に、この木の根元に攻撃がいくようリンの攻撃を受け流していた。

風の刃《やいば》を受けた木は根元から折れ、メキメキと音を立てて傾く。その先にあるのは、リンが立つ木だ。

折れた木が自身の方に倒れてきたことに気づいたリンが、メイド服のスカートをフワリと膨らませて、木から飛び降りる。

その靴の先端が地面に触れた瞬間、何かが木々の合間から投げ込まれた。

魔導甲冑兵の籠手《こて》をベースに、他の部位のパーツを不格好にツギハギした金属塊だ。

不格好なその塊は、リンの足元にポトリと落ちた瞬間、小爆発を起こした。おそらく、あれは魔導甲冑兵の部品を使った、即席の魔導具なのだ。

威力こそ大したことないが、大きな音を立てたその物体を、リンは攻撃対象と判断したらしい。リンの操る風の刃が、即席魔導具をバラバラに切断する。その僅《わず》かな隙に、木の陰から何かが飛び出してきた。

大きな全身鎧——魔導甲冑兵だ。

一瞬、敵の増援かと思った。だが、魔導甲冑兵の腕が掴《つか》んだのは、モニカではなくリンの腕だ。本来空洞のはずの魔導甲冑兵の中から、声が響く。

「今だ、チビ！」

叫ぶバルトロメウスに、リンが風の刃を放つ。上位精霊が明確な殺意をもって放った一撃だ。関節部分に直撃すれば、ひとたまりもない。

だが、風の刃が触れた瞬間、鎧の表面が淡く輝いた。あれは、防御結界の輝きだ。

「一回こっきりの、ちんけな防御結界だがな……時間稼ぎにゃ充分だろ！」

バルトロメウスが叫ぶのとほぼ同時に、モニカは封印結界を発動した。

モニカの指先から金色に輝く鎖が伸び、リンの全身に絡みつく。

封印結界は一時封印と、定着封印の二種類がある。

前者は魔力の消費が少なく、発動も速いが、一定時間しか維持できない。主に戦闘中、一時的な足止めに使う代物だ。

一方、後者の定着封印は、魔導書の封印作業などにも使われる術で、一度定着してしまえば、長期間、封印が維持されるものだ。魔導具に施す付与魔術に似ている。

モニカがリンに施したのは、後者の定着封印だ。

リンの全身に絡みつく金色の鎖は、そのままリンの全身にピタリと吸いつき、光り輝く文字となって浮かび上がった。封印の定着が完了したのだ。

それと同時に、リンの体は糸が切れた人形のようにカクリと崩れ落ちた。その華奢《きゃしゃ》な体を、鎧《よろい》を着込んだバルトロメウスが抱き止める。

「終わったか、チビ？」

兜《かぶと》のバイザーを持ち上げながら問うバルトロメウスに、モニカはどう言葉を返すか悩んだ。

リンは力の強い上位精霊だ。本気で長期間の封印をしようと思ったら、魔導具等、相応の準備がいる。この封印は、そう長く続くものではない。

なにより、リンの無力化には成功したが、精霊を操る古代魔導具〈偽王《ぎおう》の笛ガラニス〉の影響を完全に断ち切ったわけではないのだ。

古代魔導具という単語を出さずに、バルトロメウスに状況を説明するべく、モニカは慎重に口を開いた。

「敵の干渉はまだ続いている……ので、封印が解けたら、また襲ってくると、思います」

リンの右手には、見覚えのない赤い紋様が浮かび上がっていた。おそらくこれが、古代魔導具〈偽王の笛ガラニス〉に操られている証《あかし》なのだ。

念のためにと感知の魔術を起動してみたが、案の定、リンの右手に浮かぶ紋様は半分ほどしか解析できなかった。

古代魔導具で使われている技術は、現代の魔術とは似て非なるものだ。解析して即座に対応するのは、七賢人であるモニカでも難しい。

（リンさんを解放するためにも、〈偽王の笛ガラニス〉を破壊しないと……）

感知の魔術を起動したまま、モニカは森の奥を見た。

森の奥に行くほど、魔力濃度が濃くなっている。この魔力濃度は一般人には毒だ。

「この先は、魔力濃度が濃いので……バルトロメウスさんは、ここで、待っていてもらえますか？」

一般人のバルトロメウスは、この魔力濃度に耐えられないし、非力なモニカではリンを抱えて移動することは難しい。

「リンさんに施した封印は、長くても半日しか保《も》たないので、それまでに、リンさんを解放できなかったら……バルトロメウスさんは、すぐに逃げてください」

バルトロメウスは着込んでいた甲冑を脱ぎ捨て、リンを抱え直すと、森の奥とモニカを交互に見た。

「……大丈夫なのか？」

「はい」

頷《うなず》き、モニカはヴェールの下でぎこちなく笑う。

「わたしは……七賢人、なので」

モニカは拳《こぶし》を握り締め、森の奥へと歩きだした。その背中に、バルトロメウスが声をかける。

「おい、チビ！　無理はすんなよー！　適当なとこで逃げとけよー！」

なんともバルトロメウスらしい声援だ。それが、モニカには妙に嬉しい。

（でも、なるべく早く、ルイスさん達と合流しないと……皆、精霊を動力源にした魔導具の存在を知らないはず……）

〈偽王の笛ガラニス〉破壊作戦のために森に入っている七賢人は、モニカ以外だと、〈結界の魔術師〉〈砲弾の魔術師〉〈深淵《しんえん》の呪術師〉〈茨《いばら》の魔女〉の四人。

彼らと合流して、精霊を動力源とした魔導具と、魔導甲冑兵のことを伝えなくては。

何も知らない状態で魔導甲冑兵と遭遇したら、きっと七賢人といえども苦戦するはずだ。

＊　＊　＊

モニカが仲間の七賢人達の身を案じていた、まさにその時、〈結界の魔術師〉ルイス・ミラーと、〈砲弾の魔術師〉ブラッドフォード・ファイアストンは森の中で魔導甲冑兵と対峙《たいじ》していた。その数、四体。

「おやおや」

革の防寒着を羽織ったルイスは足を止め、杖《つえ》の代わりに手にした斧の柄で己の肩を叩《たた》く。

ルイスは、目の前に立《た》ち塞《ふさ》がる甲冑が魔導具と知らない。故にこう名乗った。

「どうも、通りすがりの木こりです」

「その名乗り、意味あるのか？」

ルイス同様、目立たぬ旅装姿のブラッドフォードが、呆《あき》れ顔《がお》で呟《つぶや》く。

今回の作戦では、七賢人が公に動いたことが悟られぬよう、各々目立たぬ服を着ている。だが、どうしたって七賢人は有名人だ。引きこもりの〈沈黙の魔女〉以外は、顔が割れている。

ブラッドフォードの指摘に、ルイスは軽く肩を竦《すく》めた。

「一応目立たない格好をしてきたので、それに準じてみました」

「だったら、通りすがりのオッサンでいいだろ」

ルイスはその美しい顔を歪《ゆが》め、下唇を突き出す。

「四〇過ぎの貴方《あなた》と一緒にしないでください。私、まだ二〇代なんですよ？」

「別にオッサンでいいじゃねぇか。とっとと認めて、楽になっちまえよ」

「いーやーでーすー。もうすぐ生まれる娘に、素敵なパパと思われたいではありませんか……っと」

全てを言い終えるより早く、鎧の腕がルイスに伸びる。

ルイスは一歩下がって敵の攻撃をかわし、担いだ斧を振り上げた。

ルイスが手にしているのは戦斧の類ではなく、薪割《まきわ》りなどに使う、片刃の分厚い斧だ。モニカをケリーリンデンの森近くに運んだ後、放棄された炭焼き小屋から拝借してきた物である。

ルイスは両手で握った斧を横薙《よこな》ぎに振るい、刃の無い部分を敵の兜に叩きつける。一応、中に人間がいることを考慮しての攻撃だった。

だが、ルイスの想定とは裏腹に、斧を叩きつけられた兜はガァンと大きな音を立てて外れ、鎧内部の金属糸に繋《つな》がった状態で、プラプラと揺れる。

鎧の中に人の姿はなく、太い金属糸が詰め込まれていることに気づいたルイスは「おや」と呟き、細い眉《まゆ》を跳ね上げた。

「魔導具だったのですか。動く鎧とは、また随分と手の込んだ物を……」

ルイスは片眼鏡の奥で目を細めて、鎧を観察する。

鎧の中に詰め込まれた太い金属糸は、一本一本に魔術式が刻まれている。あの金属糸の束が鎧の部品を繋ぎ、人間の動きを再現しているのだ。

やはり〈宝玉の魔術師〉エマニュエル・ダーウィンの、魔導具職人としての才能は本物だ。

（しかし、この質量の物を動かす魔導具ともなると、相当な魔力量が必要になるはず……一体、どうやって？）

ルイスも少しは魔導具作りをかじっているから分かる。魔導具に付与できる魔力量は、決して多くないのだ。

現代魔導具の技術で、この動く鎧を作るのに、一体どれだけの金と魔力がいるのやら。

（……これは、何か裏があるな）

なんにせよ、鎧の中に人間がいないのなら、遠慮をする必要はないだろう。

耳を澄ませば、鎧の足音が人の入ったそれより遥《はる》かに軽いことが分かる。人間の息遣いも聞こえない。

他の鎧の中にも人がいないと確信したルイスは、斧の柄をクルリと回して、刃の向きを変えた。

そこにブラッドフォードが、ウズウズとした様子で声をかける。

「中身が空なら、俺がドカンと吹き飛ばしてやろうか？」

「それでは、私が合流した意味がないでしょう」

〈砲弾の魔術師〉の肩書きを持つブラッドフォードは、七賢人の中で最も火力の高い六重強化魔術の使い手で、攻撃の要だ。

〈宝玉の魔術師〉が所持する古代魔導具〈偽王の笛ガラニス〉は、精霊を操ることができる。つまり、この先、上位精霊と対峙する可能性が非常に高い。

それまでブラッドフォードが魔力を温存できるようにするのが、ルイスの役目だ。

「ここは、私一人で片付けます」

「だが、結界の。お前さん、魔力が殆《ほとん》ど残ってねぇだろ」

ブラッドフォードの言う通り、弟子の失踪《しっそう》が発覚した昨日の午後から、飛行魔術で各地を飛び回って連絡係をしていたルイスは、既に魔力が尽きかけていた。

魔術師にとって、魔力切れは致命的だ。ともなれば、戦線離脱するのが当然。だが、ルイスは片眼鏡を指先で押し上げながら余裕の笑みを浮かべる。

「この森は魔力濃度が濃い。温存すれば、それなりに回復するでしょう」

「温存して勝てんのか？」

「私は若者なので。どうぞオッサンは、そこで休んでいてください」

そう言って、ルイスは斧を片手に地を駆けた。

鎧の腕がこちらに届くギリギリの間合いで、ルイスは強く地面を踏み込み、斧を振り上げる。

「——シャァッ！」

鋭く息を吐き、まずは手前の一体の左肩と胴の間に斧を振り下ろす。

ルイスはブチブチと金属糸を引きちぎりながら半身を捻り、その勢いのまま、近づいてきた二体目の頭部をスパンと切断した。

鎧は頭や腕がもげても動き続けているが、中の金属糸を千切った影響か、明らかに動きが不自然になっている。

（頭部や腕の切断は無駄ではないが、効率が悪い）

そう判断したルイスは、斧《おの》をザクリと地面に突き立て、それを踏み台にして高く跳躍。飛行魔術を使わず高々と跳び上がり、近づいてきた甲冑《かっちゅう》の頭部に蹴《け》りを放った。

鎧の中身は金属糸だ。人より軽いし、地面を踏ん張れるほどの性能もない。渾身《こんしん》の飛び蹴りをくらった鎧は、ガシャンと音を立てて地面に倒れる。

ルイスはすかさず斧を回収し、倒れた鎧の足を切断した。これで、歩き回ることはできないはずだ。

襲い掛かってくる鎧を豪快に蹴り倒し、テキパキと斧で解体していくルイスに、ブラッドフォードがボソリと呟く。

「七賢人の戦い方じゃねぇんだよなぁ……」

「魔術使おうが、斧使おうが、勝てばいいんですよ、勝てば」

ルイスは鎧の前にしゃがみ、詰め込まれた金属糸の束を引きずり出した。

一本一本に細かな字で魔術式が記された金属糸は、全てオレンジ色の宝石に繋がっている。

宝石に繋がる金属糸は、今もなおウニョウニョと動き続けていた。

その動きは生き物じみていて、なんとも不気味だが、宝石部分に封印を施すとピタリと止まる。

（なんだ、この魔導具は……？）

できればじっくり調べたいところだが、今は時間が惜しい。ルイスはひとまず、宝石全てに封印を施し、立ち上がった。

「先を急ぎましょう。〈沈黙の魔女〉はともかく、〈深淵の呪術師〉と〈茨の魔女〉は、この手の敵と相性が悪い」

〈沈黙の魔女〉は無詠唱な上に使える術の幅が広いので、臨機応変に対応できるが、〈深淵の呪術師〉と〈茨の魔女〉は、その能力が得意分野に特化している。故に、使いどころが限られやすい。

このケリーリンデンの森に向かう際、〈深淵の呪術師〉と〈茨の魔女〉は共に王都からやってきたのでペアを組ませたが、多少時間をロスしてでも、編成を考えるべきだったかもしれない。

ルイスが歯噛《はが》みしていると、ブラッドフォードが悠々とした足取りで森の奥へ歩きだす。

「まぁ、なんとかするだろ。あの二人も七賢人なんだからよ」

「なんとかしようとした結果、森が薔薇《ばら》まみれになったり、呪いで枯れたりしたら、わざわざ正体を隠した意味がないでしょう」

「なぁに、そん時は通りすがりのオッサンが、ドカーンと全部吹っ飛ばしてやるよ」

ブラッドフォードは豪快に笑うが、森が吹っ飛んだら、それこそ正体を隠した意味がない。

あぁ、どうしてこうも七賢人は物騒な人間が多いのか、と斧を担いだ男は常識人の顔でため息をついた。

二章　邪悪な魔女の末裔《まつえい》

セレンディア学園生徒会副会長、シリル・アシュリーは困惑していた。

立ち尽くすシリルの前には、二人の若者。

真紅の巻き毛に美しい顔立ちの、野良着姿の青年。自称通りすがりの庭師、五代目〈茨の魔女〉ラウル・ローズバーグ。

そしてもう一人は、世にも珍しい紫の髪の、地味なローブ姿の青年。自称通りすがりの詩人、三代目〈深淵の呪術師〉レイ・オルブライト。

この国の魔術師の頂点に立ち、国王の相談役でもある、偉大な七賢人である。

そんな偉大な七賢人の一人――ラウルが、斜めがけにした鞄《かばん》から、カブやらリンゴやらを取り出して、はしゃいだような声をあげた。

「うちの畑で採れたカブとリンゴ！　みんなで食べようぜ！」

ラウルは一番近くにいたレイに、カブとリンゴを差し出す。

レイは今にも死にそうな顔で、カブから目を背けた。

「いらない……こんな状況で物を食べられる神経が、理解できない……」

「レイは少食だなぁ。君達は食べるかい？」

君達、と言ってラウルはシリルとグレンを見た。

シリルは視線を彷徨《さまよ》わせたが、グレンは「どもっす！」と言って、カブを受け取り、バリバリ齧《かじ》る。きっと、朝食にと精霊が集めた木の実だけでは足りなかったのだろう。

あっという間にカブを一個平らげたグレンは、リンゴも受け取り、かぶりついた。

その食べっぷりに、ラウルがニコニコする。

「いい食べっぷりだな！」

「めちゃくちゃ腹減ってたんで、助かったっす。それにしても……」

グレンは咀嚼《そしゃく》していたリンゴを飲み込み、ラウルの全身をまじまじと眺めた。

「〈茨の魔女〉さんって、本当に男の人なんすね。えーっと、〈茨の魔女〉は屋号みたいなもの、だっけ？」

「そうそう。オレは〈茨の魔術師〉って名乗りたいんだけど、おばあ様達が許してくれなくてさー。オレんち、初代様信奉が根強いから」

「なんか大変そうっすねー」

のんびりと相槌《あいづち》を打って、グレンはまたシャクシャクとリンゴを齧った。

何故《なぜ》この状況で物が食べられるのだろう、とシリルは理解に苦しむ。

一日前、シリルは後輩のグレン・ダドリーと共に、幼子の姿をした名も無き氷霊《ひょうれい》と、狼《おおかみ》の姿をした地霊セズディオに拉致《らち》された。精霊達が言うには、笛吹き男なる人物が、森の精霊達を操っているらしい。

そこで、精霊達を解放するべく、笛吹き男を説得すると約束をしたシリルは、グレンと共に森の奥を目指し、笛吹き男に操られた炎霊レルヴァと遭遇。

炎霊レルヴァの操る炎に焼かれそうになったところを、七賢人であるラウルとレイに助けられた。そして今、その偉大な七賢人の一人から、カブとリンゴを勧められている。わけが分からない。

「君もリンゴ食べようぜ！　あっ、焼いた方が好きかい？」

強張《こわば》った顔のシリルに、ラウルがリンゴを勧める。

シリルは動揺を押し殺し、丁寧な態度を崩さず言った。

「食事は結構です。それより〈茨《いばら》の魔女〉殿、七賢人である貴方《あなた》が、何故この森に……」

「今のオレは通りすがりの庭師だから、気さくにラウルって呼んでくれよ！」

快活に笑うラウルの横で、レイが顔をしかめる。

「俺は男に名前を呼ばれても嬉《うれ》しくない……女の子に呼ばれたい……」

「レイは恥ずかしがりやなんだな！」

こちらの質問に答えろ、という怒声をシリルはギリギリのところで飲み込んだ。

シリルが拳《こぶし》を震わせていると、グレンがシリルに耳打ちをする。

「副会長、あの人達なんすけど……」

きっとグレンも、この七賢人二人に思うところがあるのだろう。

言ってやれ、という気持ちを込めてシリルが頷《うなず》くと、グレンは大真面目な顔で言った。

「すげー、良い人達っすね！」

「…………」

「師匠なら、『自力で帰れ』って、オレ達のこと放置してたと思うんすよね」

なおグレンの師も七賢人。〈結界の魔術師〉ルイス・ミラーである。

いよいよシリルの中の偉大な七賢人像が、あやしくなってきた。

シリルの背後では、幼子の姿をした氷霊と、狼の姿をした地霊セズディオが、困惑と不審に満ちた目でこちらを見ている。

この森の精霊達は、人間に対してあまり良い感情を持っていない。特にセズディオはその傾向が顕著で、今もすぐに飛びかかれるよう姿勢を低くしていた。

セズディオは先ほどの炎霊レルヴァとの戦闘で、右の前足を負傷している。

魔力の塊である精霊は、傷口から血を流すことはないが、灰色の毛並みに覆われた前足からは、ボロボロと光の塊がこぼれ落ちていた。おそらく、魔力が漏出しているのだ。

「セズディオ殿、その足は……ハンカチで縛れば、応急処置ぐらいにはなるだろうか？」

気遣いながらシリルが声をかけると、セズディオはフンと鼻を鳴らした。

「構わん、そのうち止まる」

シリルと言葉を交わす異形の狼に、ラウルとレイが目を向ける。どことなく、警戒が滲《にじ》む視線だ。

「そっちの子どもと狼は、精霊かい？」

「精霊は、敵に回ってるって聞いたぞ……」

ボソボソと呟《つぶや》くレイの言葉を聞いて、シリルは確信した。

やはりこの二人は、この森で起こっていることを知っていて、その解決のためにやって来たのだ。

レイはピンク色の目を底光りさせて、氷霊とセズディオを睨《にら》む。

「そこの精霊も、敵なのか？」

レイの言葉に、セズディオが喉《のど》を鳴らして唸《うな》った。

ここは自分がきちんと説明をしなくては、とシリルは慌てて姿勢を正す。

「そこの精霊達は敵ではありません。私とグレン・ダドリーは、この氷霊と、地霊のセズディオ殿に助力を求められ、行動を共にしているのです」

だから、氷霊とセズディオを攻撃するのはやめてほしい。そう言外に訴えると、何故かラウルが眉《まゆ》を下げて、氷霊を見た。

「そっちの子どもが氷霊かい？　なんて呼べばいいかな？」

「名前は忘れてしまったので、氷霊で構いませんです」

幼子の姿をした氷霊の言葉に、ラウルは唇を曲げて、困ったような顔をした。

そんなラウルの横で、レイが探るようにシリルを見る。

「お前達は、何をどこまで知っている？」

「この森に住む笛吹き男なる人物が、精霊を操る笛を所持しているとだけ」

嘘《うそ》ではない。本当にシリル達は、それ以外のことを知らないのだ。

レイがラウルに目配《めくば》せをする。ラウルは困り顔のまま、真紅の巻き毛をガリガリとかいた。

「えーっとさ、オレ達は、巻き込まれた一般人である君達を保護しに来たんだ。だから、一緒に森の外を目指そうぜ。笛吹き男のことは、オレ達の仲間がなんとかしてくれるから」

この場は、七賢人であるラウルの言葉に従うべきだと、シリルは分かっていた。

（だが……）

シリルは横目で、名も無き氷霊と地霊セズディオを見る。

自分はこの二人に協力し、笛吹き男を説得すると約束したのだ。シリルは、その約束を反故《ほご》にしたくなかった。

「〈茨の魔女〉殿」

「気さくに名前で呼んでくれよな！」

「では、ローズバーグ卿《きょう》」

「名前で……」

「私に、笛吹き男殿の説得を手伝わせて貰《もら》えませんか。私は、この精霊達に力を貸すと約束したのです」

真《ま》っ直《す》ぐな態度で頼み込むシリルに、ラウルとレイは顔を見合わせた。

二人とも嘘や隠しごとが苦手な気質なのか、その顔には困惑がありありと滲んでいる。

「いや、えーと、説得っていうかさ……うーん」

口ごもるラウルに、レイが小声でぼやく。

「……どうするんだ。どう考えても、説得じゃ済まないだろ」

「……済まないよなぁ。ルイスさんとブラッドフォードさんがいるし」

七賢人二人は、ヒソヒソボソボソと言葉を交わしている。

合間に「武闘派二人がなー……」「私刑《リンチ》って言ってたぞ……」と物騒な単語が聞こえてくるのは、気のせいだろうか。

シリルが気を揉《も》んでいると、ラウルがシリルに向き直り、ヘラリと笑った。

「まずはさ、この森の出口に向かおうぜ。オレもレイも、戦闘は苦手なんだ」

「……そうなのですか？」

「うん、オレにできるのは、植物への魔力付与だけだよ」

魔術師は、必ずしも戦闘が得意である必要はない。中には研究者向きの者や、結界術や幻術など特定の術を得意としている者もいる。

（だが、呪術師であるオルブライト卿はさておき、魔術の名門であるローズバーグ家の人間がそれでいいのだろうか……）

シリルが密《ひそ》かにそんなことを考えていると、氷霊がハッと顔を上げて辺りを見回した。同じように、セズディオも姿勢を低くして、喉をグルグル鳴らす。

カシャン、カシャンと金属同士がぶつかる音がした。それと、枯れ葉を踏む足音も。

森の奥から、こちらに近寄ってくる三つの人影が見える。全身鎧《よろい》を着た人影だ。

先程対峙《たいじ》した炎霊レルヴァは、笛吹き男に操られていたため会話できなかったが、鎧を着た彼らなら会話ができるのではないか。

きっと、あの鎧を着た三人は、笛吹き男が遣わした使者なのだろう、とシリルは考えた。

「笛吹き男殿の遣いの方だろうか？　私はシリル・アシュリー。貴方達の主人に話が……」

シリルが挨拶《あいさつ》を口にする間も、全身鎧の三人は歩みを止めない。

全身鎧はどれも同じ大きさとデザインだが、中心の一人だけ装飾が違う。ところどころに金の塗料で縁取りがされているのだ。きっと、この人物がリーダーなのだろう。

あと数歩の距離まで近づいたところで、リーダーらしき全身鎧がシリルに手を伸ばした。

だが、その手がシリルに触れるより早く、巨大な狼——地霊セズディオが、全身鎧に飛びかかる。

シリルは血相を変えて叫んだ。

「待て、話し合いを……っ！」

「馬鹿が！　これと何を話し合えと言うのだ！」

セズディオが怒鳴り返し、その鋭い爪を鎧と兜《かぶと》の間に振るう。

鋭い爪に切り裂かれ、兜がゴロゴロと地面を転がった。兜と鎧の中からは、血が一滴も流れることはなく、その代わりに金属糸の束がブラブラと揺れている。

（……人間では、ない？）

なんだあれは、とシリルが驚いている間に、残りの二体の鎧が近づいてくる。

すかさずラウルが詠唱をし、小さな種を地面に投げた。種はたちまち発芽し、太く強靭《きょうじん》な蔓《つる》となって、三体の全身鎧を締めあげる。

「この鎧、人間じゃない！　えーと、多分、魔導具？」

七賢人であるラウルが、「多分」と曖昧《あいまい》な表現をしたのは、それだけ動く全身鎧が魔導具としては規格外だからだ。

少なくともシリルは、そんな魔導具見たことも聞いたこともない。

ラウルの薔薇《ばら》の蔓は、暴れる鎧達をギュウギュウに締め付けており、不格好な草団子のようになっている。

だが、鎧を締めつける薔薇の蔓が、目に見えて弛《ゆる》み始めた。ラウルの顔色が変わる。

「なんだこれ？　オレの魔力が……吸われてる？」

ラウルの呟きと同時に、弛んだ蔓の隙間から、鎧の腕がニョキッと伸びてきた。

鎧の中には金属糸が詰め込まれている。その金属糸に繋《つな》がる腕が、鎧の肩の辺りから外れ、銃弾の如《ごと》き勢いで飛翔《ひしょう》し、幼子の姿をした氷霊の腹を貫いた。

「氷霊っ！」

「氷霊さんっ！」

叫ぶシリルとグレンの目の前で、氷霊の体を貫いた手が、氷霊の体を引きずりながら、ズルズルと鎧の胴体に戻っていく。

詠唱する余裕もなく、シリルとグレンは、引きずられていく氷霊の体に縋《すが》りついた。連れて行かせるものかと、とにかく無我夢中だった。

氷霊を引き寄せる動きが止まったその隙に、地霊セズディオが鋭い爪で、鎧と腕を繋ぐ金属糸を攻撃する。切断には至らなかったが、氷霊の体に刺さった金属鎧の腕がズルリと抜け落ち、地に落ちた。

シリルはグッタリしている氷霊を抱き起こし、声をかける。

「しっかりしろっ！　意識はあるかっ⁉」

氷霊を抱き起こしたシリルは、その軽さにゾッとした。軽すぎる。

嫌な予感を覚え、恐る恐るマントを捲《めく》り、シリルとグレンは息を呑《の》んだ。

「なんすか、これ……」

グレンが呻《うめ》いたのも無理はない。

粗末な貫頭衣を着た子どもの体は、腹のところに大穴が空いており、そこから魔力の輝きが音もなくこぼれ落ちている。

……のみならず、その体には腕がなかった。おそらく、出会った時からそうだったのだ。

氷霊のボロボロの体にシリルとグレンが驚いている間も、ラウルと鎧の攻防は続いている。

ラウルが詠唱をし、地面に指先で触れた。

「これでどうだ！」

三体の鎧の足元から、茨の枝が勢いよく生えて、脳天まで串刺《くしざ》しにする。

鎧の隙間から茨の枝が伸びていく様子は、百舌鳥《もず》の速贄《はやにえ》に似ていた。

だが、三体の内の一体——金の装飾を施した鎧は、伸縮自在の腕を駆使して茨の枝をバキバキと折り始めた。更に、他の二体を解放するように、伸びた腕が茨の枝をへし折る。

明らかに、金の装飾を施した鎧だけ、動きと膂力《りょりょく》が違う。

ラウルが険しい顔をした。

「あの金の装飾がついてる鎧……多分あれだけ、触れた物の魔力を吸う効果があるんだ」

ラウルの言う通り、金の装飾鎧に触れている茨だけ、目に見えて力を失っている。

この騒動の間、大きな木の後ろに隠れていたレイが、絶望的な顔で呻いた。

「魔力を吸うだと？　反則じゃないか……そんなことされたら、魔術師にも、精霊にも勝ち目はない……」

レイの言う通りだ。

シリルの襟元にある魔導具のブローチも、持ち主の余剰な魔力を吸う効果があるが、目の前にある全身鎧は、その比ではない。

ラウルの茨に込められた魔力を、貫いた氷霊の魔力を、そのまま強制的に吸い上げて、動力源としているのだ。

おそらく、シリルやグレンが攻撃魔術を放っても、その何割かは吸収されてしまう可能性が高い。

シリルの腕の中で氷霊が小さく声を発した。

「に、げ、て……」

氷霊の右肩の辺りが淡い水色に輝き、そこから氷の枝が伸びる。今更シリルは気がついた。腕の無い氷霊は、枯れ葉を集める時や、セズディオに跨《また》る時など、この氷の枝を腕代わりにしていたのだ。

氷の枝はシリルの顔の真横を勢いよく伸び、背後の木陰に潜んでいた者を貫く。

血の代わりに魔力の輝きを撒《ま》き散《ち》らし、鋭い目でこちらを睨んでいるのは、若い娘の姿をした炎霊レルヴァだ。物陰から、こちらを狙っていたらしい。

氷の枝に胸を貫かれたレルヴァは、無表情のまま自身の周囲に炎を巻き起こした。

赤い髪と薄絹のドレスが、炎に合わせてユラユラ揺れる。胸を貫く氷の枝は、巻き起こる炎で呆《あっ》気《け》なく溶けた。

(これは、まずい……！)

シリルから見て左手に、魔導具らしき動く全身鎧が三体。右手に炎霊レルヴァ。

しかも、全身鎧の内の一体は、魔力を吸う力があるのだ。

一方こちらは、氷霊が重傷を負い、セズディオも前足を負傷している。あまりにも、状況が悪い。

いまだ木陰に隠れているレイが、虚《うつ》ろな薄ら笑いを浮かべた。

「精霊に俺の呪いは効かない……終わったな……」

「まだ、何も終わってないっすよ！」

グレンが早口で詠唱をし、炎霊レルヴァに火球を放った。シリルもすぐに短縮詠唱を始める。

炎霊レルヴァが纏《まと》う炎の衣がカーテンのように広がり、美しい女の姿を覆い隠した。その炎の衣が、グレンの火球を防ぐ。

「凍れっ！」

詠唱を終えたシリルは、指先で地面に触れた。触れた箇所から氷の蔦《つた》が伸び、真っ直ぐに炎霊を狙う。

氷の蔦は炎霊の爪先に触れた瞬間、膨れ上がり、その足を凍りつかせる術だ。

だが、氷の蔦が爪先に触れるより早く、炎霊は人間にはできない軽やかさでフワリと跳躍し、近くの木の枝に飛び移った。

シリルの氷の蔦は空振りとなり、近くの木を凍りつかせる。

ラウルが追加で詠唱をし、薔薇の蔓を炎霊レルヴァに伸ばした。それを、炎霊レルヴァは炎の剣で切断する。

（やはり、手強《てごわ》い）

シリルがほぞを噛《か》んだその時、炎霊レルヴァの背後に複数の人影が見えた。

助けが来たのか、という希望は一瞬で萎《しぼ》む。

こちらに向かってくる人影は五つ。先ほど襲ってきたのと同じ、全身鎧だ。その腕が肩の辺りからスルスルと伸び、不気味にうねっている。

敵は上位精霊である炎霊レルヴァと、動く鎧が八体。うち一体は魔力吸収能力持ち——いよいよ絶望的な状況だ。

「レイ」

ラウルが茨《いばら》の枝と薔薇の蔓で敵を牽制《けんせい》しながら、レイに問う。

「ちょっと呪いをお願いできるかい？」

「俺の呪いは、精霊には効かないぞ……」

「違う違う。オレを呪ってほしいんだ」

ラウルの言葉に、シリルもグレンも絶句した。この状況で、一体何を言い出すのか。

一同が唖然《あぜん》としている中、ラウルは馴染《なじ》みの食堂で注文をするような気さくさで言う。

「一〇分後に強制的に眠りにつく、みたいな呪いを頼むよ！」

ラウルの真意がシリルには分からない。

だが、レイは何かに気づいたような顔をし、小声で応じた。

「強制的に眠りにつかせて、悪夢を見せる呪いならある……」

「悪夢はいらないぜ！」

「苦しめるのが呪いだから諦《あきら》めろ……一〇分でいいんだな？」

「うん、それ以上長引かせると、色々大変なことになっちゃうからさ」

レイは「分かった」と小さく頷《うなず》き、ボソボソと詠唱をした。魔術の詠唱とは似て非なる、呪術の詠唱だ。

それに合わせて、彼の右手の呪印が宙に浮かび上がり、植物の蔓のように伸びて、ラウルの首に絡みつく。

紫色の呪印はラウルの首をグルリと一周したところで、そのまま肌に馴染むように輝きを失った。

ラウルは呪印の刻まれた己の首を指先で撫《な》でると、炎霊レルヴァと向き合う。

「ここはオレがなんとかするから、君達はレイと一緒に逃げてくれよ」

「ですが、ローズバーグ卿《きょう》。貴方は先ほどの攻撃で、魔力を吸われているはず……」

気遣うシリルに、ラウルはパッと破顔した。

「オレのこと、心配してくれるのかい？　君っていいやつだな！」

笑顔だ。場違いなほど、明るい笑顔だ。

シリルが戸惑っていると、レイが小声でぼやく。

「そいつは保有魔力量、国内トップのバケモノだぞ……心配するだけ無駄だ……」

確かに、魔力を吸われたことで、ラウルが疲弊している様子はない。寧《むし》ろ何もしていないレイの方が、よっぽど疲れた顔をしている。

「副会長……」

グレンが困り顔でシリルを見た。ここに残るべきか、逃げるべきか、グレンも選択に迷っているのだ。

シリルは唇を噛み締める。

(優先順位を誤るな……)

自分には、七賢人ほどの力はない。

何より、ここには衰弱している精霊が二体いるのだ。セズディオは前足を負傷しているし、氷霊はグッタリと目を閉じ、動かない。

まずは、精霊達を安全な場所に逃がすのが先だ。

「退《ひ》くぞ、ダドリー。セズディオ殿の走行を手伝ってくれ。氷霊は私が抱えていく」

「はいっす！　狼さん、走れるっすか？」

「問題ない」

前足を引きずって進むセズディオに、グレンが並んで走りだした。

その後ろを、レイが「精霊より俺を助けてくれ……」とぼやきながら追いかける。

シリルは氷霊をしっかりと抱えなおし、ラウルに頭を下げた。

「ローズバーグ卿、どうぞ、ご無事で」

「うん！　終わったら、ピクニックの続きしような！」

ラウルは首だけ捻《ひね》って振り返り、ブンブンと元気良く手を振る。

ピクニックをした覚えはない、というツッコミを飲み込み、シリルは氷霊を抱えたまま走り出した。


（……ご無事で、だってさ）

ラウルの口から、「ふっへっへ」とだらしない笑いが零《こぼ》れた。喜びに口の両端が持ち上がる。

彼はローズバーグ家の跡継ぎとして大事に育てられてきたが、それでも、誰かに無事を祈られたことがない。〈茨の魔女〉に、そういう心配をする人間なんて、滅多にいない。

その時、拘束していた鎧《よろい》達が薔薇の蔓を引きちぎり、炎霊レルヴァの炎が茨の枝を焼き尽くした。

金の装飾を持つ全身鎧は、薔薇の蔓に込められた魔力を吸い上げることで、ますます力を増しているらしい。

この手の敵には、限界まで魔力を吸わせて破壊するという手もあるが、時間がかかる。何より、炎霊と他の鎧も充分に脅威だ。

（あの二人とは友達になれるかな。なれるといいな。友達になってもらうなら……）

真紅の巻き毛の下で、緑色の目が暗く輝く。

（怖がらせちゃ、駄目だよな）

ラウルは俯《うつむ》き、左手で己の前髪をグシャリとかきあげた。

左手の下で形の良い唇が持ち上がり、深い笑みを刻む。

……それは、先ほどまでの喜びに弛《ゆる》んだ笑みではない。

獲物を前にした、残虐な魔女の笑みだ。

「『肥料にもならない鉄屑《ガラクタ》ども……炎霊ともども朽ち果てるがいい』」

今まで陽気に笑っていた男の声が、背筋が凍るような艶《つや》を纏って、歌うように詠唱をする。

現代には存在しない、ローズバーグ家だけに伝わる魔術の詠唱を。

「『人の血肉も、精霊の魔力も、等しく薔薇《ばら》の糧となれ』」

ハラハラと地面に落ちた薔薇の種が一斉に発芽し、膨れ上がる。

それだけなら、今までラウルが使っていた魔術と同じだ。だが、今は規模と威力が違う。

ラウルの前に要塞《ようさい》のごとく広がる薔薇の蔓《つる》が、全身鎧達を包み込んだ。

五代目〈茨の魔女〉ラウル・ローズバーグは、国内最高の魔力量を持つ天才だが、その気質故に戦闘が苦手だ。

そこで、ラウルの曾祖母《そうそぼ》である三代目〈茨の魔女〉は、非常時に力を解放する術《すべ》を与えた。

——冷酷で残忍な〈茨の魔女〉として振る舞う術を。

「『さぁ、蹂躙《じゅうりん》を始めましょう』」

ラウルは種を散らした片手を持ち上げた。農作業用の手袋を身につけた男の指先が、薔薇の蔓を愛《め》でるようになぞる。

美しい顔に、嗜虐《しぎゃく》に耽《ふけ》る魔女の艶《あで》やかな笑みが浮かぶ。

それはローズバーグ家が信奉する、初代〈茨の魔女〉レベッカ・ローズバーグの笑みだ。

「『喰《く》らい尽くせ、薔薇要塞』」

蛇のようにうねる薔薇の蔓が、全身鎧を締めつけ、ひしゃげさせる。込められた魔力量が尋常じゃない。

金の装飾を持つ全身鎧は、薔薇の蔓に込められた魔力を吸い上げようとした。だが、逆に鎧に込められた魔力を、薔薇の蔓が吸い上げる。

魔導具の鎧と薔薇要塞は、どちらも魔力を吸う作用がある。その場合、当然に吸い上げる力が強い方が勝つのだ。

全身鎧が抵抗できたのは、ほんの数秒。一〇秒と保《も》たずに、鎧は魔力を吸い尽くされ、薔薇要塞に握《にぎ》り潰《つぶ》される。

かつて、他国からの侵略に初代〈茨の魔女〉が使った大魔術が、この薔薇要塞だ。数千の兵の血と魔力を絞りとったこの魔術を、人々は畏怖《いふ》を込めて、人喰い薔薇要塞と呼ぶ。

この薔薇要塞が喰らうのは、人間だけではない。薔薇要塞は、魔導具や精霊の魔力も喰らうのだ。

増殖を続ける薔薇要塞が、とうとう炎霊レルヴァをグルリと囲った。

レルヴァは己の周囲に炎を衣のように広げ、手に握った炎の剣で薔薇の蔓を切断しようとする。

だが、炎の剣は薔薇の蔓の表面を少し焦がしただけで、焼き切ることはできない。

薔薇の蔓が無数の蛇のように、レルヴァに絡みつき、締めあげる。人間なら全身の骨が折れている、容赦ない強さで。

ただの締めつけなら、レルヴァは逃げ延びることができたかもしれない。だが、薔薇要塞は獲物の魔力を喰らうのだ。

炎霊の魔力を吸い上げた薔薇は、ポツリポツリと蕾《つぼみ》をつけて、大輪の花を咲かせる。

黄色とオレンジ、赤のグラデーションが美しい、ファイアレッドの薔薇の花を。

やがて、炎霊レルヴァの炎と命が燃え尽きた頃、〈茨の魔女〉は薔薇に唇を寄せて微笑《ほほえ》んだ。

「『悪くなくてよ』」

薔薇の蔓の中に、レルヴァの亡骸《なきがら》はない。精霊は魔力を使い果たしたら消滅し、その魔力は精霊王のもとに還《かえ》っていく。

だが、レルヴァはその魔力を精霊王に還すことすら許されぬまま、残忍な魔女の操る薔薇要塞に喰らい尽くされたのだ。

炎霊レルヴァは消滅し、魔導具の鎧は全て破壊された——見える範囲に脅威はないが、人喰い薔薇要塞は次の獲物を求めて、増殖を続けていく。この森一帯を薔薇で埋め尽くす勢いで。

だが、薔薇要塞が一定の距離まで広がったところで、〈茨の魔女〉の首に刻まれた呪印が紫色に輝きだした。

「『これは、呪術？　……忌々しい』」

〈茨の魔女〉は己の首をスルリと撫でると、眠たげに瞼《まぶた》を閉ざした。

その体はゆっくりと地面に倒れ、薔薇に囲まれたまま眠りにつく。

「ううー……ご先祖様、やりすぎないでくれよぉ……」

眉間《みけん》に皺《しわ》を寄せて、呪術が見せる悪夢に魘《うな》されながら、五代目〈茨の魔女〉ラウル・ローズバーグは、地面の上で寝返りを打った。

＊＊＊

「うぉぇぇ……もう無理だ……走れない……」

レイはガクガクと足を震わせながら、近くの木に縋《すが》りつく。その青白い顔には、脂汗がビッシリと浮かんでいた。誇張ではなく、本当に今にも息絶えそうだ。

セズディオと共に先を走っていたグレンが、足を止めてレイを振り返った。

「大丈夫っすか、紫の人？」

「大丈夫に見えるなら……お前の目は節穴だ……一晩、寝ずに馬車に乗って、朝から歩きっぱなしなんだぞ……俺の体力は限界だ……」

レイの言葉に、グレンはハッとした顔で後方を振り返る。

「じゃあ、薔薇の人もヤバイんじゃ……」

「あいつは、馬車の中でグースカ寝てたから、元気だろ……馬車の中で寝られる神経の図太さが妬《ねた》ましい……」

シリルは二人の話を聞きながら、抱えた氷霊を見下ろした。

幼子の姿をした氷霊は、固く目を閉じたままグッタリとしている。

精霊は魔力の塊だ。汗が滲《にじ》んだり、顔色が変わったりはしない。だからこそ余計に、氷霊が壊れた人形じみて見えた。

グレンが気遣わしげに、シリルと氷霊を交互に見る。

「副会長。抱っこ係、交代するっす」

「いや、待て」

否定の言葉を口にしたのは、セズディオだった。

異形の狼は、橙《だいだい》の目でジィッとシリルを——正確には、その襟元のブローチを見る。

「人間、お前からは、氷の魔力が放出されているな?」

「あ、あぁ……」

頷き、シリルも襟元のブローチを見下ろす。

シリルは魔力過剰吸収体質だ。故に、取り込みすぎた余剰な魔力を、魔導具のブローチで放出している。

セズディオは不服を押し殺すように、フンと鼻を鳴らした。

「その魔力が、氷霊の延命になる。お前が抱えていろ」

「……分かった」

シリルは氷霊を抱く腕に力を込める。綿の詰まった人形のように軽い体からは、今も魔力の欠片《かけら》がポロポロと零れ落ちていた。

シリルはセズディオの前足を見る。炎霊レルヴァの攻撃で負傷した前足の傷は、もう塞《ふさ》がっていた。魔力が漏出している様子もない。

(だが、氷霊の腹の傷は、塞がる気配がない……)

元より、この氷霊はあまり力が残っていないと言っていた。それもあって、回復が遅いのだろう。

「人間ども、俺はこの近くに敵がいないか、見回りをしてくる……勝手に逃げるなよ」

セズディオは低い声で言い残して、駆け出した。灰色の毛並みの狼の姿は、やがて木々に紛れて見えなくなる。

炎霊レルヴァとはだいぶ距離をとったし、レイは体力の限界を訴えている。今は少し休んだ方がいいだろう。

シリルは氷霊を抱え直すと、木にもたれてしゃがんでいるレイに話しかけた。

「オルブライト卿、精霊の治療方法について、何かご存知《ぞんじ》ありませんか?」

七賢人であるレイなら、精霊について詳しく知っているかもしれない。

僅《わず》かな希望にもすがる思いで訊《たず》ねるシリルに、レイはノロノロと頭を動かし、シリルを見上げた。

紫色の前髪の下で、ピンク色の目が不気味に輝く。

「その精霊は、お前の契約精霊なのか?」

「いいえ、違います」

「……なら、助ける理由がないだろう」

なんと薄情な、という言葉をシリルは飲み込んだ。相手は七賢人だ。失礼があってはいけない。

「弱っている者がいるなら、助けるのは当然のことかと」

「精霊は魔法生物という括《くく》りではあるが、実際は自然現象に近い存在だ。お前は、自然現象を相手に、『助ける』という表現を使うのか？　人や動物とは違うんだぞ？」

シリルは言葉を詰まらせ、黙り込む。

それは違う、と反論できるほど、シリルは精霊に詳しいわけではない。

それでもせめてもの反抗心で、シリルは氷霊を抱き、低く唸《うな》った。

「……なら、このまま見捨てろと言うのですか？」

「その表現もおかしい。自然現象を『見捨てる』とは言わない。人間にできるのは、『見守る』ことだけだ」

レイの口調は、当たり前の事実を話すように淡々としていた。

「敬虔《けいけん》な精霊神教信者は、精霊を神の使いだの、親切な隣人だのと思いたがっているが……魔術や呪術を扱う家の俺達に言わせれば、精霊は厄介な隣人だ」

リディル王国の主教は、精霊神教だ。精霊王達の上に立つ精霊神を、信仰の対象としている。

現代では、精霊を身近で見かけることは少なくなったが、それでも精霊の伝承を歌ったり、暦に精霊の名前を使ったりと、親しみのある存在だ。だからこそ、冬精霊の氷鐘《オルテリア・チャイム》がある。

だが、魔術に造詣《ぞうけい》が深い家の人間ほど、精霊に対して一線を引いている。それは彼らが、精霊の恐ろしさをよく知っているからだ。

「契約精霊や精霊王召喚の術があるぐらいだ。利害が一致すれば、精霊と協力関係を築くことはできる……だが、それ以上を望むと……」

ピンク色の目が、鉱石じみた不気味な輝きを放つ。

「破滅するぞ」

シリルはコクリと唾《つば》を飲んだ。

レイの言葉は、人間の立場としては、きっと正しい。

それでも、すんなりと飲み込めない自分がいる。

人の立場、精霊の主張、シリルの意思、それらがぶつかり合って、着地点が見つからない。

シリルが黙り込んでいると、レイが横目でグレンを見た。

「そっちのデカい奴《やつ》の方が、まだ精霊のことは心得ているだろう……お前の師匠〈結界の魔術師〉には、契約精霊がいるからな」

突然話を振られたグレンは、頬をかいて苦笑する。

「えーと、うーん、まぁ……独特の感性っすよね。話も通じたり、通じなかったりだし」

レイが、ほれ見たことか、と言わんばかりの顔をした。

それに対し、グレンはいつものあっけらかんとした口調で言う。

「でも、やっぱ、助けられるんなら、助けたいじゃないすか！」

それは単純で明快で、裏のない、気持ちの良い言葉だった。

その率直さが、シリルの迷いを吹き飛ばす。

「俺の話を聞いてなかったのか！　聞いてないんだな!?　そうなんだろう!?　くそぅくそぅ……呪われろ……」

レイが紫色の髪をかきむしって喚《わめ》き散《ち》らす。

だが、グレンはレイの文句など気にせず、快活に笑ってシリルを見た。

「『一度決めたことは、簡単に翻すな！』って、副会長もいつも言ってるし！」

シリルはなんだか気が抜けたような、苦笑したいような……それでいて、救われたような気持ちで頷《うなず》いた。

「そう、だな……その通りだ」

この森の精霊達を助けると約束した。ならば、その精霊達の中には、この氷霊も含まれて然《しか》るべきだ。

（……助けるんだ）

シリルは氷霊を胸に抱き、己の襟元のブローチに指先で触れた。

魔力過剰吸収体質はシリルを苦しめる厄介なものだ。それが、初めて役に立っている。

そのことが、少しだけ嬉《うれ》しかった。

＊＊＊

見回りのために森を走りながら、地霊セズディオは考える。

（氷霊は、あのままでは、もう一日と保たぬ……）

セズディオと氷霊は、然程《さほど》長い付き合いではない。あの氷霊は、ある暖冬の年にフラリと森にやってきて、それからずっと住み着いたのだ。

森に来た時から、氷霊は衰弱し、自分の名前を忘れていた。消滅が近い精霊は、自分が何者かを忘れてしまうことが、ままある。

それでも数の少ない上位精霊だ。だから、セズディオは氷霊を尊重しているし、消滅してほしくない。

セズディオは、それなりに長い時を生きている。その長い生の中で、同族が失われるのを何度も見てきた。

(これ以上、精霊が失われてはならない)

人間と契約を結べば、或《あ》いは生き延びることができるかもしれない。だが、精霊と契約を結べるだけの力がある人間など、そうそういるものではないし、契約に必要な石もいる。

なにより、人間を嫌っているセズディオは、精霊と人間の契約を良く思っていなかった。

石に縛られ、人間に使役されるなど屈辱だ。精霊の意思こそあれど、魔導具の動力源にされることと大差ないではないか。

だからこそ、いざという時のための贄《にえ》を用意した。

炎霊は酒と焼いた贄を、水霊は美しい水と海の幸を、風霊は歌を、地霊は大地の恵みを、雷霊は金属の細工を供物として、力を得る。

そして、氷霊の供物は……。

(そのために、わざわざ二人も連れてきたのだ。逃すわけにはいかぬ)

生命を、時を、美しい氷に閉じ込めて――それが氷霊の供物だ。

三章　天才達の美学、唯一無二の価値

サクリ、サクリと枯葉を踏みしめながら、モニカはケリーリンデンの森を歩く。

今日は比較的天気が良く、日差しが暖かいが、それでも木々の合間を吹く風は冷たい。

七賢人用ではない私服のローブを着た体を震わせ、モニカはヴェールの下でクシャミをした。

「ぺくちっ……うぅ、寒い……」

ローブの隙間から入り込んでくる寒さを実感する度に、不安になる。

連れ去られたシリルとグレンも、寒い思いをしているのではないだろうか、と。

シリルとグレンの保護はモニカの役割ではないけれど、一目で良いから、無事な姿を確認したかった。

『この程度、大した問題ではない』

『ぜーんぜん、大丈夫っすよ！』

腕組みをして鼻を鳴らすシリルと、大きな口を開けて快活に笑うグレンの姿を思い描き、モニカは不安を振り払った。

（大丈夫、他の七賢人の方が動いてくれてる。きっと……シリル様とグレンさんを、助けてくれるはず）

自分にそう言い聞かせ、モニカは空を見上げた。

モニカは森を歩く時、太陽の位置と影の向きで、おおよその方角の確認をしている。ただ、この方法は日がかげると使えなくなるので、日が出ている内に、こまめに方角を確認しておきたかった。

モニカは記憶力や空間把握能力が高いので、基本的に迷子になるということがあまりない。

ケリーリンデンの森は初めての土地だが、現在地から、森の入り口に戻れと言われたら、迷わず戻れる自信がある。

この森は真上から見ると、下底の長い台形に似ている。森の縁は平坦《へいたん》な土地だが、中央に進むほど高低差が激しくなり、崖《がけ》のようになっている箇所も多い。

モニカはこの台形の森の左辺──西中央辺りから入り込み、森の中心を迂回《うかい》して、北を目指して歩いている。他の七賢人達が、森の北と北東から入ってくると聞いていたからだ。

(まずは誰かと合流して……精霊を魔導具の動力源にした技術のことを、伝えなくちゃ……)

精霊を動力源とした魔導具のことは、バルトロメウスがいなかったら、確信はできなかっただろう。他の七賢人達も、すぐには気づけない可能性が高い。

本来、魔導具に付与できる魔力量はたかがしれている。

現代魔導具だと、最も殺傷力の高い物の一つが〈螺炎《らえん》〉だが、あれは一回限りの使い捨てで、飛距離がない。

モニカの先輩であるヒューバード・ディーは、自身の魔導具に連射性能をもたせていたが、その代償に威力を落とす必要があった。

(精霊を動力源にすることができるなら、現代の魔導具技術では再現できなかった危険な魔導具が、作れてしまう……)

先ほどの魔導甲冑《かっちゅう》兵は伸縮自在な腕を武器にしていたが、魔導甲冑兵の能力がそれだけとは限らない。

（わたしだったら、他にも能力を付与できないか考える……属性魔術や防御結界を搭載したり、或いは……）

モニカは足を止め、再度方角を確認した。

感知の魔術を使おうかとも考えたが、精霊の多いこの森では、魔力反応が多すぎる。感知の魔術で人探しをするのは難しいだろう。

目に見える範囲に人の姿はない。だが、風の音に紛れて、微《かす》かに金属と金属がぶつかり合う、硬質な音が聞こえた。

その音のする方へ、モニカはボテボテと駆け足で進む。

いつのまにかモニカは、坂を上るように進んでいたらしい。前方は切り立った崖のようになっていて、建物一階分ほど下のところに、人の姿が見える。

真っ先にモニカの目に飛び込んできたのは、魔導甲冑兵だった。

次の瞬間、その頭部が斧《おの》でスパンと刎《は》ねられ、宙を舞う。

「…………」

崖下には魔導甲冑兵の残骸《ざんがい》が散らばっていた。モニカの目に見える範囲で一〇体分。どれも手足や首を切断され、バラバラになっており、猟奇殺人の現場もかくやという惨状だ。

残骸の中心で斧を振り回し、元気に暴れ回っているのは、栗色《くりいろ》の長い髪を三つ編みにした男──モニカの同期〈結界の魔術師〉ルイス・ミラーである。

ルイスの後方では、ブラッドフォードが欠伸《あくび》をしていた。欠伸ついでに伸びをして天を仰いだ彼は、崖の上にモニカの姿を見つけ、のんびりと手を振る。

「おぅ、沈黙のじゃねぇか。別行動中じゃなかったか？」

「え、えっと、あのぅ……」

その時、ルイスを狙っていた魔導甲冑兵の一体が、手のひらをルイスに向ける仕草をした。その手のひらから、雷の矢が放たれる。

やはり、魔導甲冑兵は腕を伸ばすだけが武器ではないのだ。

だが、モニカが防御結界を張るまでもなく、ルイスはヒラリと横に飛んで雷の矢をかわした。

「私を撃ち落としたいのなら、追尾効果ぐらい盛りなさい」

続く攻撃を跳躍して回避したルイスは、着地と同時に右足を軸にグルリと回転。その勢いで斧を振り抜き、すぐ近くにいた魔導甲冑兵の首を切断する。

同時に詠唱をしながら、斧を持つのと反対の手を、頭部を落とした鎧《よろい》に突っ込む。そうして、魔導具の核となる宝玉を力任せに引きずり出し、封印結界を施した。

「……雑魚どもが」

その口に凶悪な笑みを浮かべ、ルイスはまた斧を振り回す。

先ほど魔導甲冑兵に遭遇したモニカは、魔導甲冑兵が腕を伸ばすよう仕向け、出来た隙間から攻撃魔術を通したが、ルイスは片っ端から斧で鎧を切断し、腕を突っ込んで金属糸を引きずり出し、宝石部分に封印を施しているのだ。

確かにこの戦い方なら、魔力の消費が最小限で済む……が、野蛮だ。魔術師の戦い方じゃない。

バキバキグシャァッという破壊音が響き、また一つ、魔導甲冑兵の頭部が宙を舞う。

モニカはその場にしゃがみ込み、ガタガタ震えながら、崖下の惨状から目を背けた。

やがて破壊音が収まった頃、崖下のブラッドフォードがモニカに声をかける。

「おーい、終わったぞ、沈黙の。下りてこいや」

「は、は、はひっ……」

モニカは目を瞑《つぶ》って崖から飛び降り、風の魔術をクッション代わりにして着地した。

風のクッションに沈んだ体は、ボヨンと弾んで、地面に尻餅《しりもち》をつく。その拍子に、うっかり地面に手をついてしまい、モニカは左手の痛みに呻《うめ》いた。

「あぎゅううう……」

冬休みに呪竜から受けた呪いの後遺症は、だいぶマシになったが、軽い痺《しび》れは残っているし、圧迫するとそれなりに痛む。

（まだ、左手は使わないでおこう……）

モニカは痛む左手を押さえながら、周囲を見回す。

辺りには魔導甲冑兵の残骸が散乱していた。その残骸を蹴《け》散《ち》らしながら、斧を担いだルイスが近づいてくる。

「おや、同期殿」

ルイスは斧を担ぐのとは反対の手で、片眼鏡をクイと持ち上げた。知的で上品な仕草だが、担いだ斧で全て台無しである。

「貴女《あなた》には、森の西端での陽動を頼んだ筈《はず》ですが……何故《なぜ》、こちらに？」

「あっ、あっ、あのっ、わたしっ、伝えなくちゃいけないことがあって……」

バルトロメウスの存在は、なるべく伏せた方が良いだろう。

モニカは言葉を選びつつ、散らばる残骸を指さした。

「この鎧、動力源が精霊ですっ。〈宝玉の魔術師〉様は、〈偽王《ぎおう》の笛ガラニス〉で操った精霊を、魔導具の材料にしてるんですっ」

「なんですって？」

ルイスが目つきを鋭くし、足元に転がした残骸の中から、宝石部分だけを持ち上げる。

ブラッドフォードが近づいてきて、感知の魔術を発動した。かなり精度の高い感知の魔術だ。

ブラッドフォードは高火力の魔術が得意なことで有名だが、精度が問われる魔術の扱いも上手《うま》い。

「なるほど、確かに……こいつぁ、精霊の魔力反応に近いな。だが、見たとこ、だいぶ弱ってるみたいだぜ？」

「この魔導具の鎧は、精霊の生命力を著しく消耗します……ルイスさんが封印を施してくれて、良かったです。封印状態なら、これ以上精霊が消耗することはない、ので」

ブラッドフォードとモニカの言葉に、ルイスは顎《あご》に指を添え、何やら思案する。

「同期殿は、どのようにして、その事実に気づいたのです？」

「え、えっと、その、たまたま襲われて、解体したら、気づき……ました」

口ごもりながら答えるモニカを、ルイスはヒタリと見据えた。まるで、モニカの心中を推しはかろうとするかのように。

モニカは動揺を誤魔化すべく、言葉を続けた。

「あ、あとっ、リンさんと交戦して……今は、森の西側で封印状態になっています」

「それはそれは……うちの馬鹿メイドが、お手を煩わせましたね」

相槌《あいづち》を打つルイスの横で、ブラッドフォードが腕組みをして、しかめっ面をする。

「しっかし、ますます厄介なことになってるじゃねぇか。精霊を動力源にする魔導具なんて、とんでもねぇもんが作れたら……」

「ええ、我々が想像できないような性能を持つ、凶悪な魔導具が作れてしまう」

その凶悪な魔導具を斧で破壊していた男は、担いだ斧の刃を地面に突き、ステッキを持つかのように、柄に手を添えた。

「少し情報共有をしましょう」

モニカがピシッと背筋を伸ばしたのを確認し、ルイスは言葉を続ける。

「まず一点目、〈深淵《しんえん》の呪術師〉殿の使い魔から連絡がありました。セレンディア学園から連れ去られた一般人二名は、〈深淵の呪術師〉と〈茨《いばら》の魔女〉が無事保護したそうです」

（シリル様とグレンさん、無事だったんだ……！）

思わず喜びの声をあげそうになったが、それをモニカはグッと堪《こら》えた。

ブラッドフォードは、モニカがセレンディア学園に潜入任務中であることを知らないのだ。ここでモニカが涙ぐんで大喜びしたら、不自然に思われてしまう。

だからモニカはヴェールの下でこっそり安堵《あんど》の息を吐くに留《とど》めた。

「それは、良かった……です」

「続いて二点目。私が破壊したこの鎧ですが……」

ルイスはブーツの爪先で、鎧を一つ蹴り転がした。鎧はどれも同じ大きさの物だが、ところどころ、塗料で装飾が施されている物がある。これは、モニカにも見覚えがない物だ。

ルイスが横目でブラッドフォードを見る。ブラッドフォードは小さく頷《うなず》き、ルイスの言葉を引き継いだ。

「塗料で装飾してある鎧は、なんらかの特殊効果が付与されてるみたいだな。結界のが戦ってる間に観察してたんだが、赤い装飾がある奴《やつ》は攻撃魔術を、青い装飾がある奴は防御結界を使ってくる」

言われてみれば確かに、ルイスに向かって攻撃魔術を使っている鎧もいた。それが、この赤い装飾の鎧なのだ。

だが、防御結界は初耳である。ふと気がつき、モニカは恐る恐るルイスを見上げた。

「ル、ルイスさん……その……防御結界も」

「防御結界と言っても、初級程度の弱い物です。それも連発はできないようなので」

「……お、斧で？」

「かち割りました」

魔導甲冑兵は非常に複雑なつくりの魔導具だ。そこに、攻撃魔術や防御結界の機能を付与するのは、相当に難しかっただろう。

それを斧で破壊されたと知ったら、〈宝玉の魔術師〉はどんな顔をするだろうか。

ブラッドフォードが足元の残骸を一つ拾い上げて言った。

「あとは、金の装飾のある奴は、魔力を吸う性質があるみたいだな。攻撃魔術を使うと、吸収されちまう」

「それは、すごいですけど……その……」

モニカはルイスを見た。ルイスは笑顔で頷いた。

「魔術が駄目なら、物理で攻めれば良いのです」

〈宝玉の魔術師〉の知恵と技術の結晶は、斧と腕力に敗北したのである。むごすぎる。

その時、木々の奥からガシャンガシャンと金属鎧の擦《こす》れる音がした。森の中心部の方角に、小さな人影が複数見える。視力の良いモニカは、すぐにそれを視認した。

（魔導甲冑兵が四体。無印、赤、青、金の装飾が一体ずつ。それと、後方にいるのは……）

四体の魔導甲冑兵の後ろに、褐色の肌に黒髪の男がいる。年齢は二〇代半ば。身につけているのは、古風な貫頭衣とサンダルだ。おそらく、操られている上位精霊だろう。

ブラッドフォードが目の上に片手で庇《ひさし》を作って、ニヤリと笑う。

「なぁ、結界の。もうコソコソいくのはやめようや。敵さんも、こっちに気付いてるようだしよぉ」

「そうですね、一般人は保護できたようですし、私の魔力も少しは回復してきた……そろそろ攻めに転じるとしますか」

ブラッドフォードとルイスは、七賢人の中でも屈指の武闘派魔術師だ。

その二人が今、完全に臨戦態勢をとった。

ブラッドフォードが指を四本立てる。

「四重だ」

ルイスは八重歯を覗《のぞ》かせて好戦的に笑い、斧を構える。

「では、詠唱の時間稼ぎは私が……同期殿、フォローは頼みました」

「は、はいっ」

モニカが頷くのとほぼ同時に、ブラッドフォードが詠唱を始める。ルイスがトントンと爪先で地を蹴る。

三人は細かな打ち合わせをしない。ブラッドフォードが四重と言ったなら、ルイスが魔力を温存したいのなら、モニカがやるべきことは決まっているからだ。

（魔力を温存したいルイスさんは、消費の多い飛行魔術を使いたくないはず。〈砲弾の魔術師〉様は詠唱に時間がかかる……それを踏まえて、わたしがするべきことは……）

足元が僅《わず》かに振動している。敵の攻撃がくる。

モニカは無詠唱魔術で、自分達の足元に防御結界を張った。

地面を覆う防御結界——その効果範囲の外にある地面が隆起し、鋭い岩が複数飛び出す。それはさながら、岩で出来た剣が地面から生えてきたかのようだ。

（敵の上位精霊の能力……！）

上位精霊——地霊が片手を軽く振るうと、今度は石の礫《つぶて》が雨のように頭上から降り注いだ。モニカは上空にも防御結界を展開し、石の礫を防ぐ。

地面からは岩の剣、上空からは石礫の同時攻撃。厄介な相手だ。地中からの攻撃を回避するべく飛行魔術を使っても、石礫に撃ち落とされてしまう。

モニカは二つの防御結界を駆使して、敵の攻撃に耐えた。

この場で最も防御結界を得意としているのは、ルイスだ。だが、ルイスは自分が防御をするとは言わなかった。

（ルイスさんは、魔力を節約して、時間稼ぎをするつもりだ）

「同期殿、上空の防御結界の高度を、ギリギリまで上げてください」

強度ではなく高度。その意図を察し、モニカは防御結界の位置を調整する。

地面と上空の間にある安全地帯が、少しでも広がるように。

ルイスが短縮詠唱を口にする。彼は周囲の隆起した岩を足場に飛び上がると、敵に向かって真《ま》っ直《す》ぐ伸びる、帯のように細く長い防御結界を展開した。

帯型防御結界の高さは、丁度ブラッドフォードの身長より少し高い程度。その上をルイスは真っ直ぐに駆け抜ける。

これなら、地面からの攻撃は帯型防御結界で防げる。頭上からの石礫はモニカの防御結界で対応すればいい。なにより、飛行魔術を使うよりも少ない消費魔力で、敵に接近できる。

地霊と魔導甲冑兵《かっちゅうへい》に接近したルイスは、帯型防御結界から飛び降り、手にした斧《おの》で魔導甲冑兵の首を刎《は》ねた。

振り向きざまに近寄ってきた魔導甲冑兵を蹴り飛ばし、その反動でまた斧を振るって地霊の手首を斬り飛ばす。

ルイスが敵に突っ込んでいったのは、ブラッドフォードの詠唱の時間を稼ぐため。そして、敵が散開しないように留《とど》めておくためだ。

ブラッドフォードの詠唱が終わる。彼が前に差し出した手のひらの先に、巨大な火球が生まれた。

火球は大人二人が両手で輪を作ったぐらいの大きさで、グレンが得意としている火炎魔術と似ていた。だが、魔力の密度が違う。

魔術の威力を高める多重強化術式。それを四重に施したのだ。

火球の炎は赤よりも白に近い。その輝きに照らされるブラッドフォードの顔は、楽しげだった。

「やるぞ、沈黙の」

「……はい」

ブラッドフォードが四重強化火炎魔術を放つ。

その圧倒的な火力故に、人々は彼の魔術をこう呼ぶのだ——大砲と。

「ドッカーン！」

火球が放たれるのと同時に、モニカは全ての防御結界を一度解除し、そして再び張り直した。

一つはルイスを守るように。もう一つは、周囲を守るように。

火球が炸裂《さくれつ》し、ビリビリと空気を震わせる轟音《ごうおん》と閃光《せんこう》を撒《ま》き散《ち》らす。

ブラッドフォードの攻撃魔術は、竜の胴体に風穴を空けるほど強力だ。故に、彼が魔術を使う時は、仲間を巻き込まぬよう周囲への配慮が必要になる。

いつもなら、周囲に防御結界を張るのはルイスの役目だが、今の彼は魔力をあまり消費したくない。だから、モニカがその役目を担ったのだ。

(それでも……広範囲の防御結界は保《も》たなかった……)

流石《さすが》に森を破壊するわけにはいかないので、周囲にも防御結界を張ったわけだが、着弾地点の周囲の木々は軒並み折れて倒れていた。モニカの防御結界が、ブラッドフォードの砲弾に負けたのだ。

モニカの防御結界がなかったら、木が数本折れる程度では済まなかっただろう。

「これ、ルイスさん、大丈夫……ですか？」

「大丈夫だろ。ほれ」

青ざめるモニカに、ブラッドフォードが顎をしゃくってみせる。

土煙の向こう側では、斧を地に刺したルイスが片膝《かたひざ》をついていた。見える範囲に怪我《けが》はない。こちらは防御結界の範囲が狭かった分、強度を上げられたので、なんとか耐えられたらしい。

モニカはホッと胸を撫で下ろし、ルイスの周囲に張っていた防御結界を解除する。

ルイスの足元には魔導甲冑兵の残骸《ざんがい》が散らばっていた。それと、人の姿をした地霊が、右半身を失い、地面に倒れている。

血が流れることはないが、欠けた体からハラハラと光の粒子が零《こぼ》れ落ちる光景は、なんとも痛々しい。

モニカはリンに施したのと同じ封印結界を、地霊に施した。

封印処置を施された精霊は自由を奪われるが、魔力の消費も減るのだ。

今の地霊は人間で言うなら瀕死《ひんし》の重傷。だが、封印処置をしておけば、今すぐに消滅するのは避けられる。

あとは、〈偽王の笛ガラニス〉を破壊し、精霊を自由にしてから、魔力濃度の濃い場所で休ませて、回復させればいい。

地霊は今の戦闘でかなり弱っていたので、封印作業はリンほど難しくはなかった。

地霊の封印を終えたモニカは、魔導甲冑兵の残骸の中から見つかった宝石も、引っ張り出して同様に封印処理をする。

その間、ルイスは顔をしかめて耳を押さえていた。どうやら、爆音で耳をやられたらしい。

「相変わらず、大した威力で」

「これでも、だいぶ加減したぜ。鎧《よろい》の残骸は残ってるし、地霊も完全には消し飛んでねぇだろ」

それはつまり、ブラッドフォードが本気を出せば、魔導甲冑兵も地霊も、跡形もなく吹き飛ばせるということだ。

ブラッドフォードは、横目にモニカを見た。

「四重強化ぐらいなら、沈黙のでも、できるだろ?」

モニカは返す言葉に困った。

多重強化魔術はモニカも習得しているし、無詠唱でも再現できる。

ただ、この魔術は膨大な魔力量と、極めて高度な魔力操作技術が必要なのだ。

「えっと、ですね……できるにはできるんです、けど……四重だと、圧縮の際に補助術式が必要で……術式分割しないといけないんです」

魔術師が一度に維持できる魔術は二つまで。

ブラッドフォードはこの内の一手で、四重強化魔術を使えるが、モニカは術式を完成させるのに、もう一手が必要になる。

これは、圧縮の際に必要な魔力と技術不足を補うためだ。

一つの魔術を完成させるのに、術式を複数に分けて行使することはよくある。ただ、モニカは無駄な術式分割が好きではない。

「術式分割した四重強化魔術は……美しくないんです」

「お、おぅ?」

いつになく頑《かたく》なな口調のモニカに、ブラッドフォードが目を丸くする。

モニカは小さな拳《こぶし》を握りしめ、早口で主張を続けた。

「〈砲弾の魔術師〉様みたいに、術式を一つにまとめた方が絶対に絶対に綺麗《きれい》なんです。分割して補助術式を組み込んだら、それだけ無駄が増えるし、威力も精度も落ちやすいし……なにより、魔術式が不格好にツギハギしたみたいで、美しくない、ですっ！」

だから自分は四重強化魔術を使いたくない、と主張するモニカに、ルイスが呆《あき》れたように眉《まゆ》をひそめる。

「使えりゃなんだって良いじゃないですか。どうせ貴女の場合、無詠唱だから、術式分割しても然《さ》程《ほど》タイムロスはないんですし」

ルイスの言い分はもっともだ。

それでもモニカはヴェールの下で唇を曲げ、頑なな子どものように首を横に振った。

「……嫌です。そんな魔術式、完璧《かんぺき》じゃない、です」

何よりモニカの四重強化魔術では、ブラッドフォードほどの威力を出せないのだ。

無駄だらけの魔術式で、威力がブラッドフォードに劣る。それなら、最小限の威力で確実に敵の急所を撃つ方が、モニカには合っている。

モニカの言い分に、ルイスは露骨に面倒臭そうな顔をしたが、ブラッドフォードは真逆の反応だった。

ブラッドフォードは腕組みをし、噛《か》み締《し》めるようにうんうんと頷く。

「分かるぜ、そのこだわり。俺も決め手はドッカーン！　とデカいのかますのがポリシーだからな。

そういうこだわりは大事だぜ」

「……尖《とが》った天才どもは、どうしてこうも面倒臭いんでしょうねぇ」

そう呟《つぶや》くルイスは、防御結界を足場に戦場を走り、斧で敵を撃破する魔術師である。

こだわり派二人を前に、こだわりより実利派のルイスは、ヤレヤレと肩を竦《すく》めた。

＊＊＊

泉の畔《ほとり》にある小さな家の中、〈宝玉の魔術師〉エマニュエル・ダーウィンは作業椅子に腰掛け、魔導具製作に必要な塗料の調合をしていた。

塗料の調合は、普段は弟子や雇った職人達にやらせている。ただ、心に不安を抱えている時、彼は無性に塗料を練りたくなるのだ。

〈風霊リィンズベルフィード、炎霊レルヴァ、地霊ベスティオン——捕獲した上位精霊三体が、全て〈偽王の笛ガラニス〉の支配下から離れた〉

消滅したか、或《ある》いは封印状態にあるか、いずれにせよ、手持ちの戦力の中でも一際強力な三体が失われてしまった。

報告によると、森の中で大量の薔薇《ばら》が発生したり、多重強化魔術で木々が吹き飛んだりした痕跡《こんせき》があるらしい。

おそらく、〈茨《いばら》の魔女〉と〈砲弾の魔術師〉の仕業だろう。

〈唯一無二の強大な力……か〉

七賢人はリディル王国における魔術師の頂点であり、それぞれが突出した才能の持ち主だ。

この国一番の予言者であり、未来を見通す、〈星詠みの魔女〉メアリー・ハーヴェイ。

国内最高記録である六重強化魔術を操る、〈砲弾の魔術師〉ブラッドフォード・ファイアストン。

リディル王国で唯一の呪術師の家系の末裔《まつえい》であり、世界でただ一人、二〇〇を超える呪術を体に秘めた、〈深淵《しんえん》の呪術師〉レイ・オルブライト。

初代〈茨の魔女〉以降失われていた、人喰《ひとく》い薔薇要塞《ようさい》を操り、国内で最も魔力量と才能に恵まれた男、〈茨の魔女〉ラウル・ローズバーグ。

歴代最年少で七賢人となり、世界でただ一人、無詠唱魔術を操る天才少女、〈沈黙の魔女〉モニカ・エヴァレット。

彼ら、彼女らは、皆、唯一無二の才能の持ち主であり、替えの利かない存在だ。

〈宝玉の魔術師〉エマニュエル・ダーウィンは魔導具作りの天才だが、同時に自分が替えの利く存在であることを知っている。

エマニュエルが七賢人になれたのは、クロックフォード公爵の後ろ盾があったからだ。

エマニュエルと入れ替わりで七賢人を辞めたのは、当時大天才と持《も》て囃《はや》されていた、〈星槍《せいそう》の魔女〉カーラ・マクスウェル。身内の不始末で失脚したが、彼女もまた唯一無二の天才だった。

だから、入れ替わりでエマニュエルが七賢人に就任した時、〈宝玉の魔術師〉は七賢人になるには力不足では、と口にする者もいた。

エマニュエルもそう思っている。自分が七賢人になれたのは、唯一無二の天才だからじゃない。

そこそこ優秀で、かつ大物貴族のコネがあったからだ。

〈だが、それは〈結界の魔術師〉も同じこと……〉

確かに彼は結界術に秀でているが、結界術の専門家は他にもいる。

竜の単独討伐数も歴代二位止まりで、不動の一位である英雄、〈雷鳴の魔術師〉グレアム・サンダーズには届かない。

──〈結界の魔術師〉ルイス・ミラーに、唯一無二はない。

ルイスが七賢人に選ばれたのは、第一王子ライオネルのコネがあったからだ、とエマニュエルは確信している。ルイスは、第一王子とミネルヴァ時代の学友なのだ。

そんなルイスに、エマニュエルは今まで同族嫌悪にも似た感情を抱いていた──そんな感情を抱く自分が惨めだった。

だが、これからはもう、そんな些事《さじ》に苛《さいな》まれなくて済む。

〈宝玉の魔術師〉エマニュエル・ダーウィンは、唯一無二を手に入れたのだから。

『主様《あるじさま》、配下にした精霊どもが騒いでおります。七賢人が三人、近づいてくると……』

エマニュエルが首から下げている、銀色の笛が囁《ささや》く。

古代魔導具〈偽王の笛ガラニス〉。エマニュエルに唯一無二を与えてくれるもの。

「その三人の容姿は？」

『大柄な髭男、長い三つ編み、小さな子ども、だそうです』

〈砲弾の魔術師〉、〈結界の魔術師〉、そして〈沈黙の魔女〉だ。

現七賢人の中で、特に戦闘向きなのがこの三人。この三人さえ無力化してしまえば、もう恐れるものは何もない。

〈私は知っている……クロックフォード公爵が、七賢人長の導入を考えていることを〉

そして、その七賢人長の座と引き換えに、〈沈黙の魔女〉モニカ・エヴァレットを味方に引き込もうとしていることを。

〈私は、もっとずっと前から、あの方にお仕えしているのに！〉

クロックフォード公爵が、〈沈黙の魔女〉に七賢人長の地位をちらつかせたのは、彼女の無詠唱魔術が唯一無二のものだからだ。

〈宝玉の魔術師〉は替えが利くと思われているからだ。

〈だから、証明してみせる……私にも、唯一無二はあるのだと〉

エマニュエルは真紅の宝石が輝く首飾りに、指先で触れる。

〈沈黙の魔女〉の無詠唱魔術や、〈砲弾の魔術師〉の多重強化に勝る、〈宝玉の魔術師〉の唯一無二――それはきっと〈結界の魔術師〉のプライドも打ち砕いてくれるはずだ。

四章　冬精霊の子守唄《こもりうた》

『昔々、とある雪の森に、シェルグリア、オルテリア、ロマリアという氷霊がいました。

その氷霊達は穏やかで、そして人間が大好きでした。

秋が終わり、冬が近づいてきたら、シェルグリアは人間達に冬の訪れを伝えます。

オルテリアは氷を鐘にして、美しい音色を奏でました。

ロマリアは吹雪の音に幼子が怯《おび》えぬよう、冷たい吹雪に子守唄をのせて歌いました。

冬を招くシェルグリア、鐘を鳴らすオルテリア、吹雪を子守唄にするロマリア。

仲良しの三精霊は、いつも一緒でした。


ある日、三精霊の暮らす森が竜に襲われました。

本来、竜は精霊を襲うことはありません。ですが、魔力不足になった竜は理性を失い、魔力の塊である精霊を食べることで、魔力を回復しようとしたのです。

三精霊は、竜にあちらこちらを齧《かじ》られて、消滅寸前。

必死に逃げて、逃げて、逃げているうちに、いつも一緒だった三精霊は、はぐれてバラバラになってしまいました。

ひとりぼっちになったシェルグリアは、残った力を振り絞り、葉っぱにメッセージを書いて北風にのせ、助けを求めました。

——助けて、助けて。わたしはここにいます。

——助けて、助けて。オルテリア、ロマリア……。

シェルグリアの危機を悟ったオルテリアは、氷の鐘を鳴らして精霊神に助けを求めました。

——神様、神様、どうかわたくしに、お気づきくださいませ。

——神様、神様、どうかわたくしの声に、お耳をお傾けくださいませ。

——神様、神様、どうかわたくしに、ほんの少しの祝福を……。

オルテリアもまた、消滅寸前のところまで弱っていました。

それでも懸命に鐘を鳴らし続けます。

やがて、その鐘の音に気づいた精霊神は、オルテリアに加護を与えました。

そうして、オルテリアは合流したロマリアと力を合わせて大きな吹雪を起こし、襲ってきた竜を倒して、シェルグリアを救ったのです』

＊　＊　＊

ぐったりとしている氷霊を胸に抱き、シリルは異形の狼《おおかみ》、地霊セズディオの後ろを歩いた。

シリルの横にはグレンが並び、時々心配そうに氷霊の様子をチラチラ見ている。

そして、一番後ろを歩くのは〈深淵の呪術師〉レイ・オルブライト。

炎霊レルヴァに襲われ、ラウルに後を託し、命からがら逃げ出したシリル達は、「安全な場所に案内する」というセズディオの言葉に従い、森の中を歩き続けている。

（あれから、どれぐらい時間が過ぎただろう……）

シリルは空を見上げた。

太陽には薄い雲がかかっているが、それでもだいぶ高い位置にあることは分かる。そろそろ昼過ぎになるだろう。

その時、シリルの横を歩くグレンが、「わわっ」と声をあげてよろめいた。どうやら、木の根に躓《つまず》いたらしい。

ケリーリンデンの森は、高低差の激しい歩きづらい森だ。おまけに、セズディオは人間の足で歩くことを考慮してくれないので、木が密集した獣道や急勾配《きゅうこうばい》を平気で進む。

おかげでシリル達は随分疲弊していたが、中でもグレンの顔色が良くないように見えた。

シリルは氷霊を抱え直しながら、グレンを観察する。

（……おかしい）

悔しい話だが、グレンはシリルよりもずっと体力がある。それなのに、今はグレンの方が目に見えて疲弊し、足がふらついているのだ。

「ダドリー、具合が悪いのか？　どこか負傷しているのではないか？」

「全然！　大丈夫っすよ！」

グレンはニカッと笑ってみせたが、その表情はどこかぎこちない。

シリルが不安に顔を曇らせていると、レイがボソリと呟いた。

「〈結界の魔術師〉の弟子、グレン・ダドリー……お前は、レーンブルグで呪竜の呪いを受けていたな？」

グレンがレーンブルグの呪竜が現れた現場に居合わせたことは、噂《うわさ》で耳にしている。だが、呪いを受けていたのは初耳だ。

レイはピンク色の目を輝かせて、バツが悪そうなグレンの全身をまじまじと眺めた。

「あぁ、やっぱりそうだ。呪いの残滓《ざんし》がまだ消えていない……俺の見立て以上に、しぶとい呪いだったらしい。痛み、痺《しび》れ、倦怠《けんたい》感がある筈《はず》だ……ということは、〈沈黙の魔女〉もか……」

最後にボソリと呟かれた名前に、シリルは目を丸くしてレイを見た。

「〈沈黙の魔女〉殿も？」

「左手に呪いを受けている……グレン・ダドリーほどではないが、左手が不自由なはずだ」

シリルの手に冷たい汗が滲《にじ》む。脳裏によぎるのは、新年に城で出会った小柄な人物。

（そうだ、彼女は左手を庇《かば》っていた）

ローブの隙間から覗《のぞ》く、子どもみたいに小さな手を……。

「いつまで休んでいる」

セズディオの声がシリルの思考を遮った。

先を歩いていたセズディオは、こちらに引き返してくると、シリル達を急《せ》かすように前足で地面を叩《たた》く。

「セズディオ殿、ダドリーの具合が悪いんだ。少し休ませてもらえないだろうか？」

「何を呑気《のんき》なことを言っている。安全な場所まで、まだ距離が……」

執拗《しつよう》に急かすセズディオを、レイがジトリと睨《にら》んだ。

「……本当に、安全な場所に向かっているのか？」

その一言に、空気が張りつめるのを感じた。

セズディオが前足で地面を叩くのをやめ、夕焼け色の目だけを動かしてレイを睨む。

レイはフードの縁を掴《つか》んで、ボソボソと言葉を続けた。

「さっきまでいた場所より、明らかに魔力濃度が濃くなっている……木の密度も増えているし、もしかして、森の奥に進んでいるんじゃ……」

その時、セズディオが跳躍し、その巨大な前足でグレンとレイを地面に引きずり倒す。シリルが驚き瞬《まばた》きしている、ほんの数秒の出来事だった。

セズディオは、右足でグレン、左足でレイを地面に押さえつけて吠《ほ》える。

「氷霊！　こいつらを凍らせろ！」

「セズディオ殿、何を⁉」

「早くしろ、氷霊！　こいつらを贄《にえ》にしなくては、お前が消滅するぞ！」

シリルは思わず腕に抱いた氷霊を見下ろす。

氷霊は薄く目を開いて、ぼうっとしていた。まだ、意識が朦朧《もうろう》としているのだろう。

シリルは悲痛な声で叫んだ。

「セズディオ殿、どういうことだっ⁉　貴方《あなた》は、笛吹き男を説得するために、私達を攫《さら》ったのではないのか⁉」

「順当に笛吹き男をどうにかできたなら……笛吹き男を贄にするだけで、事足りたのだがな。最早《もはや》、一刻の猶予もない。このままでは、氷霊は消滅する」

セズディオの言葉に、シリルは自分の甘さを悟った。

氷霊が致命傷を負った時にはもう、セズディオはシリル達を贄にすると決めていたのだ。

だからこうして、安全な場所にと言って、森の奥に誘導した。シリル達が疲れて抵抗できない方が都合が良いから、わざと足場の悪い道を選んで。

「氷霊の贄は、凍りついた命だ。花を凍らせるより、魔力の多い人間を凍らせた方が、より力を得られる」

「待て、待ってくれ！　他に、何か方法は……っ」

「それ以外の方法など知らん。他に氷霊を助ける手段があるなら言ってみろ、人間」

シリルは懸命に考えた。だが、シリルは精霊の生態を知らない。基礎魔術学の教本で学んだこと以上のことは分からない。

足りない。圧倒的に知識が足りない。

（私は、〈識者の家系〉の人間なのに！）

絶望するシリルの腕の中で、氷霊がか細い声を漏らす。

「……セ、ズ…………やめ、て……」

精霊は涙を流さない。それでも、氷霊の声は泣き出しそうに震えていた。

「わたしはもう……誰も……誰からも、奪ってはいけないのです」

「何をぬるいことを！　このままでは、お前は消滅するのだぞ！　俺はこれ以上、同族が消滅するところを見たくない！」

吠えるセズディオの巨大な前足の下で、グレンが小さく詠唱をした。飛行魔術を使って、足元から抜け出そうとしたのだろう。その背中をセズディオは容赦なく踏みつけた。

がふっ、と空気の塊を吐き出すような声がして、グレンの詠唱が途切れる。

「面倒な。逃げられぬよう、手足を食いちぎってくれる！」

セズディオが大きく口を開けた。一本一本がナイフほどもある、太く鋭い牙《きば》──それがグレンの体に食い込むより早く、セズディオの後ろ足が地面に貼りつくように凍りついた。

シリルの魔術ではない。氷霊の仕業だ。

「氷霊っ！　この愚か者っ！」

怒りに吠えるセズディオの足元からグレンが大急ぎで這《は》い出し、レイの腕を掴んで引っ張り出す。

セズディオの後ろ足の氷はどんどん広がっていき、やがてその全身を氷漬けにした。

精霊なので凍傷になったり、窒息して死ぬことはない。ただ、氷霊が氷を溶かすまで、セズディオはもう動けないだろう。

その時、シリルの腕の中の質量が、また軽くなった。腕を失《な》くした氷霊の体には亀裂が入り、そこから魔力がボロボロと零《こぼ》れ落ちていく。

シリルは氷霊を抱き寄せ、襟元のブローチが氷霊にピトリとくっつくようにした。

魔導具のブローチはシリルの中の余分な魔力を吸収して、放出している。その魔力で、少しでも氷霊の命を繋《つな》ぐことができるなら、と思ったのだ。

それでも、氷霊から零れ落ちていく魔力の方が多いのは、誰の目にも明らかだった。

「副会長……」

グレンが痛ましげな顔をする。

グレンに助け出されたレイは、何も言わない。消滅寸前の氷霊を助けようとするシリルを、哀れみも蔑《さげす》みもせず、ただ無表情に見守っている。

それは、目の前の事実を正確に記憶することを生業《なりわい》とする賢人の目だ。

「分かっている……」

シリルは己の無力さを噛《か》み締《し》めながら、呟《つぶや》く。

「分かって、いるんだ……」

自分の知識では、技術では、氷霊を助けることはできないという現実も。

精霊は人とは違う存在で、時に人に害を成すという事実も。

それでも、シリルは氷霊を助けたかった。

(助けたい、のに……)

氷霊の胴に広がった亀裂は、首の辺りに達しつつある。

(私は、何も、できない)

シリルの腕の中で、氷霊がわずかに身じろぎをした。焦点を失ったアイスブルーの目が、ぼんやりとシリルを見上げる。

「人間さん、人間さん、泣いてる、ですか?」

それは、耳を澄まさなくては聞こえないような、か細い声だった。

氷霊はそのあどけない顔に、淡い笑みを浮かべる。まるで、幼い子どもをあやすような柔らかさで。

「泣いてる子、吹雪が、怖いのですか？　……ならば、お唄を歌ってあげましょう」

「氷霊、何を言って……」

言いかけてシリルは口を閉じた。氷霊が何かを口ずさんでいる。

「『トゥ・レィス・マーロゥフィーヴィネ・ルァー・メーレイ・ライ』」

それは、人間には分からない言葉の唄だ。

暗い夜に怯《おび》える子どもに、そっと寄り添うような優しい旋律に、下位精霊達がふわふわと、氷霊の周囲に集まってくる。

今まで静観していたレイが、ギョッとしたようにピンク色の目を見開き、呻《うめ》いた。

「『この吹雪は、あなたのための子守唄《こもりうた》。幼子よ、穏やかに眠りなさい』……？」

レイが口にしたのは、おそらく氷霊が口にした唄なのだろう。精霊の言葉を習得している人間はそう多くないのだが、そこは流石《さすが》の七賢人だった。

（……吹雪？　子守唄？）

シリルの頭を過ったのは、冬精霊の伝承。

冬を告げるシェルグリア、鐘を鳴らすオルテリア、そして……。

シリルは、頭に浮かんだその名を口にする。

「吹雪を子守唄にする、ロマリア？」

「それって、暦の名前になってる冬精霊じゃないすか!?」

グレンがギョッとしたような声をあげた。無理もない。

暦に名を残す精霊を、実際に見たことのある人間が、どれだけいるだろう。七賢人のレイですら、

「生きていたのか……」と驚きを隠せずにいる。

幼子の姿をした氷霊――ロマリアは淡く微笑《ほほえ》んだ。

「思い出しました……わたしは、唄が好きだった……シェルグリアが冬を告げて、オルテリアが鐘を鳴らして……わたしは、吹雪の夜に子ども達が怖がらないよう、お唄を歌うのです」

シェルグリア、オルテリア、ロマリア――冬の三精霊は、精霊の中でも人間に友好的で、心温まるエピソードが多い。だからこそ、暦に名を残しているのだ。

「シェルグリアも、オルテリアも、わたしも、人間が大好きでした……だけど」

アイスブルーの目が悲しげに揺れる。

それは、自分は助けを求めてはいけないのだと、自戒のように呟いていた時と同じ顔だ。

「……ロマ、リア？」

シリルがぎこちなく名を呼ぶと、氷霊ロマリアは細い眉《まゆ》をきゅうっと寄せて、泣きそうな顔をした。

精霊は涙を流さない。涙の代わりに、魔力の欠片《かけら》がポロポロとその体から零れ落ちる。

「わたしは、人間を殺《あや》めてしまったのです……だから、あなた達に、助けてなんて言ってはいけなかった……」

シリルは、どういうことか訊《たず》ねようとした。

だが、ガシャンガシャンという不吉な金属音がそれを遮る。

レイがヒィッと喉《のど》を鳴らし、グレンが表情を険しくして、森の奥を睨んだ。

魔導具の全身鎧《よろい》——それが、目に見えるだけで一〇体以上、こちらに向かってくる。

こちらは全員疲弊している上に、地霊セズディオも、氷霊ロマリアも戦える状態じゃない。

レイが両手で目元を覆い、引きつった顔で笑う。絶望を目の当たりにした人間の、虚《うつ》ろな笑みだ。

「俺達……死んだな……」

＊＊＊

モニカの横を歩くブラッドフォードが、不意に視線を周囲に巡らせた。それは鳥の鳴き声に耳を澄ませ、その姿を探す仕草に似ている。

だが、彼が探っているのは鳥ではない。

「森の空気が変わったな……精霊がざわついてる感じがするぜ」

ブラッドフォードの言う精霊のざわつきは、モニカにはよく分からない。ルイスもそうなのだろう。

斧《おの》を担いで先を歩くルイスは、歩く速度は落とさず、こちらを振り向いた。

「私にはピンときませんが……〈砲弾の魔術師〉殿が言うのなら、きっと、森の精霊達に異変があったのでしょう」

魔力量の多い人間は、魔力の変化や精霊の気配に敏感と言われている。

そのためか、七賢人の中でも魔力量が飛び抜けて多いブラッドフォードとラウルは、時々妙な勘の良さを発揮することがあった。

七賢人の中でも、おおらかで大雑把な二人だが、感覚の鋭さは飛び抜けているのだ。

〈茨《いばら》の魔女〉様と〈深淵《しんえん》の呪術師〉様に、何かあったのかな……二人は、シリル様とグレンさんを保護してるはずだけど……)

モニカがソワソワしていると、先頭を歩くルイスが足を止めた。

「見えました。あれが、〈宝玉の魔術師〉殿の隠れ家です」

ルイスの視線の先、木々の合間のひらけた土地に小ぢんまりとした小屋が見える。小屋のそばには泉があり、そこからチョロチョロと流れる水が、幾筋もの細い小川になっていた。

この小川を辿《たど》っていけば、〈宝玉の魔術師〉の隠れ家に辿り着く。

(あとは、〈宝玉の魔術師〉様が所有する魔導具と、古代魔導具〈偽王《ぎおう》の笛ガラニス〉を破壊して、精霊達を解放したら、作戦は終了……)

〈宝玉の魔術師〉の身柄の確保は、今回の作戦に含まれていない。捕らえたところで、どこに突き出せるわけでもないからだ。

ルイスは〈宝玉の魔術師〉の隠れ家を睨み、口を開いた。

「今のうちに、私が懸念していることを伝えておきましょう。古代魔導具〈偽王の笛ガラニス〉についてです」

「そういや、今回の作戦、やけに〈偽王の笛ガラニス〉の破壊にこだわってたな？　……何かあるのか？」

ブラッドフォードの探るような目に、ルイスは片眼鏡を指先で押さえ、一つ頷《うなず》く。

「〈偽王の笛ガラニス〉について、できる限り調べたのですが……歴史上で、この笛が登場している時は、常に戦争が起こっているのです」

「そりゃ、古代魔導具は大半が兵器みたいなもんだからな。使うんなら、戦争だろ」

モニカは〈星詠みの魔女〉が管理している〈星紡ぎのミラ〉を思い出した。

あれは、土地の魔力を吸い上げる魔導具だが、吸い上げた魔導具を攻撃魔術に転用できる——使い方次第では、兵器になる代物だった。

〈偽王の笛ガラニス〉は精霊を操る魔導具。ならば、その操った精霊で戦争をすることは容易に想像できる。

「私が注目したのは、歴代の所有者ですよ。〈偽王の笛ガラニス〉の所有者はいつも、開戦のきっかけを作った人物、或《ある》いはその側近なのです」

モニカは嫌な予感を覚えた。

今、このリディル王国で開戦派と呼ばれる人物と言えば、第二王子の祖父、クロックフォード公爵である。そして、〈宝玉の魔術師〉はクロックフォード公爵と懇意にしているのだ。

ルイスが押し殺した声で、言葉を続ける。

「〈偽王の笛ガラニス〉は言葉巧みに使用者を誘導し、戦争をさせているように思えます」

リディル王国では、五〇年程前の帝国との戦争を最後に、大きな戦争は起こっていない。せいぜい、国境の小競り合い程度だ。

その大きな戦争で、リディル王国は敗戦している。

開戦当初は、リディル王国側の魔術師部隊の活躍で押していたのだ。だが、帝国側が攻撃魔術を反射する古代魔導具〈ベルンの鏡〉を使用したことで、リディル王国側は壊滅的な被害を受け、そのまま敗北した。

「古代魔導具〈偽王の笛ガラニス〉は、戦禍を呼ぶ笛と呼ばれています。更に言うと古代魔導具は、条件次第では、使用者の意識や体を乗っ取ることができる」

ルイスはそこで言葉を切り、少し考え込むような顔をした。

「私が〈偽王の笛ガラニス〉なら、〈宝玉の魔術師〉殿をおだてて、良い気分にさせて、魔力をガンガン使わせてから、疲弊したところを乗っ取りますね。乗っ取った体でやりたい放題やった後は、全ての責任を使用者に押しつけて、自分は新しい使用者の手に渡るようにすればいい」

流石はルイス・ミラー。発想が極悪である。

（……〈偽王の笛ガラニス〉は、どうして戦争なんかがしたいんだろう）

戦争は、人と人による土地や資源の奪い合いだ。だが、古代魔導具である〈偽王の笛ガラニス〉は、戦争をしたところで得られるものなどない。

思えば、同じ古代魔導具である〈星紡ぎのミラ〉も、愛した男性を殺してしまうという難儀な人格だった。

（古代魔導具の考えることって、よく分からない……そもそも〈偽王の笛ガラニス〉は……）

「同期殿」

考え込むモニカにルイスが声をかける。

「何か、気づいたことでも？」

「いいえ、大したことじゃないんです、けど……〈偽王の笛ガラニス〉って、現代だと、そんなに戦争で役に立つかな、って」

魔力濃度が濃く、精霊の多いこのケリーリンデンの森だからこそ、〈偽王の笛ガラニス〉は真価を発揮できている。

戦場が魔力濃度の薄い土地なら、操られた精霊達はいずれ消滅してしまう。仮に、〈宝玉の魔術師〉がしているように、精霊を動力源にして魔導具を作ったとしても、精霊の数には限りがある。

「わたしが〈偽王の笛ガラニス〉なら、土地を魔力汚染して、魔力濃度の濃い土地を増やします。そうすれば精霊は増えるし、活動範囲も広がりますよね？　精霊が増えるほど、〈偽王の笛ガラニス〉はその真価を発揮できるので……」

思考に没頭するほど、モニカの顔から表情が失われていく。

無表情に淡々と呟くモニカに、ルイスが顔をしかめた。

「つくづく、貴女《あなた》って敵にしたくないですよね」

「えうっ⁉」

「いやはや、流石は同期殿。発想が非道でいらっしゃる」

「うぇぇぇぇ⁉」

その言葉は、常々モニカがルイスに思っていることである。

モニカがモゴモゴと口籠《くちごも》っていると、ブラッドフォードが呆《あき》れたように言った。

「俺に言わせりゃ、お前らどっちもどっちだ。最悪を想定するのは、悪いことじゃねぇがな。合理性に走るあまり、人の心を失くしてくれるなよ」

ブラッドフォードは年長者の貫禄《かんろく》でモニカとルイスを黙らせると、眼光鋭く周囲を見回した。

「さて、俺も気づいたことを一つ言うぜ。この森、入り口周辺には罠《わな》があったが、それ以降、一度も見てねぇ」

「精霊や鎧どもが、誤って罠を踏むのを避けるためでは？」

ルイスがサラリと答える。モニカも同意見だった。

〈偽王の笛ガラニス〉に操られている精霊や魔導甲冑《かっちゅう》兵は、細かい思考はできないように感じた。故に、〈螺炎《らえん》〉のような罠は、森の入り口だけに留《とど》めたのではないか。

「それもあるかもしれねぇが……宝玉のは臆病《おくびょう》だからな。自分の身を守るために、何かしら用意していると考えるのが自然だ。まぁ、つまり……」

ブラッドフォードは顎髭《あごひげ》を撫《な》でて、低く呟《つぶや》く。

「何か、どでかい罠があるぞ」

「じゃあ、その罠ごと、貴方がドカーンと吹き飛ばしてください」

ルイスの言葉に、ブラッドフォードは不敵に笑った。

「勿論《もちろん》。俺は〈砲弾の魔術師〉だからな！」

五章　パウロシュメルの処刑鏡

『主様《あるじさま》、主様……奴《やつ》らめが、近づいてきております』

〈宝玉の魔術師〉エマニュエル・ダーウィンが首から下げている銀の笛──〈偽王《ぎおう》の笛ガラニス〉が声をあげる。

椅子に座っていたエマニュエルは、肘《ひじ》掛《か》けに手をつき、ゆっくりと立ち上がった。

〈宝玉の魔術師〉の名に相応《ふさわ》しく、彼は私服のローブの上に、いくつもの宝石を飾っている。

ジャラジャラと揺れる豪奢《ごうしゃ》な首飾りが〈偽王の笛ガラニス〉とぶつかり、硬い音を立てた。

「行くぞ、ガラニス。驕《おご》れる者どもに、私の唯一無二を見せてやろうではないか」

『ええ、ええ！　見せつけてやりましょう、主様！　貴方《あなた》様の唯一無二を！』

エマニュエルは堂々とした足取りで、小屋を出た。

小屋を出て左手には泉があり、その泉沿いにこちらに向かって歩いてくる一人の男がいる。

動きやすい服を身につけ、肩に斧を担いだ、長い三つ編みと片眼鏡が特徴の男──〈結界の魔術師〉ルイス・ミラー。

「〈結界の魔術師〉殿、この森は私の私有地ですぞ」

エマニュエルはあえて、余裕たっぷりに微笑みながら、大人が子どもを窘《たしな》めるような口調で言った。

ルイスは、片眼鏡の奥で目を細め、エマニュエルが首から下げた笛をジッと見る。

「その笛が、〈偽王の笛ガラニス〉ですか」

「おや、ご存知《ぞんじ》でしたか」

エマニュエルは首から下げた細い笛をつまみ上げ、ヒューイヒューイと吹いてみせた。

たちまち、屋敷の周囲を漂っていた下位、中位の精霊達がエマニュエルの周囲に集い始める。

狐《きつね》やウサギの姿をした中位精霊、大小様々な光の塊である下位精霊。それら全てが、エマニュエルの味方なのだ。

「〈偽王の笛ガラニス〉は、この笛の一吹きで、音の届く範囲にいる精霊を操ることができるのです。つまり、この場にいる精霊達は、全て私の味方……」

精霊は詠唱を必要とせず、人間より魔力量が多い。

上位精霊でなくとも、これだけの数の精霊は脅威だ。

更にエマニュエルは、ルイス達が気づかないであろう場所に、魔導甲冑兵を一〇体ほど隠している。

「恐ろしくて、声も出ませんかな？」

せせら笑うエマニュエルに、ルイスが軽く瞬《まばた》きをした。

図星を指されて驚いたのかと思いきや……。

「あ、喋《しゃべ》って良いんですか？　何やら、ご高説を垂れ流したそうだったので、黙っていたのですが」

相変わらず、人の神経を逆撫《さかな》でするのが抜群に上手《うま》い男である。

鼻白むエマニュエルに、ルイスはいかにも親切ぶった態度で告げる。

「僭越《せんえつ》ながら、〈宝玉の魔術師〉殿に一つ助言を……切り札を、これ見よがしにぶら下げるのは悪手ですよ。次からは大事に隠した方がよろしいかと」

「なるほど、なるほど。貴方が〈沈黙の魔女〉と〈砲弾の魔術師〉という切り札を隠しているように……ですかな？」

精霊の報告だと、ルイスと一緒に、〈沈黙の魔女〉と〈砲弾の魔術師〉がいたはずだ。

おそらく、どこかに隠れて、攻撃のタイミングを見計らっているのだろう。

「……ということは、貴方は囮《おとり》ですか、〈結界の魔術師〉殿？　まぁ、そうでしょうねぇ。貴方にできることなど、それぐらいしかないでしょうから」

「今日は、いやにお喋りですな、〈宝玉の魔術師〉殿？」

「えぇ、私は今、とても気分が良いのです」

エマニュエルはルイスが嫌いだ。

ルイスは他の七賢人のように唯一無二を持たないくせに、第一王子のコネで七賢人になった。エマニュエルと同じように。

(だが、今の私は、この男とは違う)

自分は古代魔導具を手にしている。唯一無二を持っている。

目の前にいるこの若造とは、格が違うのだ。

「〈結界の魔術師〉殿、契約精霊を奪われた気分は、いかがですかな？」

上位精霊との契約は、唯一無二には程遠いが、それでも誰にでもできることではない。

大事な契約精霊を奪われて、さぞ怒り心頭だろうと思いきや、ルイスはアッサリした口調で言う。

「長距離移動に難儀したなぁ、ぐらいですかね。それ以上は特に、何も」

強がりだ。そうに決まっている。

エマニュエルはその顔に柔和な笑みを貼りつけ、歌うような口調で語り出す。

「貴方は〈沈黙の魔女〉の無詠唱魔術や、〈砲弾の魔術師〉の六重強化魔術のような、唯一無二の武器がない。できるのは、せいぜい飛び回って囮になって、防御結界を張ることだけ」

ピクリとルイスが目元を引きつらせる。

図星か、とエマニュエルは笑みを深くした。

「どんなに大口を叩《たた》いたところで、貴方があの二人に劣るという事実は変わらない。さぞ、悔しいでしょうねぇ」

「……私が、あの二人に劣る？」

ルイスが僅《わず》かに俯《うつむ》き、肩を震わせる。

屈辱に打ち震えているのだ。あの、ルイス・ミラーが！

その事実に、エマニュエルが溜飲《りゅういん》を下げたその時、ルイスがプッと吹きだした。

「あっはっはっはっは！」

ルイスは仰《の》け反《ぞ》る勢いで顔をあげ、ゲラゲラと笑う。

それもう、おかしくておかしくて仕方がないとばかりに。

「無詠唱、六重強化、星詠み、薔薇要塞《ばらようさい》、呪術……なるほど確かに唯一無二です。ですが、そんなものがなくとも、大抵のことを当たり前のようにできる方が、すごいに決まっているではありませんか」

〈結界の魔術師〉ルイス・ミラーは、魔法兵団の元団長だ。

二つ名の通り、一番得意としているのが結界術だが、攻撃魔術全般や飛行魔術も得意としている。

尖《とが》った能力の持ち主が多い七賢人の中で、大抵のことを当たり前のようにできるのがルイスだ。

ルイスは肩に担いだ斧《おの》を下ろし、肩を竦《すく》める。

「唯一無二の武器があれば、絶対に勝てるというものでもないでしょう。結果的に、勝てば良いのですよ、勝てば」

「貴方には、魔術師としての誇りがないのですかな?」

「誇りぃ? それをドブに捨てて、古代魔導具に縋《すが》りついたのは、貴方ではありませんか」

エマニュエルの笑顔が剥《は》がれる。

分かっていない。この若造は何も分かっていないのだ。

壊れていた〈偽王の笛ガラニス〉を修復したのも、それを使って精霊を操り、動力源に組み込む技術も、〈宝玉の魔術師〉の生涯で最高の仕事だ。

これが、〈宝玉の魔術師〉の唯一無二でなくて、何なのか。

歯軋《はぎし》りをするエマニュエルに、ルイスはまるで聖人のように優しげな笑みを向けた。

「褒め言葉に飢えておられるのですね、〈宝玉の魔術師〉殿。では、貴方が欲しがっている言葉を差し上げましょう……貴方は本物の天才ですよ。精霊を動力源にした魔導具など、誰にでも作れる物じゃない」

優しげな笑みが一転、片眼鏡の奥で灰紫の目が眇《すが》められ、エマニュエルを冷ややかに嘲笑《あざわら》う。

「だが、天才が有能とは限らない。一緒に仕事をするなら、無能な天才より、有能な凡人の方が良いに決まっている」

負け惜しみだ。

エマニュエルが己にそう言い聞かせていると、ルイスがサラリと一言付け加える。

「クロックフォード公爵も、そう考えるのでは？」

「……！」

「古代魔導具の違法入手、私物化──そんな独断行動を自分の部下がやらかしたら、私なら殺して埋めたくなりますね」

エマニュエルはまだ、〈偽王の笛ガラニス〉のことを、クロックフォード公爵に話していない。

壊れた笛を見つけた時はまだ、自分に修理できるか分からなかったし、そのままクロックフォード公爵に献上したら、別の政治的駆け引きに使われ、二度と自分の手元には戻ってこないと思ったからだ。

笛の修理が終わった後も、すぐに報告しなかったのはそのためである。

魔導甲冑兵が完成し、〈偽王の笛ガラニス〉を誰よりも有効に使えるのが自分なのだとハッキリしたところで、クロックフォード公爵に魔導甲冑兵の軍団と一緒に報告するつもりだったのだ。

魔導甲冑兵は戦争で役に立つから、開戦派のクロックフォード公爵なら絶対に欲しがる。

（だが、〈偽王の笛ガラニス〉の存在を、〈結界の魔術師〉が他の誰かに漏らしたら……）

七賢人の不祥事が明るみに出るのを避けたいルイスは、そのことを吹聴したりはしないだろう。

それでも、もし万が一のことがあったら？

古代魔導具を私物化したエマニュエルは、確実に七賢人の座を追われるだろう。最悪、処刑もあり得る。

焦るエマニュエルに、ルイスが追い討ちをかけた。

「クロックフォード公爵には同情しますよ。部下が無能で」

エマニュエルは〈偽王の笛ガラニス〉を吹き、精霊達に命じた。

——この男を痛めつけて、〈砲弾の魔術師〉と〈沈黙の魔女〉を炙《あぶ》り出せ、と。

＊＊＊

エマニュエルと対峙《たいじ》するルイスの右斜め後方、木陰に隠れて様子を見守っていたブラッドフォードは、呆《あき》れ顔《がお》で呟いた。

「……絶好調だな、結界の」

「……はい」

横に控えたモニカは、ヴェールの下で頬を引きつらせて、ぎこちなく頷《うなず》く。

巻き込まれた一般人——シリルとグレンが保護された今、モニカ達の次の目的は古代魔導具〈偽王の笛ガラニス〉の破壊である。

モニカが威力を落とした精密攻撃でエマニュエルを直接狙うことも考えたが、操られている下位精霊達が盾になるから、難しいだろう。

何より目当ての笛はエマニュエルが首から下げているというのがネックだ。

ブラッドフォードの攻撃魔術は強力だが、エマニュエルごと吹き飛ばしてしまう。どうにかしてエマニュエルを取り押さえて、笛を取り上げなくてはならない。

そこで、ルイスが囮となり、エマニュエルの気をひいて、モニカが木陰から遠隔魔術で攻撃。

ブラッドフォードは状況に応じて、その超火力の魔術で攻撃、という作戦になっていた。

ブラッドフォードの多重強化魔術は、詠唱に時間がかかるという弱点がある。それを補うため、詠唱中のブラッドフォードを守るのも、モニカの役目だ。

モニカが静かに見守っていると、ルイスを取り囲む精霊達が一斉にルイスに攻撃をしかけた。

火球と雷球がルイスの頭上から降り注ぎ、氷の矢と風の刃《やいば》が左右からルイスを斬り裂こうとする。

だがルイスは冷静に、自分の周囲に防御結界を展開した。

半球体型の防御結界はルイスの身を守るのと同時に、飛来した精霊達の力を全て反射する。

反射した魔法攻撃を受けて、力の弱い精霊の何割かが吹き飛んだ。

(ルイスさんが使ったあれは、二級反射結界……)

反射結界は、その名の通り敵に攻撃を跳ね返す結界だが、非常に扱いが難しい。

持続時間が然程《さほど》長くないし、強度も通常の防御結界に劣るのだ。

今のルイスはまだ、魔力が完全回復はしていない。故に、反射結界もすぐに消滅する。

ルイスは反射結界の消滅と同時に、エマニュエルめがけて真っ直《まっす》ぐに突っ込んでいった。

飛行魔術を使わずとも、ルイスの俊足なら、すぐにエマニュエルとの距離を詰め、その首から下げた〈偽王の笛ガラニス〉を奪い取れる。

だが、エマニュエルまであと十数歩といったところで、すぐそばにある泉の中から魔導甲冑《かっちゅう》兵が飛び出した。

精霊を動力源にした魔導甲冑兵は、人間には隠れられない水中にも潜めるという特性を活《い》かした不意打ちだった。

現れた魔導甲冑兵は一〇体。

ルイスが斧を振り上げる。モニカも自分の居場所が悟られぬよう、遠隔術式を組み込んで、魔導甲冑兵に風の刃を放つ。

魔導甲冑兵の不意打ちがあってもなお、戦況はルイスが押していた。

ルイスは精霊の攻撃を防御結界で的確に防ぎ、魔導甲冑兵の攻撃は、その身体能力で身軽にかわして、斧で攻撃を仕掛ける。

合間合間にモニカも支援しているので、このままいけば、ルイスが押し切るように見えた。

離れた場所で戦況を俯瞰《ふかん》しているモニカは、違和感を覚えた。

（……違う。おかしい）

一〇体いる魔導甲冑兵——既にルイスに二体破壊され、残り八体。その内、四体が常に同じ距離を保っている。

エマニュエルを支点に、扇形になるように。

モニカがそれに気づくのとほぼ同時に、エマニュエルがルビーの首飾りを握りしめた。

「四層波状雷撃、発動！」

首飾りの宝石が金色に輝き、それに呼応するように、四体の魔導甲冑兵の内側から光が漏れる。

モニカは、先日の魔法戦でヒューバード・ディーが作った攻撃用魔導具を思い出した。

ヒューバードは身につけたピアスから指示を出し、周囲に隠した複数の指輪から攻撃魔術が発動する罠《わな》を仕掛けていた。

今、エマニュエルが仕掛けたのはそれに似ている。指示を出すのが首飾り。そして、攻撃魔術を放つ媒体が、四体の魔導甲冑兵だ。

四体の魔導甲冑兵から溢《あふ》れる光は、雷の攻撃魔術だ。仕組みこそ、ヒューバードの魔導具に似ているが、威力の桁《けた》が違う。

（おそらく、威力と範囲は精霊王召喚相当！）

高威力、広範囲の魔術がくる。

ルイスと自分達に防御結界を張るべきか、自分も精霊王召喚をして攻撃に転じるか、モニカは悩んだ。

相手の攻撃が精霊王召喚級となると、防御結界一枚で防ぎ切れるか危うい。

二枚重ねにすれば結界の強度は増すが、ルイスと自分達のどちらかにしか、結界が張れなくなる。

悩むモニカの肩を、ブラッドフォードがポンと叩いた。

ブラッドフォードは既に詠唱を終えている。

彼の前に生まれたのは、一抱えほどの圧縮された火球だ。四重強化魔術。敵の攻撃を相殺するのに、威力は充分。

「飛ばすぞ、沈黙の！」

ブラッドフォードは右手を前に突き出し、その腕を支えるように左手を添える。

そうして地面をしっかりと踏ん張り、吠《ほ》えた。

「ドッカーン！」

四重強化した火球が、魔導甲冑兵を狙う。

魔導甲冑兵の四層波状雷撃と、ブラッドフォードの四重強化の火球がまさにぶつかろうとしたその時、魔導甲冑兵が輝きを失い、一斉に地に伏した。

エマニュエルが、魔導甲冑兵への魔力供給を絶ったのだ。

（どうして、そんなことを……⁉）

ブラッドフォードの火球は、倒れた魔導甲冑兵の上を通りすぎ、〈宝玉の魔術師〉エマニュエル・ダーウィンに向かって飛んでいった。このままだと直撃だ。

その時、エマニュエルの口の端が、ニタリと持ち上がる。

「……魔導具〈パウロシュメルの処刑鏡《しょけいきょう》〉発動」

エマニュエルの足元、地面の中で何かが輝く。大人の拳《こぶし》ほどの大きさの宝玉だ。今まで土を被《かぶ》せて隠していたのだろう。

宝玉の赤い輝きは、エマニュエルの周囲をグルリと覆った。

（あれは、防御結界の魔導具？）

ブラッドフォードの火球が、エマニュエルを覆う赤い輝きに触れる。

本来なら触れた瞬間に、火球は爆《は》ぜる筈《はず》だった。だが、赤い防御結界に触れた火球は、その形を保ったまま跳ね返る。

モニカの背筋が凍った。

（反射結界の魔導具！　しかも二級……ううん、おそらく一級反射結界相当！）

一級反射結界は、現存するほぼ全ての魔術を跳ね返す、最強の魔術師対策だ。

だが、消費魔力量が多すぎるため、現代では使える魔術師はいない。〈結界の魔術師〉を名乗るルイスですら使えない魔術なのだ。

当然、実戦で使えるような反射結界の魔導具など、現代魔導具では存在しない。存在したら、それは古代魔導具に匹敵する兵器になる——それが今、目の前にあるのだ。

反射された火球は、ルイスの目前にまで迫っていた。

このままだとルイスに直撃して炸裂《さくれつ》してしまう。そうなったらルイスは即死、離れた場所にいるモニカとブラッドフォードも、ただではすまない。

ルイスは防御結界の詠唱をしていたが、火球の方が速い。間に合わない。

(間に合うのは——わたしだけ!)

モニカは無詠唱で、壁状の防御結界をルイスの前に展開した。

先の地霊との戦いでもモニカは防御結界で四重強化魔術を防いだが、あれは直撃ではなく、余波を防いだものだ。

(直撃だと……防ぎきれないっ)

モニカは最高強度の防御結界を二重にして展開している。それでも、ブラッドフォードの四重強化魔術の直撃を受けて、二重にした防御結界が一つ砕け散る。

最大火力の六重強化より二段階落として、この火力だ。国内最高峰は伊達《だて》じゃない。

二つ目の結界にもヒビが入った。

無詠唱魔術の使い手であるモニカは、規模を絞れば、連続して防御結界を張るという荒技も使える。だが、それをするにはブラッドフォードの四重強化はあまりに効果範囲が広すぎた。

（だめ、わたしの防御結界だけじゃ、防ぎきれない！）

ヒビの入った結界の隙間から火が噴き出し、ルイスを焼き尽くそうとしたその時、噴き出した火とルイスの間に何かが素早く割り込んだ。

一瞬、蛇の群れかと思ったが、違う。あれは、薔薇《ばら》の蔓《つる》だ。

四重強化の火球は炸裂した瞬間、轟音《ごうおん》と共に火の粉を散らした。

だが、薔薇の蔓が幾重にも重なり、分厚い壁となって、燃え盛る炎からルイスやモニカ達を守る。

ブラッドフォードがニヤリと笑って、声をあげた。

「助かったぜ、茨《いばら》の！」

ルイスの後方からこちらに向かって駆け寄ってくるのは、〈茨の魔女〉ラウル・ローズバーグだ。

もう隠れている必要もなかろうと、ブラッドフォードは木陰から姿を見せる。

モニカも水の魔術で周囲への延焼を防ぎながら、ルイスとラウルのもとに駆け寄った。

「〈茨の魔女〉様、ご無事だったんです、ねっ！」

「おう、茨の。深淵《しんえん》のはどうした？　一緒に、一般人保護したんだろ？」

モニカはハッとした。

ブラッドフォードの言う通り、ラウルとレイが、シリルとグレンを保護している。

もしかしたら、シリル達も近くにいるのだろうか。だとしたら、迂闊《うかつ》に声を出すのはまずい。

モニカがヴェールの上から口を押さえて、キョロキョロ周囲を見回していると、ラウルは真紅の巻き毛をかきながら、カラリとした口調で言った。

「いやぁ、それが、レイ達とはぐれちゃってさ！」

元気に言うようなことではない。

モニカは絶句し、ルイスが頬を引きつらせ、ブラッドフォードが「あちゃー」と額に手を当てた。

茨の壁の向こう側では、今もまだ業火が燃え上がっている。そちらをチラチラ気にしつつ、モニカはラウルに訊《たず》ねた。

「あのぅ、あのぅ……じゃあ、保護した二人は……？」

ラウルは笑顔で親指を立てた。白い歯が眩《まぶ》しかった。

「レイがついてるから、大丈夫さ！」

それは大丈夫じゃないだろう、とラウル以外の誰もが思った。

〈深淵の呪術師〉レイ・オルブライトは、この国一番の呪術師だが、戦闘は不得手である。おまけに、精霊には呪いが効かないのだ。

ルイスが、疲労を隠さぬゲンナリした顔で呻《うめ》く。

「……呪術師殿と、うちの馬鹿弟子どもが人質にされたら、面倒なことになりますね」

「こいつぁ、急いで片付けねぇとな」

ルイスとブラッドフォードが、茨の壁の向こう側を睨《にら》みつける。

四重強化の火球で、力の弱い精霊はいくらか吹き飛んだかもしれないが、エマニュエルと魔導甲冑兵は、ほぼ無傷だろう。

今はラウルの茨が守ってくれているが、それもいつまで保《も》つかは分からない。

モニカは硬い声で、ルイスに告げる。

「ルイスさん、〈宝玉の魔術師〉様の足元で発動した防御結界は、おそらく……一級反射結界、です」

ルイスはフッと鼻を鳴らし、皮肉気に笑った。

「〈パウロシュメルの処刑鏡〉でしたっけ？　……良い名前ですね。殺意が高くて」

パウロシュメルは、昔話に出てくる鏡に潜む魔物の名前である。

（新年に会った時、〈宝玉の魔術師〉様は、反射結界の魔導具を研究してると言っていた……精霊を動力源にして、完成させたんだ）

精霊を動力源にして、高度な魔導具を作る技術。それは、魔導甲冑兵だけに限られたものではなかったのだ。

だが、魔導甲冑兵にしろ、〈パウロシュメルの処刑鏡〉にしろ、起動には相応の魔力がいるはずだ。一体どれだけの精霊が、この魔導具のために犠牲になったのだろう。

（森の入り口以外に攻撃用の罠を仕掛けていなかったのは、〈パウロシュメルの処刑鏡〉に絶対的な自信があったからだ……）

モニカが思案していると、茨の壁の向こう側で、エマニュエルの声が響く。

「四層波状雷撃、発動！」

四体の魔導甲冑兵から繰り出される、高威力の雷撃だ。

茨の壁が衝撃に大きく揺れる。

ルイスが険しい顔で、ラウルに訊ねた。

「〈茨の魔女〉殿、この茨の壁は、あとどれだけ保ちます？」

「えっ？　まだ全然いけるぜ。オレ、魔力余ってるし、薔薇なら幾らでも増やせるし」

「……頼もしい返事をどうも」

ラウルが来てくれたのは心強い。だがエマニュエルは、精霊を操る〈偽王の笛ガラニス〉と、雷撃を放つ魔導甲冑《かっちゅう》兵にくわえて、〈パウロシュメルの処刑鏡〉まで所有しているのだ。

ブラッドフォードの四重強化すら反射するとなると、こちらにできることは限られてくる。

「六重だな」

ブラッドフォードがニヤリと笑った。

「最高火力で、反射結界を木っ端微塵《みじん》だ。斧《おの》でぶっ壊すより現実的だろ？」

「ですね。見たところ、物理耐性も高いようですし……では我々は、貴方の砲弾の威力が削《そ》がれないことに、全力を尽くしましょう」

そう言って、ルイスは革手袋をはめ直し、モニカを見る。

「我々で時間を稼ぎますよ、同期殿」

「わかり、ました」

ブラッドフォードの六重強化魔術は詠唱に時間がかかる。

それまでの時間をモニカ、ルイス、ラウルの三人で稼ぎ、六重強化魔術で〈パウロシュメルの処刑鏡〉を破壊。

それが、現時点で一番妥当な策だ。

（……でも）

モニカの胸に不安がよぎる。

エマニュエルが最も警戒するのは、ブラッドフォードの六重強化魔術。

これに対抗するための安全策を、エマニュエルが用意していないはずがないのだ。

モニカが険しい顔をしていると、ルイスが斧を手の中でクルリと回しながら、世間話のような口調で言う。

「〈宝玉の魔術師〉殿が星を仰がなければ、我々の勝ちです」

モニカは目を見開き、ルイスを見た。ブラッドフォードとラウルも、何かに気づいたような顔をする。

「ルイスさん……もしかして、あの人が……」

ルイスは口元に人差し指を当てて、ニコリと微笑《ほほえ》んだ。

「さぁ、作戦開始です。〈宝玉の魔術師〉殿に、我ら七賢人の団結力を見せてやりましょう！」

そこにすかさず、ブラッドフォードとラウルが口を挟む。

「宝玉のも七賢人なんだが」

「レイもメアリーさんもいないぜ」

二人の指摘をルイスは笑顔で黙殺した。

六章　笛の本懐

今から五〇年程前、リディル王国は帝国と戦争になり、敗戦している。

その直接的な原因となったのが、帝国側が所有する古代魔導具〈ベルンの鏡〉だ。

〈ベルンの鏡〉は大規模な一級反射結界を展開できる古代魔導具である。

帝国軍はリディル王国の魔術師部隊を誘導し、一斉攻撃を仕掛けるように仕向け、その攻撃を〈ベルンの鏡〉で反射して、リディル王国軍を壊滅させたのだ。

そして今、〈宝玉の魔術師〉エマニュエル・ダーウィンは、規模こそ〈ベルンの鏡〉に劣るものの、一級反射結界を展開する魔導具〈パウロシュメルの処刑鏡〉を完成させている。

モニカはヴェールの下で唇を噛《か》んだ。

（まさか、一級反射結界の魔導具があるなんて……）

反射結界の等級は、反射精度や強度、持続時間も加味されるが、単純に分けるとこうなる。

五級：微量の魔力を弾《はじ》く。
四級：初級相当の魔術を弾く。
三級：中級相当の魔術を弾く。
二級：上級相当の魔術を弾く。

一級：現存するほぼ全ての魔術を弾く。

現存する反射結界で人間が使えるのが二級まで。ルイスが使えるのがこれだ。

（問題は、この等級には、かなりの幅があるということ……）

例えば初級魔術一つとっても、威力には幅がある。

それこそ、グレンのように魔力量の多い人間なら、初級魔術でも中級、上級相当の威力が出せてしまうのだ。

故に、反射結界の等級はあくまで目安でしかない。

（〈パウロシュメルの処刑鏡〉は、どれだけの耐久性があるんだろう……？）

ブラッドフォードの六重強化魔術は、現存する魔術の中で一、二を争う威力だ。

これが通用しなかったら、いよいよ打つ手がなくなってしまう。

（そのためにも、六重強化魔術の威力を削られないように、しないと）

六重強化魔術が、〈パウロシュメルの処刑鏡〉に届く前に、精霊や魔導甲冑兵などの妨害で威力が削られたら、反射される可能性が上がってしまう。

「四層波状雷撃、発動！」

エマニュエルの命令に応じて、四体の魔導甲冑兵が強力な雷撃を放つ。精霊王召喚に匹敵する威力の攻撃だ。

同時に、生き残った中位以下の精霊達も、一斉にこちらに攻撃を仕掛けてくる。

「ほいっと」

ラウルがポケットから種を取り出して、地面に投げる。

種は瞬く間に発芽して生長し、強靭《きょうじん》な茨の壁となってモニカ達を守った。

「オレの茨は、まだまだ保《も》つけどさ。あの鎧《よろい》は減らしておきたいよなぁ」

ラウルの茨の壁は、並の防御結界を凌駕《りょうが》する強度だが、弱点もある。

透明な防御結界と違い、薔薇の蔓がミッチリと前方を埋め尽くしているので、敵が見えないのだ。つまり、攻撃がしにくい。

ルイスがブーツの爪先で地面をトントンと蹴《け》り、斧を構えた。

「次の攻撃を防いだら、攻撃に転じます。二人は援護を」

エマニュエルの操る精霊達が一斉攻撃をしかけてきた。ドォン、と大きな音がして、茨の壁が揺れる。

その攻撃に耐え切ったところで、ラウルが薔薇の蔓を操り、道をあけた。

薔薇の蔓でみっちりと埋まっていた視界がパッと広がった瞬間、モニカとラウルは攻撃を開始する。

モニカは無詠唱で風の弾丸を打ち出し、中位以下の精霊達を吹き飛ばす。

ラウルは薔薇の蔓で魔導甲冑兵をからめとり、動きを封じる。

そして、動けなくなった魔導甲冑兵の首や手足を、ルイスが斧で切断していった。

ラウルは薔薇を操ることしかできないが、彼が操る薔薇の蔓は、攻撃にも防御にも使える優れものだ。彼がいるだけで、モニカの行動に余裕ができる。

だから、モニカは気づくことができた。

僅《わず》かに焦った表情のエマニュエルが、指輪を掲げたことを。その指輪が不気味に輝いたことを。

(あの指輪は魔導具……⁉)

モニカは指輪から攻撃がくるものだと思い込んでいた。だが、違う。

指輪からの指示を受けて、エマニュエルの背後にある小屋——その壁面に埋め込まれた石が輝き、圧縮した炎の塊を五つ撃ち出した。

螺旋《らせん》を描くように圧縮した魔力の塊。それをモニカは知っている。

(あれは、暗殺用魔導具〈螺炎《らえん》〉!)

別名魔術師殺し、とも言われるその魔導具は、防御結界を貫くほど、貫通力が高いことで有名だ。

本来〈螺炎〉は飛距離が短く、効果範囲が狭いという弱点があるが、精霊を動力源にして強化しているのか、飛距離が長い——それが五つも。

この中で一番防御結界が硬いのはルイスだが、詠唱が間に合わない。

モニカが無詠唱魔術で防御結界を二枚重ね、ラウルが薔薇《ばら》の蔓《つる》を集めて壁にした。

だが、渦巻く〈螺炎〉は防御結界を二枚同時に撃ちぬき、更にラウルの薔薇の蔓を貫通する。

(このままだと、被弾する!)

モニカの全身から血の気が引き、足が竦《すく》む。

渦巻く炎の弾丸が、モニカ達を貫こうとしたその時、近くの茂みから何かが飛び出してきた。一〇体近い魔導甲冑兵だ。

一番近くにいるルイスは、それに気づいていない。モニカは咄嗟《とっさ》に声をあげた。

「ルイスさん、魔導甲冑兵が!」

モニカの声でルイスが魔導甲冑兵に気付く。

その時にはもう、新手の魔導甲冑兵達はガチャガチャと鎧を鳴らしてこちらに駆け寄っていた。

一〇体近い魔導甲冑兵。それが、モニカ達の正面に立ち……〈螺炎〉から守る壁となる。

金属がギュリギュリと捩《ね》じ切れる音と爆音が響き、モニカ達の目の前で魔導甲冑兵が木っ端微塵に砕け散った。

モニカは咄嗟に防御結界を張って、その破片から身を守る。

「どういうことだ！」

叫んだのは、エマニュエルだった。

彼は首から下げた笛を摘《つま》んで、苛立《いらだ》たしげに怒鳴り散らす。

「あの魔導甲冑兵が、私の命令に背いたぞ！」

『あぁ、あぁ、申し訳ありません、主様《あるじさま》……』

エマニュエルの怒声に応じるのは、甲高い男の声だった。あれが〈偽王《ぎおう》の笛ガラニス〉の人格なのだろう。

『あの鎧に封じた精霊どもが申しますには、鎧に異変が生じていると』

「私の作った魔導具に、不備があったと言うのか⁉」

『いいえ、いいえ、主様。貴方《あなた》様の仕事は完璧《かんぺき》です。これは、外部からの干渉にございます』

ふと、モニカは気がついた。

モニカ達を〈螺炎〉から庇《かば》って、木っ端微塵になった鎧の残骸《ざんがい》……その表面に、紫色の紋様が浮かび上がっているのだ。

（これって、まさか……）

ガサガサと音を立てて茂みが揺れ、そこからまた一体の魔導甲冑兵が姿を見せる。

この魔導甲冑兵にも、紫色の紋様が浮き出ていた。そして、魔導甲冑兵の背中にペショリと貼りつくように背負われているのは、紫色の髪の痩《や》せた男――〈深淵《しんえん》の呪術師〉レイ・オルブライト。

「私の魔導甲冑兵に、何をした！」

叫ぶエマニュエルに、レイは魔導甲冑兵に背負われたまま、ボソボソと言う。

「お、俺に精霊は呪えないけど……呪いの人形を作る応用で、鎧を呪えないかなって思って、やってみたら……できちゃった…………えへ」

エマニュエルが、膝《ひざ》から崩れ落ちそうな顔をした。

己の技術を注《つ》ぎ込《こ》んだ魔導甲冑兵を、「できちゃった」の一言で乗っ取られては、たまったものじゃない。

こうなったらもう、いくら魔導甲冑兵を投入しても無意味だ。全て、レイの呪術に乗っ取られてしまう。

呪術は魔術とは違う、オルブライト家が独占している技術だ。どれだけエマニュエルが解析しても、手に負える代物ではない。

モニカはレイのもとに駆け寄り、小声で訊《たず》ねた。

「〈深淵の呪術師〉様っ、あのっ、保護した、二人は？」

「離れた場所にいる……乗っ取った魔導甲冑兵を数体、護衛につけてるから、多分平気だろ……」

モニカがホッと胸を撫《な》で下《お》ろしていると、ラウルが目を輝かせて言った。

「すごいや、レイ！　カッコいいぜ！」

素直なラウルの褒め言葉に、レイは魔導甲冑《かっちゅう》兵の背中でグネグネと身を捩《よじ》る。

「くふ、ふふっ、いいぞ、いいぞ……もっと俺を褒めろ……」

「悪の鎧軍団の、親玉って感じだな！」

「……やっぱり、お前なんて嫌いだ」

レイとラウルのやりとりの横では、ルイスが呆《あき》れ顔《がお》をしていた。

ルイスはレイ、ラウル、そして何故《なぜ》かモニカに目を向けてから、最後にエマニュエルを見て言う。

「本当に、このバケモノどもと、同類になりたいのです？」

「黙れっ！」

怒りに顔を赤黒く染めて、エマニュエルが吠《ほ》える。

ルイスは性格の悪さを隠そうとしないクスクス笑いをしながら、親指でクイと己の背後を指し示した。

「おや、火力のバケモノの詠唱が終わったようで」

ラウルの茨《いばら》の陰に隠れ、長い詠唱を終えたブラッドフォードが、右手を前に掲げた。

「──勝利を約束せし炎の王、紅蓮《ぐれん》の剣《つるぎ》掲げ、その力の片鱗《へんりん》を示せ」

ブラッドフォードの指先から溢《あふ》れる赤い光が、門を形作る。

それは、モニカが操る風の精霊王召喚によく似た、色の異なる門だ。

「〈砲弾の魔術師〉ブラッドフォード・ファイアストンの名の下に、開け、門！　祝祭の業火を纏《まと》いて、現れ出《い》でよ──炎の精霊王フレム・ブレム！」

開いた門から、赤く輝く光を持った炎が顕現する。

精霊王召喚は、門を通じて精霊王の力の一部を借りる魔術だ。借りた力をどういう形で行使するかは、術者によって異なる。

例えばかつてのモニカは、広範囲・高精度の射撃を行い、翼竜の群れを一掃した。

そしてブラッドフォードは、その炎を圧縮し、強化に強化を重ね、唯一無二の六重強化を実現させる。

「ドッカ――――ン！」

ブラッドフォードの火球はエマニュエルに向かい、真《ま》っ直《す》ぐに飛んでいった。


（来たな、六重強化！　これを反射すれば、私の唯一無二は証明される！）

ブラッドフォードの六重強化魔術は、間違いなくこの国で一、二を争う威力の攻撃魔術だ。

これを防ぐだけでなく反射できたら、それは〈結界の魔術師〉にすらできない偉業だ。

だが、迫り来る業火を前に、エマニュエルの胸に恐怖心が込み上げてくる。

――もし反射できなかったら？

その心の囁《ささや》きに負け、エマニュエルは防御結界を付与した指輪や腕輪を全て外し、前方に放り投げた。

魔導具は次々と防御結界を展開していくが、それをブラッドフォードの火球は容易《たやす》く打ち砕く。

（それでも、少しでも威力を削《そ》ぐことができれば……反射の成功率は上がるはずだ！）

展開した防御結界が全て砕け散ったところで、エマニュエルは吠えた。

「〈パウロシュメルの処刑鏡〉発動！」

足元に埋めた宝玉が輝き、一級反射結界がエマニュエルの周囲をグルリと囲う。

反射結界と、六重強化の火球がぶつかり合う。業火が大きく膨れ上がり、結界が軋《きし》んだ。

（それでも、いける……！）

先にありったけの防御結界を使ったことで、六重強化の火力が五重相当に落ちたのだ。

これなら、ギリギリで反射できる。

エマニュエルが勝利を確信したその時、ブラッドフォードがポツリと呟《つぶや》く。

「……やっぱり、使ったな。防御結界」

その一言に、エマニュエルの背筋がゾクリと粟立《あわだ》った。

何か、致命的な失敗をしてしまったような、そんな予感がする。

「お前さんなら、最後の最後で、安全策に逃げると思ってたぜ」

エマニュエルの周囲の反射結界が軋み、火球を反射した。

跳ね返った火球がブラッドフォード達を焼き尽くすより早く、ルイスが片手を前に差し伸べる。

「防御結界、展開」

多少威力が削がれたとは言え、五重強化相当の火力だ。

それをルイスの防御結界が防ぐ。ルイスだけでなく、他の七賢人達も、周囲の木々も、延焼しないように完璧に。

強固なだけでなく、広範囲で、複雑な形にも対応できる防御結界。これだけの魔術が使えるほど、ルイスの魔力は回復していたのだ。

なのに、彼はどうして飛行魔術を使わなかったのか？　飛行魔術の機動力と防御結界を組み合わせた戦い方が、〈結界の魔術師〉ルイス・ミラーの強みだというのに。

ルイスが得意気に笑い、立てた指で空を示した。

「さぁ、星が降りますよ」

エマニュエルは咄嗟に空を見上げた。

幻術で上手《うま》く隠しているが、目を凝《こ》らせば、今にも雪が降り出しそうな冬の空に、星が煌《きら》めいているのが分かる。

ルイスが飛行魔術を使わなかったのは、これに気づかせないためだったのだ。

（この、魔術は……！）

忘れるはずがない。ルイスの姉弟子にあたり、エマニュエルと入れ替わりで七賢人を退任した元七賢人──〈星槍《せいそう》の魔女〉カーラ・マクスウェルが操る大魔術……。

エマニュエルの小屋から少し離れた小高い場所に、二人の女がいた。

ドレスの上に毛皮のコートを羽織った女。幻術で空を覆っている〈星詠みの魔女〉メアリー・ハーヴェイ。

そしてもう一人は、煉瓦色《れんがいろ》の髪をザックリと束ねた、旅装姿の女、〈星槍の魔女〉カーラ・マクスウェル。

カーラの視線の先、ケリーリンデンの森上空には、大きな魔法陣が一つ浮いており、その魔法陣をグルリと囲うように、五つの魔法陣が展開している。

魔法陣は一つ一つが複雑な魔術だ。その六つの魔術をカーラはたった一人で同時維持しながら、詠唱をしていた。

その顔に気負いはない。六つの魔術の同時維持という人間離れした技を扱いながら、その横顔は、旅先で空を見上げる時のそれとなんら変わらないのだ。

カーラが長い詠唱の最後の一節を口にする。

中心にある魔法陣の真下に、一際大きな七つ目の魔法陣が重なり、そこを中心に白い光の槍《やり》が生まれた。

膨大な魔力を秘めた、丸太のように太く巨大な槍——それは七つの魔術を組み合わせて発動する、現代では使い手がほぼいない光属性魔術。

「貫け、〈星の槍〉」

ブラッドフォードの六重強化魔術に匹敵する威力の槍が、星屑《ほしくず》のような魔力の煌めきを撒《ま》き散《ち》らしながら、〈宝玉の魔術師〉に向かって落下する。

直撃を受けたら、〈宝玉の魔術師〉など、跡形も残らない。並の防御結界でどうにかできる威力ではないのだ。

だが、カーラは〈星詠みの魔女〉メアリー・ハーヴェイから聞いている。

かつて、〈星紡ぎのミラ〉の攻撃を完封した、天才少女の存在を。

「あとは頼んだよ、モニカちゃん」

エマニュエルを守る反射結界の真上に、空から降ってきた光の槍が突き刺さる。

空を見上げるエマニュエルの顔は、絶望に歪《ゆが》んでいた。

「〈パウロシュメルの処刑鏡〉よ。頼む、頼む……っ！」

もし、防御結界を張る魔導具が少しでも残っていたら、〈星の槍〉の威力を削ぐことができたかもしれない。だが、エマニュエルはありったけの魔導具を、ブラッドフォードの六重強化魔術に使ってしまった。

反射結界にピキピキと細かいヒビが入り、その隙間から〈星の槍〉の白い輝きが差し込む。

やがて、ガラスが割れるような音と共に、一級反射結界は粉々に砕け散った。

圧縮された光の槍が、エマニュエルの体を貫く直前、ルイスが叫ぶ。

「同期殿、今です！」

「はいっ！」


最後の決め手の瞬間に備え、モニカとルイスは予《あらかじ》め、それぞれの役割を決めていた。

〈パウロシュメルの処刑鏡〉を破壊するほどの高威力の魔術を使えば、当然にエマニュエルもただでは済まない。故に、反射結界の破壊と同時に、防御結界でエマニュエルを保護する必要がある。

もし、ブラッドフォードの六重強化魔術が反射結界を破壊したなら、爆炎と熱風が広範囲に広がるため、防御結界も広範囲に対応できる物が必要になる。なので、エマニュエルと周囲の保護は、広範囲に防御結界を張るのが得意なルイスが。

そして、もし、ブラッドフォードの攻撃が防がれ、〈星の槍〉を決め手とする時は、エマニュエルの保護はモニカの役目だ。

モニカの防御結界は、強度も範囲もルイスには劣る。それでも、無詠唱魔術の使い手であるモニカだからこそ、できることもある。


(……結界、展開)

モニカは、エマニュエルと〈星の槍〉の間に防御結界を展開した。それも、一枚、二枚ではない。防御結界を次から次へと繰り出し、〈星の槍〉の威力を削いでいるのだ。かつて、〈星紡ぎのミラ〉の攻撃を防いだ時のように。

砕けた結界の残骸に新しい結界が重なり、また砕けては重なっていく。

国内最高峰の攻撃魔術である〈星の槍〉を見つめるモニカの目に、恐怖はない。

無表情に〈星の槍〉を見つめるモニカは、ひたすらに数字の世界に没頭し、最適な強度、規模、位置を計算し続けている。

(座標軸変動、再計算、確定、強度最大、規模は固定、座標軸変動、再計算、確定)

〈パウロシュメルの処刑鏡〉で少しだけ威力が削がれた〈星の槍〉に、モニカは淡々と防御結界を繰り出し続ける。

正確に。完璧に。美しい数字と魔術の世界を顕現するように。

〈星の槍〉は次第に白い輝きを失っていき、やがて残った光をパッと周囲に撒き散らして消滅した。

その光景を瞬《まばた》き一つせず見つめていたモニカは、抑揚のない声で呟《つぶや》く。

「〈星の槍〉の消滅を確認……完封、しました」

地面にへたり込んだエマニュエルには、傷一つない。

モニカ達はエマニュエルを殺さず、一級反射結界を破壊することに成功したのだ。

エマニュエルは地面に膝をつき、茫然自失《ぼうぜんじしつ》状態で項垂《うなだ》れていた。

切り札だった〈パウロシュメルの処刑鏡〉は撃破された。魔導甲冑《かっちゅう》兵は全て、レイの呪いに支配されている。防御結界を仕込んだ魔導具も、全て出しきってしまった。

残った武器は、首から下げた〈偽王の笛ガラニス〉だけだ。

だが、今更中位以下の精霊達を集めたところで、何ができるというのか——このバケモノ達を相手に。

『そう容易く膝《ひざ》をついてはいけません、主様』

エマニュエルが首から下げている〈偽王の笛ガラニス〉が囁《ささや》いた。

何故だろう。その声が、笛と頭の中の、両方から響いたように感じる。

『貴方様はこれから、戦をして英雄になられるのでしょう？　さぁ、戦を始めましょう。さぁ、さぁ、さぁ、さぁ』

さぁ、さぁ、としつこく急《せ》かす声が耳の奥を揺さぶる。視界がグニャリと歪みだす。

エマニュエルは膝をついたまま、両耳を塞《ふさ》いだ。

「無理だ……私には、無理だったのだ……」

『いいえ、いいえ、貴方様は英雄になるのです』

耳を塞いでもなお、〈偽王の笛ガラニス〉の声はエマニュエルの耳の奥で響く。

まるで、頭の中を蝕《むしば》むかのように。

『貴方様が輝くための舞台を、わたくしが整えて差し上げましょう』

そこで、エマニュエルの意識は途切れた。

＊　＊　＊

魔術式と数字の世界の余韻に浸っていたモニカは、ハッと我に返ると、エマニュエルに傷一つないことを確認し、胸を撫《な》で下《お》ろした。

（良かった。これで、あとは〈偽王の笛ガラニス〉を破壊するだけ……）

地面に膝をつき、項垂れるエマニュエルに、ルイスが斧《おの》を片手に近づく。

その時、ダラリと垂れていたエマニュエルの手が持ち上がり、首から下げた銀色の笛を強く握りしめた。

ルイスが足を止めて眉《まゆ》をひそめる。

「最後の悪あがきですか、〈宝玉の魔術師〉殿？　できれば、暴力に訴えるような真似《まね》はしたくないのですが……」

私刑《リンチ》宣言をし、元気に斧を振り回してきた男の台詞《せりふ》がこれである。

さすがのルイスも、エマニュエルに斧を振り下ろすような真似はしないだろうけれど、エマニュエルが抵抗するなら、殴りつけるぐらいはするかもしれない。

モニカがハラハラ見守っていると、エマニュエルは首から下げていた笛の鎖を引きちぎった。

そのまま笛をルイスに差し出すのかと思いきや、皺《しわ》の浮いた老人の手は、握った笛を地面に突き刺す。

「この世の魔力の、なんと薄くなったことか……」

それは確かに、エマニュエルの声だった。だが、妙な違和感がある。

エマニュエルは地面に刺した笛を握ったまま、どこか芝居がかった仕草で空を仰いだ。

「これでは、精霊が減ってしまい、わたくしが真価を発揮できない」

モニカは気がついた。悲しげに空を仰ぐエマニュエルの目が、どこか金属的な銀色に染まっていることに。

その時、モニカは妙な息苦しさを覚えた。胸の奥がズンと重く、視界が霞《かす》む。ヴェールの上から口元を押さえ、モニカはその場にしゃがみこんだ。

（これは……魔力中毒？）

この一帯の魔力濃度が、急激に濃くなったのだ。それも、七賢人であるモニカですら具合が悪くなるほどに。

ルイスも青白い顔で口元を押さえているし、レイに至っては完全に地面にうずくまっている。

そんなレイに、ラウルが「大丈夫か!?」と心配そうに声をかけていた。流石《さすが》は魔力量国内トップなだけあって、魔力に耐性があるらしい。

七賢人の中ではラウルの次に魔力量の多いブラッドフォードが、不快そうに顔をしかめて呻《うめ》いた。

「おい、どういうこった？　森の魔力濃度が急激に増してやがる」

「わたくしめが本体に溜《た》め込んだ魔力を、土地に注ぎ込んでいるのでございます」

エマニュエルの——否、エマニュエルを乗っ取った〈偽王の笛ガラニス〉の言葉に、モニカは青ざめた。

土地の魔力汚染。それは、モニカが懸念していた事態だ。

「土地を魔力で満たせば、精霊が増えます。精霊が増えれば増えるほど、わたくしは強くなれる！」

〈偽王の笛ガラニス〉は、エマニュエルの体を操り、高らかに笑う。その足元の地面が、笛を刺したところを中心に銀色に染まっていった。

まるで、トロリと溶かした金属を流したかのように、銀色は広がっていく。

エマニュエルを取り押さえようとしたルイスとブラッドフォードが、銀色の地面を前に後ずさった。

地面が銀色に変わった部分は魔力汚染が酷《ひど》く、踏み込めないのだ。

モニカは浅い呼吸を繰り返しながら、掠《かす》れた声をあげた。

「そんなことを、したら……〈宝玉の魔術師〉様も、死んでしまい、ます……！」

エマニュエルの体を、〈偽王の笛ガラニス〉がどれだけ保護しているかは分からない。

ただ、あれだけの魔力濃度ともなると、中心地にいるエマニュエルの体に相当な負担がかかるはずだ。

それなのに、〈偽王の笛ガラニス〉は、エマニュエルの顔でうっとりと微笑《ほほえ》んだ。

「ふふ、死なせませんよ……どんな手を使っても」

笛を地面に刺すのと逆の手が、己の胸元を押さえる。まるで、そこにエマニュエルの心があるとでもいうかのように。

「ご安心ください、主様。たとえ貴方様の四肢がもげても、臓腑《ぞうふ》が爛《ただ》れても、わたくしめが手を尽くして生かしてさしあげます。歩けなくなったら、貴方様を地霊に運ばせましょう。呼吸が難しければ風霊に、嚥下《えんか》が難しければ水霊に手伝わせれば良いのです」

〈偽王の笛ガラニス〉は、己の言葉に酔うかのように目を細め、両手を広げて天に掲げる。

「そうして必ずや、わたくしが貴方様を英雄にしてさしあげます。何故なら、わたくしは常に王の陰にある者。わたくしこそ、王を作りし者！　それこそが〈偽王の笛ガラニス〉の本懐にございます！」

モニカはかつて相対した、〈星紡ぎのミラ〉を思い出した。

人間の男に恋焦がれ、愛した男を殺してしまう〈星紡ぎのミラ〉──あれも大概に話の通じない存在だったが、〈偽王の笛ガラニス〉も負けていない。

（〈星紡ぎのミラ〉の時みたいに、精神干渉魔術を使う？　……ううん、駄目。この距離じゃ……）

精神干渉魔術を使うには、対象に近づかなくてはならないのだ。

だが、既に〈偽王の笛ガラニス〉の周囲は魔力汚染されて、近づけるような状況じゃない。

「オレが行こうか？」

ラウルが顔色の悪い一同を見回して、提案する。

「あの魔力濃度に耐えられるのは、多分オレだけだし……」

「いいえ、必要ありません」

そうキッパリと言い放ったのはルイスだ。

「言ったでしょう、七賢人の団結力を見せてやりましょう、と。これは七賢人の総力戦です」

ルイスの言葉に、モニカは「あっ」と小さく声を漏らす。

銀色に輝く地面の中心で、〈偽王の笛ガラニス〉が驚愕《きょうがく》に目を剥《む》き、空を見上げて叫んだ。

「まさか……来ているのか、〈星紡ぎのミラ〉！」

＊　＊　＊

〈星の槍《やり》〉を放った後、感知の魔術でエマニュエルの様子を探っていたカーラは、目だけを動かしてメアリーを見た。

「メアリー様。始まったみたいだよ、魔力汚染」

「……そう」

メアリーは悲しげに呟き、右手を持ち上げる。

白い繊手を覆うのは、中心にあしらったルビーを金の鎖で繋《つな》ぐ装身具だ。

「さぁ、ミラちゃん。あなたの出番よ」

メアリーの手の甲で、星を抱くルビーが明滅する。悲しげな乙女の瞬きのように。

〈星紡ぎのミラ〉は若い娘の声で言った。

『〈偽王の笛ガラニス〉……あなたの望む戦禍を、この地に持ち込むわけには参りませぬ』

〈星紡ぎのミラ〉が明滅し、メアリーの白い指に、赤い紋様が浮かび上がる。

メアリーと〈星紡ぎのミラ〉の声が重なる。

「『さぁ、星紡ぎの時間にございます』」

メアリーの右手が、大地を撫でるように動く。

「大地に沈む哀愁よ。私が星に還《かえ》しましょう」

『大地を濁らす渇望よ。私が星に還しましょう』

メアリーと〈星紡ぎのミラ〉の歌うような言葉は、静謐《せいひつ》な祈りだ。

大地からフワリ、フワリと光の粒が浮き上がり、〈星紡ぎのミラ〉の赤い宝石に吸い込まれていく。

古代魔導具〈星紡ぎのミラ〉の能力は、土地に染み込んだ魔力を吸い上げること。そして、それを放出することだ。

「星よ、星よ、樹木を揺らし、命を歌え」

『星よ、星よ、水面を揺らし、命を紡げ』

〈星紡ぎのミラ〉が吸い上げた魔力が、メアリーの指から光の粒となって放たれた。

それは空にのぼらず、森の木々に吸い込まれて消えていく。

〈偽王の笛ガラニス〉の力で部分的に上昇した魔力を、森全体に巡らせているのだ。

ケリーリンデンの森を、あるべき姿に……それは精霊のためではない。人間の都合だ。

それでも、〈星詠みの魔女〉は祈り、歌う。

彼女が詠んだ星の巡りを信じて、ただ一心に。

＊＊＊

〈偽王の笛ガラニス〉の力で銀色に染まっていた大地が、本来の土の色を取り戻していく。

メアリーが所持する〈星紡ぎのミラ〉が、魔力汚染された土地から魔力を吸い上げたのだ。

「おのれ、おのれ、〈星紡ぎ〉め……余計な真似を……！」

追い詰められた〈偽王の笛ガラニス〉は、それでも諦《あきら》めない。

溜め込んだ膨大な魔力は使い尽くしてしまったが、精霊を操る力は健在だ。残った精霊をかき集めれば、逃げる時間ぐらいは稼げるやもしれぬ。

そのために、笛を吹こうとした——正確には、エマニュエルの体を操り、笛を吹かせようとした。

そうして地面に刺した笛を抜き、口に咥《くわ》えようと持ち上げた瞬間、ただ一人、動いた者がいた。

口元をヴェールで隠した小柄な少女〈沈黙の魔女〉だ。

彼女はその目を緑がかった色に煌《きら》めかせ、詠唱をせず魔術を発動した。

風の刃《やいば》だ。笛を破壊する気か。

〈偽王の笛ガラニス〉はその一瞬で、素早く思考を巡らせた。

——あの人間達は、エマニュエルの体を傷つけないよう、防御結界で保護していた。エマニュエルを殺すつもりはないのだ。だから、あの小娘もエマニュエルの体は狙わないだろう。狙うのはおそらく、〈偽王の笛ガラニス〉だ。見たところ、あの風の刃は六重強化や〈星の槍〉には及ばない。

ならば、残る魔力を全て集中すれば耐えられる。

そう判断し、〈偽王の笛ガラニス〉は自身に残った魔力を全て笛の表面に集中した。

〈沈黙の魔女〉が無表情のまま、指を一振りする。

圧縮された魔力密度の風の刃は、〈偽王の笛ガラニス〉が集めた魔力をいとも容易く切り裂いた。

あれは、ただの魔術ではない。

──四重強化！　詠唱もなしに！

〈偽王の笛ガラニス〉は長い時を生きてきたが、詠唱無しでこれほど強力な魔術を使う魔術師を見たことがない。

──あぁ、あの少女を主人にすれば良かった！　あの無慈悲な目の少女を戦禍に誘えば、きっと自分は、全力を発揮できたのに……！

嘆く〈偽王の笛ガラニス〉を、風の刃が真っ二つにした。


二つに割れてポトリと地面に落ちた笛を前に、モニカは膝《ひざ》から崩れ落ちる。

無慈悲に古代魔導具を破壊した魔女は、震える手で顔を覆い、悲痛な声で嘆いた。

「うぅ……四重強化を術式分割……綺麗《きれい》じゃない……完璧《かんぺき》じゃないぃぃ……」

四重強化魔術は、ブラッドフォードならば一手で済むところを、モニカは術式分割して二手で再現している。

それはモニカの魔術師としての美学に背く行いだが、〈偽王の笛ガラニス〉を確実に破壊するため、やむを得なかったのだ。

嘆くモニカに、ルイスが呆《あき》れたように言う。

「同期殿、無詠唱で四重強化という離れ業をやっておいて、そういうこと言うの、やめてくれませんか？」

ルイスは地面に倒れるエマニュエルのそばから、笛の残骸《ざんがい》を拾い上げると、念のためにと封印結界を施し、エマニュエルの脈を確かめた。

「脈拍に問題なし。古代魔導具〈偽王の笛ガラニス〉の破壊及び、残骸への封印措置完了……これで、やっと家に帰れます」

ブラッドフォードが大きく伸びをし、ラウルは「やったぁ」と声をあげ、レイは地面に座り込んだまま「早く帰りたい……」とぼやく。

モニカもその場にしゃがみこみ、深々と安堵《あんど》の息を吐いた。

見上げた空は、雲が多くて太陽の位置が分からないが、大体昼過ぎぐらいだろうか。これなら、今日中にセレンディア学園に帰れそうだ。

ふと、モニカはポケットの中にしまった宝石を思い出した。魔導甲冑《かっちゅう》兵の動力源となっていたその宝石には、精霊が封じられている。

（リンさんの封印は……そろそろ解ける頃、かな）

リンに施した封印は時間経過で解けるが、力の弱い精霊達はこちらで解放してやる必要がある。

モニカが立ち上がり、手のひらに宝石をのせると、ルイスがそれを止めた。

「同期殿、精霊を解放するのは、森を出てからになさい」

モニカは顔を上げ、ルイスを見る。ルイスの顔は皮肉気に歪《ゆが》んでいた。

「この森の精霊達は、我々を恨んでいるでしょうから」

「……あ」

〈偽王の笛ガラニス〉から精霊を解放したのはモニカ達だが、ここに至るまでに、かなりの数の精霊達と戦闘している。消滅した精霊もいたはずだ。

精霊達にしてみれば、エマニュエルもモニカ達も同じ人間だ。理解を得るのは難しいだろう。

俯《うつむ》くモニカに、ルイスは淡々と告げる。

「変に気に病んだりしないように。人間は人間の、精霊は精霊の都合で行動している。ただ、それだけのことです」

「……はい」

ポケットの宝石を握りしめ、モニカはルイスの言葉を静かに噛《か》み締《し》めた。

七章　秋の名残を捧《ささ》ぐ

ケリーリンデンの森西部にて、バルトロメウス・バールは、目を閉じたまま動かない風霊リィンズベルフィードを横抱きにして、地面に胡座《あぐら》をかいていた。

〈沈黙の魔女〉と別れてから、もう随分と経《た》つが、モニカは無事に〈宝玉の魔術師〉を説得することができたのだろうか。

バルトロメウスはリンをじっと見つめる。

シミ一つない白い肌、サラサラと流れる金の髪、メイド服に包まれた均整のとれた肢体。美しいものは幾ら見ていても飽きないので、じっくりとリンの寝顔を堪能する。

気持ち悪いなどと言ってはいけない。職人であるバルトロメウスは美しいものに真摯《しんし》なのだ。

……良い乳だなぁ、と鼻の下を伸ばしたりもしているが。

（そういや、リンちゃんは〈結界の魔術師〉の契約精霊だって言ってたな……ってことは、もしかして、ここに〈結界の魔術師〉も来てんのか？）

そこまで考えて、バルトロメウスはハッとする。

（ってぇことは……〈結界の魔術師〉に、「お義父《とう》さん、リンちゃんを僕にください」的な挨拶《あいさつ》をするチャンスか⁉）

バルトロメウスは、〈結界の魔術師〉の人柄をよく知らないが、きっと聡明《そうめい》な紳士なのだろう。

これは、今のうちに挨拶の言葉を考えておかなくては……とバルトロメウスが唸《うな》っていると、森の奥がボンヤリと明るくなった。

なんとなく、森の奥で木々が光っているような気がする。今が夜だったら、さぞ美しかっただろう——ただ、今は昼過ぎなので、そこまで光は目立たない。

それは、〈星紡ぎのミラ〉が魔力を森に還《かえ》した時の光なのだが、そうと知らないバルトロメウスは、何事かと身構えた。

その時、バルトロメウスの腕の中でリンが身じろぎをする。

寝起きの人間のようにモゾモゾと動くのではなく、小さく身じろぎをして体勢を整えたリンは、バルトロメウスの腕の中で勢いよく起き上がった——結果、リンの頭がバルトロメウスの顎《あご》を強打する。

「ゴフッ！」

顎に強烈な頭突きをくらって、仰《の》け反《ぞ》るバルトロメウスには目もくれず、リンは立ち上がり、森の奥をジッと見つめる。

「……カーラが来ている」

リンはポツリと呟《つぶや》くと、フワリとその身を宙に浮かせて、森の奥へ飛んでいってしまった。

バルトロメウスは顎を押さえながら、上半身を起こす。

「今のは『素敵な男の人に抱っこされちゃった。キャッ、恥ずかしい』ってことだな……わっはー！　こいつぁ脈有りだな！」

すっかり気を良くしたバルトロメウスは、勢いよく立ち上がり、リンの後を追いかける。森の奥は魔力濃度が濃くて危険だなんてことは、もうすっかり忘れていた。

「リンちゃーん！　待ってくれー！」

木々の合間を走り、幾らかひらけた場所に出たところで、バルトロメウスは人影を見つけた。

ただ、それはメイド服の美女ではない。ドレスの上に毛皮を羽織った銀髪の美女だ。

一瞬、この森の精霊かと思った。

だが、女の美しい顔以上に、バルトロメウスの目を惹《ひ》きつけたのは、女の右手に嵌《は》められた装身具だ。

星を抱くルビーを金の鎖で繋《つな》いだそれを、バルトロメウスはよく知っていた。

立ち尽くし、あんぐりと口を開けるバルトロメウスの前で、銀髪の女が右手を持ち上げる。

女の手の甲で、真紅のルビーがチカチカと瞬いた。

『あぁ、あぁ、こんなところで再会できるなんて……やはり、わたくし達は結ばれる運命なのですね、愛《いと》しい、お、か、た』

「ほんぎゃぁ――――！」

ねっとりと甘い女の声に、バルトロメウスは恐怖に顔をひきつらせる。

惚《ほ》れっぽい性格の、傍迷惑《はためいわく》な古代魔導具〈星紡ぎのミラ〉。

数ヶ月前、コールラプトンの街の祭りで、バルトロメウスはこの古代魔導具に求愛され、死にかけている。

（つーか、〈星紡ぎのミラ〉を持ってるってこたぁ……この女が……）

後ずさるバルトロメウスに銀髪の女――〈星詠みの魔女〉メアリー・ハーヴェイは親しげに笑い

かけた。

「ご機嫌よう」

バルトロメウスは引きつった愛想笑いを浮かべる。

ここは、何と言うのが正解か分からない。ただ、関わらない方が良い、とバルトロメウスの勘が囁《ささや》いている。

メアリーの右手では、〈星紡ぎのミラ〉が『愛しています愛しています、さぁ愛しあいましょう！』と騒いでいた。

そんな騒がしい古代魔導具を、メアリーは指先で撫《な》でて、子どもを窘《たしな》めるような口調で言う。

「ミラちゃん、おイタは駄目よ。この方を殺されたら、あたくしとっても困ってしまうの」

『わたくしはただ、愛しいお方と愛しあいたいだけです！　さぁ、愛しいお方！　わたくしをその腕で抱きしめて……っ！』

どう抱きしめろっつーんだ、とバルトロメウスが半眼になっていると、メアリーが小声で何かを詠唱し、手の甲のルビーに指先で触れた。どうやら、封印結界の類らしい。〈星紡ぎのミラ〉の声がピタリと止まる。

「騒がしくして、ごめんなさいね。実は、貴方《あなた》に頼みがあるの」

「いやぁ、俺ぁしがない職人崩れでして、お貴族様の依頼を受けられる身じゃあ、ございやせん」

へりくだりつつ、ズリズリと後ずさるバルトロメウスに、メアリーは笑顔で一言。

「古代魔導具〈星紡ぎのミラ〉の窃盗」

「うげっ」

「不問にしても、よろしくてよ?」

メアリーは決して、威圧するような態度を見せない。それでも、穏やかな態度の裏側に、手の内を見せない老獪《ろうかい》さを感じた。

「そんなに難しい頼みじゃないわ」

ゴクリと唾《つば》を飲むバルトロメウスに、メアリーは可愛《かわい》らしく小首を傾《かし》げてみせる。

「第二王子がセレンディア学園を卒業するまでの、残り数ヶ月……貴方には、〈沈黙の魔女〉を助けてあげてほしいの」

バルトロメウスは、内心拍子抜けした。それは、今まで自分がやっていたことではないか。

(まさか、このお人も、第二王子とチビの秘密の恋を応援して……!)

バルトロメウスの中では、第二王子と〈沈黙の魔女〉は秘密の恋人である。レーンブルグ公爵の屋敷で、夜にこっそり逢引《あいびき》をしていたのだから、間違いない。

「分かりやした」

自分もまた、リンに恋している身だ。

だからこそ、切ない恋に身を焦がす若い二人を、話の分かるイケてるお兄さんが助けてやろうではないか。

「チビ……じゃねぇや、〈沈黙の魔女〉は、俺がきっちりサポートしてやりまさぁ」

「ふふ、ありがとう」

メアリーはサラサラと流れる銀の髪を揺らして、柔らかく微笑《ほほえ》む。

どこか夢見るような水色の目は、真《ま》っ直《す》ぐにバルトロメウスを見ているようで、何か違うものを見ているようにも見えた。

＊＊＊

〈偽王《ぎおう》の笛ガラニス〉から解放された風霊リィンズベルフィードは、メイド服のスカートをなびかせながら、森の木々よりも高く高く飛び上がる。

そして、地上の様子をじぃっと観察した。

リンはルイスとは契約で結ばれているので、彼の現在地はなんとなく分かる。

森の中心部、〈宝玉の魔術師〉の家。そのすぐそばには、〈宝玉の魔術師〉が倒れていて、同じ七賢人の〈沈黙の魔女〉〈砲弾の魔術師〉〈深淵《しんえん》の呪術師〉〈茨《いばら》の魔女〉がいる。

更に、森の西端辺りに目を凝らす。

そこにいるのは、〈星詠みの魔女〉と、リンを抱えていた黒髪の男。

あの黒髪の男はどこかで見たような気がするが、リンは特に覚えていなかったし、興味も関心もなかった。

更に目を動かす——見つけた。

森を出たところにいる、煉瓦色《れんがいろ》の髪を束ねた旅装姿の女。〈星槍《せいそう》の魔女〉カーラ・マクスウェル。

リンはグルングルンと回転しながら急降下し、カーラの前でピタリと着地する。

以前はこの着地方法で地面に膝《ひざ》まで埋もれてしまったが、それはスタイリッシュではないらしい。

なので、リンは地面スレスレのところで体が浮くように調整した。

回転しながら空から降ってきたメイド服の美女に、カーラは特に驚くでもなく、のんびりと笑う。

「その着地は、何か意味があるのかい？」

「『トルネードキック着地法・改』と名づけました。非常にスタイリッシュです」

「ルイスの前でやったら、新手の攻撃方法かって言いそうだねぃ」

カーラと言葉を交わしながら、リンは乱れたエプロンや髪を、操る風でサッと直す。

そうしてきちんと身嗜《みだしな》みを整えて、真っ直ぐにカーラを見つめた。

「また、カーラはわたくしを助けてくださったのですね」

「うちは、大したことしてないよ。ただの通りすがりさね」

それが謙遜《けんそん》ではなく、過剰な称賛を疎むが故の言葉であることを、リンは知っている。

だからリンは、それ以上の感謝を口にしない。

「これから、王都に戻られるのですか？」

「うんにゃ。まだ、旅の途中なんだ。次は西に行くつもりだよ」

「……そうですか」

精霊であるリンは、人間とは感性が違う。それでも、返す言葉の僅《わず》かな間に何かを感じたのか、カーラが両手を広げた。

本で読んだ。あれは、抱擁の許可だ。

リンはとりあえずカーラの真正面に立ち、密着した。

カーラはクツクツと笑いながらリンを抱きしめ、背中をポンポンと叩《たた》く。

人間は体温に安心感を覚えるものらしい。

自分に人と同じ体温がないことを残念に思っていると、カーラが手を離して一歩下がる。

「それじゃ、いってくるよ。留守番よろしく」

リンはメイドに相応《ふさわ》しい丁寧さで、深々と頭を下げた。

「いってらっしゃいませ、カーラ」

＊＊＊

〈偽王の笛ガラニス〉を破壊したモニカ達は、その場を立ち去る前にやるべきことがあった。

エマニュエルが所有する魔導具の破壊だ。

泉の畔《ほとり》にあるエマニュエルの家を調べるにあたり、ブラッドフォードとルイスは罠《わな》が仕掛けられていないかと調査をしていた。

それを横目に見守りながら、モニカはレイに近づき、小声で訊《たず》ねる。

「あ、あの、〈深淵の呪術師〉様。保護した二人は、どこに……」

「あいつらなら……」

レイが口を開いたその時、こちらに駆け寄ってくる人影が見えた。

セレンディア学園の制服を着た、金茶色の髪の長身の青年――グレンだ。

モニカは咄嗟《とっさ》に口をつぐみ、口元のヴェールがずれていないか確認する。

「紫の人――！　あっ、薔薇《ばら》の人も、無事だったんすね！」

ブラッドフォードが物言いたげな目で、レイとラウルを見た。

紫の人と薔薇の人。分かりやすいが、七賢人の価値を疑いたくなる安直さである。

家の周囲を調べていたルイスが作業の手を止め、グレンを見た。

「グレン、弟子の危機を救ってやった師に、何か言うことはありませんか？」

「今、それどころじゃないんす！」

恩着せがましいルイスの言葉をバッサリ切り捨て、グレンは切羽詰まった顔で叫ぶ。

「氷霊さんが……消えそうなんす！」

その一言に、ラウルが顔を強張《こわば》らせ、レイが眉《まゆ》をひそめた。

モニカにはグレンの言葉の意味が分からない。氷霊がどうしたというのだろう。

困惑するモニカに、レイとラウルが小声で言った。

「あいつらと行動を共にしていた氷霊が、消滅しかけてるんだ……致命傷を負ったのは事実だが、元々消滅しかけていた……」

「うん、オレもちょっと話したけどさ、子どもの姿に縮んでたし、何より名前を忘れてるみたいだった」

精霊は魔力の塊が意思を持ったものと言われており、力を失《な》くすと、体が欠けたり、縮んだり、自我が曖昧《あいまい》になったりする。

症状が一つぐらいなら、まだ回復の余地はあるが、その氷霊の症状を聞くに、もう手の施しようのない状態なのだろう。

それでもグレンは、必死に懇願する。

「今、副会長が魔力を分けてるけど、体がドンドン崩れてて……誰か、助けてほしいっす！」

「グレン」

ルイスが静かに諭すように言う。

「精霊は魔力の塊。死ぬのではなく、魔力となって自然に還るのです」

「師匠でも、助けられないんすか……？」

「無理です」

ルイスは結界術の達人だ。その気になれば、封印を施し、一時的に崩壊を食い止めることはできる。

だけど、封印状態の精霊は緩やかに衰弱していくのだ。

〈偽王の笛ガラニス〉に操られた精霊達を、一時的に封印状態にしたが、それはその精霊達にまだ余力があったからこそ。

レイとラウルの話を聞く限り、その氷霊は崩壊寸前まで弱っている。封印処置を施しても、一時《いちじ》凌《しの》ぎにしかならないだろう。

ルイスにキッパリと断言されたグレンは悔しそうな顔で、ルイスに背を向け、来た道を戻るように走りだした。

ルイスが舌打ちし、指をゴキゴキと鳴らしたが、ラウルが片手を持ち上げる。

「オレ、ちょっと見てくるよ」

そう言ってラウルは、グレンの後を走って追いかけた。

その背中を見つめ、モニカは拳《こぶし》を握りしめる。

（わたしは、グレンさんとシリル様に正体を知られてはいけない……だから、ここに残るのが正し

い）

そう分かっているのに、モニカの足は勝手に動いていた。

＊＊＊

ケリーリンデンの森の奥で、硬い物が砕け散る音が響いた。狼《おおかみ》の姿をした地霊セズディオを閉じ込める氷が、内側から砕け散る音だ。

上位精霊の氷は、中位精霊であるセズディオには簡単に壊せるものではないのだが、かの氷霊はもう、本当に力が残っていなかったのだろう。

セズディオは大きく身震いをして、己の体に貼りついた氷の欠片《かけら》を振り払った。

「おのれ、氷霊め……」

グルグルと不機嫌に唸《うな》りながら、セズディオは砕けた氷の破片を蹴《け》散《ち》らし、走る。

ここまでされてもなお、氷霊に苛《いら》立《だ》ちこそすれど、激しい怒りは込み上げてこなかった。セズディオの怒りが向かう先は、いつだって人間だ。

精霊は年々住む場所を追われているというのに、人間どもは自分達こそ世界の支配者であるかのように振る舞う。

のみならず、精霊を搾取の対象とする者もいる——あの笛吹き男のように。

これがどうして、憎まずにいられよう。

やがて、セズディオは木々の合間に、あの銀髪と金茶色の髪の人間を見つけた。氷霊の贄《にえ》にすべく、連れてきた人間どもだ。

もう一度取り押さえ、今度こそ贄にするよう氷霊を説得しよう。

そう考え、気配を殺すセズディオの耳に、微《かす》かな歌声が届いた。

……あれは、氷霊の唄だ。

＊　＊　＊

地面に座り込むシリルの膝に頭を乗せ、氷霊ロマリアはか細い声で唄を歌っていた。

その体は既に、腕だけでなく両足も膝から下を失くし、断面からボロボロと魔力の欠片をこぼしている。

唄の合間に、ロマリアはポツリ、ポツリと昔話をした。

「昔、竜に襲われて、わたしはシェルグリア、オルテリアとはぐれてしまったのです」

シェルグリアは葉っぱにメッセージを託して、助けを求めた。

だが、オルテリアもロマリアも衰弱して、消滅寸前。

そこで、オルテリアは精霊神に助けを求め、冬精霊の氷鐘《オルテリア・チャイム》を鳴らした。

「冬精霊の氷鐘《オルテリア・チャイム》の音を聴いた精霊神様は、オルテリアに加護と力を与えてくれました……」

加護を得たオルテリアは窮地を脱し、シェルグリアを助ける。そこまでが、冬精霊の氷鐘《オルテリア・チャイム》に関する伝承だ。

そして、伝承には語られていない続きがあったのだ。

「あの後……加護を得たオルテリアのもとに、色んな人間さんがやってきました」

病に苦しむ娘を持つ男が、精霊神の加護を分けて欲しいと縋《すが》った。

竜に家族を殺された女が、その力で竜を倒してほしいと願った。

そして、とロマリアは悲しげに続ける。

「精霊神様が与えた力を戦争に利用しようと考えた人間さんが、オルテリアを捕らえようと、したのです……」

ロマリアの幼い顔が、苦しげに歪《ゆが》んだ。それは、深い後悔がもたらす苦しみだ。

「わたしは、オルテリアを守りたくて吹雪を起こし……オルテリアを攫《さら》おうとした人間さんも、無関係な近くの村の人間さんも、全て、凍らせてしまったのです」

今でこそ衰弱しているが、本来の力があれば、村を一つ雪に埋めるぐらいロマリアには容易《たやす》かったのだろう。上位精霊とは、そういう存在なのだ。

「たくさんの人間さんが、『助けて、助けて』と言いました。その悲鳴を全て、わたしの吹雪は雪の下に埋めてしまった……」

氷霊ロマリアは、吹雪の音を子どもが怖がらぬよう、吹雪に子守唄《こもりうた》をのせる、心優しい精霊だ。

そんなロマリアの起こした吹雪が、大勢の人間を永遠の眠りにつかせてしまった。

「そうして……凍りついた命は贄となり、わたしに更なる力を与えました……」

シリルは地霊セズディオの言葉を思い出した。

氷霊にとって至上の供物は、凍らせた命である、と。

(ロマリアは、そんなこと、望んでいなかっただろうに……)

一部の人間の欲望が悲劇を起こし、ロマリアは望まぬ力を得た。

そうして、この氷霊は絶望を抱えたまま、長い年月を生きてきたのだ。

シリルを見上げるアイスブルーの目は、焦点を失い、ボンヤリと淀《よど》んでいた。

「無関係な人間を殺して、その命を糧に力を得たわたしが……人間に助けを求めるなど、許されることではないのです……」

シリルは口を開きかけて、閉ざした。

何か言葉をかけてやりたいのに、何を言えば良いのか分からない。

お前は何も悪くない、などと気休めでも言えない。シリルは人間なのだから。

ロマリアの崩壊を止められない。気休めの言葉一つかけられない。

自分の無知が、無力が、悔しくて仕方がない。

「……副会長」

森の奥から、グレンが姿を見せた。背後には〈茨《いばら》の魔女〉と〈沈黙の魔女〉の姿も見える。

グレンは悔しさを堪《こら》えるような顔をしていた。七賢人二人は、静かに氷霊を見ている。

シリルはノロノロと顔を上げて、ラウルを見た。

「〈茨の魔女〉殿……貴方の薔薇を、一つ分けてくれませんか」

ラウルはポケットから小さな種を取り出し、詠唱をした。

彼の手の中でスルスルと緑の芽が伸び、深い緋色《ひいろ》の薔薇を咲かせる。

ラウルはポケットから小さな剪定鋏《せんていばさみ》を取り出すと、パチンと花を切って、シリルに差し出した。

「これでいいかい？」

「……ありがとうございます」

掠《かす》れた声で礼を言い、シリルは薔薇を手のひらにのせて、詠唱をする。

薔薇の花を凍らせる魔術だ。少しでも不純物が混じらぬように、少しでも氷の透明度を保てるようにと集中し、シリルは薔薇の花を氷で包《くる》んだ。

そして、薔薇を閉じ込めた氷を、氷霊の胸元にそっと置く。

「これぐらいしかできなくて、すまない……ロマリア」

無力さに打ちひしがれ、謝ることしかできないシリルに、氷霊は幼い顔をフニャリと緩める。

「にんげんさんの、おくりもの……ひさしぶり、です」

贄でも供物でもなく、贈り物と言って、氷霊ロマリアは微笑《ほほえ》んだ。


シリルが消えかけの氷霊をロマリアと呼ぶのを聞いて、モニカは密《ひそ》かに驚いた。

氷霊ロマリア。伝承に名を残す、冬の三精霊の一人だ。

だが、シリルとグレンがこの氷霊を気にかけるのは、きっと、そういう伝承や肩書きとは関係ないのだろう。

二人の、泣きだしたいのを堪えるような顔を見て、モニカは理解する。

(シリル様もグレンさんも、あの精霊を助けたいんだ)

数字や魔術式を偏愛するモニカにとって、精霊や竜といった魔法生物は興味の対象外だ。

〈偽王の笛ガラニス〉に捕らわれ、魔導具の動力源にされた精霊達を助けたのだって、善意や正義感からくる行動ではない。

（それでも……）

シリルは悲痛な顔で、薔薇《ばら》を閉じ込めた氷を氷霊の胸にあてがっている。手袋越しでも、指が冷えるだろうに。

グレンは歯を食いしばった苦しそうな顔で、それでも氷霊から目を逸《そ》らさず、じっと見守っている。体の横で握り締めた拳は、小さく震えていた。

（わたしに、できることがあるなら……）

消滅寸前の精霊を回復させるには、長時間安静にできる場所と、安定した魔力供給がいる。

それは即座に用意できるものではない。魔術師養成機関ミネルヴァや、王立魔法研究所のような設備の整った場所でないと、まず不可能だ。

目の前の氷霊は今にも消えかけている。そこまで連れていく余裕はない。

（……勝手なことをして、ごめんなさい）

これからモニカがすることは、氷霊のためじゃない。まして、七賢人としての責任感からくる行動でもない。

シリルとグレンを——大事な人達を悲しませたくないという、モニカのエゴだ。

モニカは早足でシリルと氷霊に近づくと、まずは崩壊しかけている氷霊の体に指先で触れる。

そして、無詠唱で封印結界を発動した。

魔術式が金色の鎖となって、氷霊をグルリと覆う。一時的なものではない、長期間を想定した定着封印だ。

上位精霊に長期間の定着封印を施すのは至難の業だが、氷霊は既に消滅寸前まで弱っているので、封印を施すのはそれほど難しくなかった。

「〈沈黙の魔女〉殿?」

シリルが僅《わず》かに目を見開き、困惑したようにモニカを見ている。その目を見つめ返すことが恐ろしくて、モニカは俯《うつむ》き、黙々と作業を進めた。

(これで一時的に崩壊を止めることはできるけれど、それも長くは保《も》たない、から……)

氷霊ロマリアを、安定した魔力供給が受けられる場所で休ませる必要がある。

そんな都合の良い場所が、今この場にたった一つだけあるのだ。

そのことに、モニカだけが気づいている。

(……ごめんなさい、シリル様!)

モニカはシリルの襟元のブローチに指先で触れる。

シリルのブローチは魔導具だ。魔力過剰吸収体質で、魔力を溜《た》め込みやすい体質の彼から魔力を吸収し、放出する機能がある。

つまり、シリルから吸収した魔力が、ブローチの宝石部分に溜め込まれているのだ。

この中で氷霊ロマリアを休ませれば、消滅は免れるかもしれない。

既に魔導具として機能している物に、更に術式を上書きするのは、非常に高度な知識と技術が要求される。

だが、モニカはセレンディア学園に来たばかりの頃、暴走したシリルを止める際に、このブローチの魔術式を見ているのだ。なんなら、保護術式の上書きもしている。

あくまでシリルの魔導具本来の効果は打ち消さないよう、モニカは細心の注意を払いつつ、魔術式を展開する。

それは精霊との契約の儀式に似ているが、少し違う。

精霊との契約は、双方の意思を確認し、契約者である人間、精霊、そして契約石の三つを魔術式で結びつけて、成立するものだ。

だが、氷霊は既に意思確認ができないので、シリルとロマリアで契約を結んではいない。シリルのブローチを契約石に見立て、ブローチとロマリアを結びつけただけだ。

崩れかけていたロマリアの姿が、胸に抱いた氷漬けの薔薇ごとかき消える。

ロマリアのいた場所には、魔力の残滓《ざんし》がキラキラと輝いていたが、それもやがて見えなくなった。

突然消えてしまったロマリアに、シリルが動揺の声をあげる。

「〈沈黙の魔女〉殿、ロマリアは……？」

モニカはシリルの疑問に答えられない。答えたら、声で正体がばれてしまう。

（そうだ、地面に字を書いて……）

モニカが文字を書くのに丁度良い木の枝を探していると、ラウルが「あ、そっか」と納得顔で手を打った。

「そのブローチの中で、氷霊を休ませたのかぁ。でも、そのブローチって、元は何のための魔導具なんだい？」

ラウルの疑問に、シリルはブローチに指先で触れながら答える。

「私の魔力を吸収して、放出するものです。私は魔力過剰吸収体質なので……」

「そっか、それじゃあ、君が吸収した魔力で氷霊ロマリアが回復できるわけだ！　すごいや、完璧《かんぺき》じゃないか！」

良かった。これで自分が説明をする必要はなさそうだ、とモニカはヴェールの下でホッと息を吐く。

そんなモニカを見て、グレンが言った。

「あれっ？　じゃあ〈沈黙の魔女〉さんは、副会長のブローチが魔導具だってことも、副会長が魔力過剰吸収体質だってことも、知ってたんすか？」

あばばばば、と声が漏れそうになるのを、モニカはヴェールの上から口元を押さえて、必死で堪える。

グレンはモニカをまじまじと見て、真剣な顔をした。

「しかも、初めて見る魔導具に、封印の上書きをするなんて……」

震えあがるモニカに、グレンは曇り一つない笑顔で言う。

「七賢人って、すごいんすね！」

「…………」

「照れるぜ！」

沈黙したまま脱力するモニカの横で、何もしていないラウルが照れた。

（な、何はともあれ、わたしの正体がばれてないなら……良かった……うん）

こっそり安心していると、シリルが襟元のブローチを握り締め、モニカに向き直る。

「〈沈黙の魔女〉殿」

モニカを呼ぶ声は真摯《しんし》で、誠実で、深い感謝に満ちている。

それなのに、モニカは顔を上げられなかった。正体がバレることを懸念したからじゃない。

……〈沈黙の魔女〉に感謝するシリルを、見たくなかったのだ。

「ロマリアを助けていただき、本当に、ありがとうございます」

そんな畏《かしこ》まった感謝の言葉よりも、「よくやった、ノートン会計」という言葉が欲しかった。

ここにいるのは、生徒会会計のモニカ・ノートンではないのに、だ。

(……わたし、すごくわがままなこと、考えてる)

それでも、ロマリアが封印されたブローチを撫《な》でて喜んでいるシリルを見ていたら、やっぱりモニカの心は少しだけフワフワして、行動して良かった、と思うのだ。


氷霊ロマリアの命をギリギリで繋《つな》ぎ止めたことを喜ぶシリルとグレン、そして、俯きモジモジしているモニカの三人を、ラウルは一歩下がって眺めていた。

(……良いなぁ)

胸の内で呟《つぶや》き、ラウルは手に残る薔薇の残骸《ざんがい》に魔力を込めて枯らす。

背後でボソリと声がした。

「自己満足の極みだ……精霊を助けるなんて、どうかしてる……」

振り向くと、レイが木の陰から紫色の髪をのぞかせて、ジトリとこちらを見ている。どうやら、今までの一部始終を見守っていたらしい。

「〈結界の魔術師〉が見たら、きっと、俺と同じことを言うぞ……」

「じゃあ、ルイスさん達には内緒にしとこうぜ」

あっさりと言うラウルに、レイは陰気な顔をしかめた。

「……ローズバーグ家の人間なら、精霊の怖さは分かっている筈《はず》だ。精霊と人間は言葉を交わすことはできても、理解し合うことはできない」

レイの言うことは正しい。魔術の名家で育ったラウルは、精霊の恐ろしさや悍《おぞ》ましい一面を教わって育っている。

それでも、ラウルは思うのだ。

「オレの薔薇をさ、贈り物に選んでくれて、それを喜んでくれたんだ。そういうの、なんか良いなぁって思って」

当たり前のように精霊と心を通わせ、消滅の危機に瀕《ひん》したら悲しみ、助かったら喜ぶ——そんなシリルとグレンが眩《まぶ》しかった。

（だって、精霊のために悲しんでくれるなら……オレみたいな奴《やつ》のためにも、悲しんでくれるかもしれないじゃんか）

氷霊を救ったモニカの行動が、ラウルにはとてもすごいことに思えた。

たとえばラウルが危機に陥った時、咄嗟《とっさ》に助けてくれる人が、どれだけいるだろう。

〈茨の魔女〉のローズバーグ家も、〈深淵《しんえん》の呪術師〉のオルブライト家も、周囲から畏怖《いふ》される名門だ。

向けられる態度には常によそよそしさがあるし、自分達のことを人とは思わぬ者もいる。

「友達になりたいなぁ。今から野菜パーティ始めちゃ駄目かな？」

「後始末があるだろうが……」

レイがうんざりした顔でぼやいた。

＊　＊　＊

ルイスとブラッドフォードが、エマニュエルの家に入るのとほぼ同時に、背後でエマニュエルが起き上がり、コソコソと逃げ出す気配がした。

ルイスとブラッドフォードは、互いに目と目で合図を送り、そのままエマニュエルを放置する。

元より、エマニュエルの捕獲は今回の作戦に含まれていない。捕まえたところで、その罪を公にするわけにはいかないからだ。

「宝玉のは、これからどうすると思う？」

「古代魔導具の存在を隠していた以上、クロックフォード公爵に縋《すが》りつくわけにはいきませんし……まぁ、引退決め込むか、国外逃亡辺りが妥当じゃないですかね」

それでも、太々《ふてぶて》しく次の七賢人会議にやってきたなら、その時はエマニュエルを見直してもいい。

（これで、クロックフォード公爵は、〈宝玉の魔術師〉という手駒を失ったも同然。次に公爵がとる行動は、七賢人に第二王子派を新しく送り込むか、現七賢人の誰かを引き抜くか……）

ルイスは、クロックフォード公爵が〈沈黙の魔女〉を味方に引き込みたがっていることを知っている。

第二王子と共にレーンブルグの呪竜を討伐した〈沈黙の魔女〉を味方にすれば、第二王子派は更に勢いを増すだろう。

ルイスの目には、モニカが第二王子に絆《ほだ》されているように見える。

そうなると、モニカがクロックフォード公爵側につく可能性もゼロではない。

(……なにより)

ルイスは先程の戦闘を思い出す。

レイ率いる魔導甲冑兵《かっちゅうへい》軍団が押しかけてきた時、モニカは確かにこう言った。

『ルイスさん、魔導甲冑兵が！』

〈宝玉の魔術師〉が魔導甲冑兵という単語を口走ったのは、モニカの発言の後だ。その前は、一度も口にしていないし、ルイスも魔導甲冑兵という名称を知らなかった。

モニカは、あの動く鎧《よろい》——魔導甲冑兵の名称を知っていたのだ。

思えば、精霊を動力源にしている技術についても、モニカはなんらかの確信を持っているようだった。

(おそらく、私の知らない協力者がいる……そして、あの小娘は、私にそれを話す気はないらしい)

モニカがどの陣営につくかで、戦況は大きく変わる。

(〈沈黙の魔女〉モニカ・エヴァレットは、案外行動が読めない)

第二王子の護衛任務はこのまま続けさせるとして、こちらが持っている情報を、全ては渡さない方が良いだろう。

ルイスが想定する最悪の事態の一つが、〈沈黙の魔女〉が第二王子派につくことだ。

(……少し、揺さぶりをかけてみるか)

ルイスは第一王子派だが、必ずしも第一王子に王になってほしいわけではない。

ただ、第二王子の背後にいるクロックフォード公爵を、のさばらせたくないのだ。

お人好しの第一王子では、狡猾なクロックフォード公爵に対抗できない。だからこそ、自分が狡く、慎重に立ち回らなくては。

八章　動きだした者

モニカがレイ、ラウル、シリル、グレンと共にエマニュエルの家の方に戻ると、丁度、家の中からルイスとブラッドフォードが出てくるところだった。

二人は、家の中に残った魔導具の破壊活動をしていたのだ。

扉の奥に見える室内は、無惨に荒らされており、そこから出てくる髭面《ひげづら》の大男と、斧《おの》を担いだ男の姿は、押しかけ強盗そのものであった。

「〈宝玉の魔術師〉は……逃げたんだな」

レイがボソボソ問うと、ルイスは斧を担いだまま小さく頷《うなず》いた。

「ええ、元より、あの方の身柄の確保は考えていません。好きにさせておきましょう」

そう言って、ルイスはチラリとモニカを見る。その目に、僅《わず》かな苛立《いらだ》ちが滲《にじ》むのをモニカは見逃さなかった。

氷霊を助けたことについては、あの場にいた者だけの秘密にするよう、ラウルがシリルとグレンに口止めしてくれた。それでも、セレンディア学園に潜入中のモニカが、二人に近づいたという事実は変わらない。

ルイスは片眼鏡を指先で押さえ、ニコリと微笑《ほほえ》んだ。品の良い笑顔だが、モニカを見る目は笑っていなかった。

「私の弟子を気にかけてくれたのですか？　……お優しいことで」

（おおお怒ってるぅぅぅ）

モニカが縮こまっていると、ブラッドフォードが伸びをしながら言った。

「森の外で、星詠みのが待ってんだろ？　なら、撤収だ撤収。ここは、長居するような場所じゃねぇ」

歩け歩け、とブラッドフォードは片手を振って一行を促す。

モニカは目立たぬよう、ブラッドフォードの陰に隠れて、森の外に向かい歩き出した。

ルイスもおっかないが、シリルやグレンに正体がばれるのもまずい。

幸い、シリルとグレンには、ラウルがニコニコと話しかけている。

季節の野菜の美味《おい》しい食べ方について、ラウルが元気に語るのを聞きながら、モニカは俯《うつむ》き気味にトボトボ歩いた。

古代魔導具の破壊が終わったことで、溜《た》まった疲労と心労が、ドッと噴き出してきたような気がする。

（早く屋根裏部屋に戻って、ベッドで眠りたい……）

どうにも冬休みが明けてから、気の休まらないことが多すぎる。

第三王子のアルバートや、チェス大会で対戦したロベルトが編入し、更にはミネルヴァ時代の先輩であるヒューバードまで編入してきて、決闘騒動を起こされる始末。

（しかも、殿下は〈沈黙の魔女〉がセレンディア学園にいるって、気づいてるみたいだし……）

モニカは冬休みの呪竜騒動で、左手を負傷している。そして、フェリクスはセレンディア学園にいる左手を負傷した女子生徒を探しているのだ。

（左手の治り、あんまり良くない気がする……）

疲労のせいか、移動中に何度か手をついたせいか、また左手がズクズクと痛くなってきた。

（せめて、明日は……授業もないし、ゆっくり休もう……うん……）

やがて、遠い西の空が、うっすらと茜色《あかねいろ》に染まりだした頃、一同は森を抜けた。

森の西端、モニカが森に入ったところの近くには、立派な馬車が二台とめてある。

馬車の前に佇《たたず》んでいるのは、ドレスの上に毛皮のコートを羽織った美女──〈星詠みの魔女〉メアリー・ハーヴェイだ。

「みんな、ご苦労様。首尾はどう？」

メアリーの問いに、ルイスが淡々と答える。

「例の物は回収しました。持ち主は逃走。所有している魔導具の類は一通り破壊済みです」

古代魔導具や、〈宝玉の魔術師〉の名を伏せたのは、シリルとグレンがいるのを配慮してのことだろう。

ルイスはメアリーに歩み寄り、何故《なぜ》かモニカを見て小さく手招きをした。モニカがおずおずと近づくと、ルイスはモニカとメアリーにだけ聞こえるような小声で言う。

「私は精神干渉魔術で、目撃者の記憶を封印することも視野に入れています」

すうっと、モニカの胃が冷たく冷える。

ルイスが言う目撃者が誰を指すかは言うまでもない──シリルとグレンだ。

青ざめるモニカに、ルイスは告げる。

「同期殿、貴女《あなた》なら無詠唱でも精神干渉魔術が使えるでしょう？　だったら、グレン達に気づかれずに発動できる」

モニカは血の気の引いた顔でルイスを見上げ、小声で返す。

「精神干渉魔術は、後遺症が残る可能性、も……」

「貴女なら、そんなヘマはしないでしょう？」

「で、でも……」

小さな拳《こぶし》を握りしめ、必死で言い返そうとするモニカを、ルイスは冷ややかに見据える。

「できますよね、同期殿？」

ルイスの意図が分からず、モニカは焦った。

精神干渉魔術は準禁術だ。そうそう気軽に使って良いものではない。

グレンはルイスの弟子なのに、どうしてそんなことを言うのだろう。そこまでしてでも、今回の件を隠蔽《いんぺい》したいのだろうか。

（確かに、精神干渉魔術で記憶を封じてしまえば、わたしの正体がばれる可能性も低くなる、けど……）

ルイスの冷ややかな視線に、モニカはこちらを試すような意図を感じた。

実際、ルイスは、モニカを試している。任務継続のためなら、セレンディア学園で知り合った二人に、精神干渉魔術を使えるか、と。

「そこまでしなくていいわよぉ」

おっとりと口を挟んだのは、メアリーだった。

ルイスが口を開く。何か言い返そうとしたのだろう。

だが、それを遮るように、メアリーは己の唇に指を添えて微笑み、その場にいる全員に聞こえるような声で言う。

「貴方達《あなたたち》。この森で起こったことは、誰にも話してはいけなくってよ……よろしくて？」

念を押すような最後の一言は、シリルとグレンの二人に向けたものだった。

強張《こわば》った顔をする二人に、メアリーはいっそ対照的なほど柔らかな笑みを向ける。

「貴方達二人は、精霊に攫《さら》われたところを、あたくし達が保護した……と、セレンディア学園に説明しておきましょう。さぁ、馬車にお乗りなさい」

シリルもグレンも、どこか腑《ふ》に落《お》ちない様子だった。

シリルが襟元のブローチを握りながら、硬い声で言う。

「この森の精霊を操る、笛吹き男は……」

「その問題は解決済よ。それ以上は言えないの。ごめんなさいね」

メアリーは声音も態度も柔らかだが、否《いや》と言わせてくれない静かな圧があった。

悔しそうに黙り込む二人に、メアリーは胸元に手を当て、誠意のある声で告げる。

「これからは、この森が正しく管理されるよう、あたくしが全力を尽くしましょう。〈星詠みの魔女〉メアリー・ハーヴェイの名にかけて」

最後の一言に力を込め、そしてメアリーは儚《はかな》く微笑む。

「あたくしを、信じてくれる？」

七賢人にそこまで言われて、否定できる者がどれだけいるだろう。

まして、メアリーは最年長の七賢人であり、この国一番の予言者でもあるのだ。

シリルは襟元のブローチを握りしめたまま、メアリーに深々と頭を下げた。

「この森の精霊達を……お願いいたします」

メアリーが優しく頷き、ルイスがやれやれと肩を竦《すく》める。

ルイスはいかにも皮肉っぽい態度だが、それ以上、食い下がったりはしなかった。

「それでは、ここに来るまでに封印した精霊も、ここで解放しておきますか」

そう言って、ルイスがポケットから宝石を幾つか取り出す。おそらく、魔導甲冑兵に使われていた物だ。

モニカも思い出し、ポケットから宝石を取り出した。この中には精霊が封印されているのだ。忘れず、解放しておかねば。

ルイスが詠唱をして、手の中の宝石を掲げる。

モニカも同じように宝石を掲げ、無詠唱で封印を解除した。

二人の手の中の宝石が内側から淡く輝き、その輝きがフワリ、フワリと宙に浮かぶ——その時、異様な空気が辺りを満たした。

ピリピリと肌がひりつくようなその気配は、紛れもなく、敵意だ。

ブラッドフォードが、どこかのんびりした口調で言う。

「まぁ、怒るよなぁ。精霊達にしてみりゃ、宝玉のと俺らに違いなんてないだろうし」

「だから、精霊に関わるのは嫌なんだ……」

レイが陰気な顔をしかめて呻《うめ》く。

辺りに漂うピリピリとした敵意はどんどん広がっていき、それに呼応するように、ケリーリンデンの森がザワザワと揺れた。

解放された精霊達の怒りや憎悪が、森の精霊達にも伝わっているのだ。

モニカはいつでも防御結界が張れるよう備えた。ルイスも詠唱を始めているし、レイは既に馬車の陰に退避している。

シリルとグレンは、森の変貌《へんぼう》に青ざめ立ち尽くしており、ラウルは何かに気づいたように森を見て、「あ」と声をあげた。

ラウルの視線の先、森の木々の合間からこちらを見ている一匹の狼《おおかみ》がいる。猪《いのしし》のように大きい体の、オレンジ色の目の狼だ。おそらくは精霊なのだろう。

その狼は天を仰ぎ、大きく吠《ほ》えた。狼の遠吠えのようでいて、その響きは微妙に違う。

精霊言語を習得しているモニカは、その遠吠えに込められた言葉を理解した。

——静まれ。手を出すな。

遠吠えの余韻が空気を震わせている間に、精霊達の敵意に満ちたざわつきは収まる。

あの狼は上位精霊には見えない。そこそこ力のある中位精霊だろうか。

だが、その精霊が何故、自分達を助けてくれたのだろう。

モニカが怪訝《けげん》に思っていると、シリルが襟元のブローチを握りしめて叫んだ。

「セズディオ殿！　氷霊は……っ」

狼が再び吠える。

夕焼けによく似た色の目は、何故かモニカを見ていた。

——礼は、言わぬ。

精霊言語でそれだけ言い残して、狼は下位精霊達を伴い、森の奥に消えていく。

シリルとグレンは精霊言語が分からぬはずだ。それでもシリルは異形の狼が消えていった方向に頭を下げると、森に背を向け、メアリーが用意した馬車に乗り込んだ。

グレンは何か言いたそうに口を開きかけたが、グッと唇を引き結んでシリルに続く。

二人が完全に馬車に乗り込んだのを確認し、メアリーが残る七賢人達を見回した。

「これで、この件はおしまいよ」

その言葉は、ルイスに対して釘《くぎ》を刺しているようにも聞こえた。

七賢人のまとめ役であるメアリーが「おしまい」と言ったのだ。

これ以降、〈宝玉の魔術師〉エマニュエル・ダーウィンに対する制裁も、目撃者であるシリルとグレンに精神干渉魔術を使うことも許されない。

メアリーは優雅に一礼した。

「それでは、あたくしはあの二人を連れて、セレンディア学園に向かうわね。もう一つの馬車は、好きに使ってちょうだいな」

メアリーは毛皮のコートを翻し、シリルとグレンが乗った馬車を見つめた。

そして、ボソリと一言。

「……あぁ、あと五年若ければ」

七賢人達は知っている。〈星詠みの魔女〉メアリー・ハーヴェイが、屋敷に半ズボンの美少年達を侍《はべ》らせていることを。

「星詠みのよぅ……」

「おほほ、それでは御機嫌よう」

ブラッドフォードの呟《つぶや》きに笑顔を返し、メアリーは馬車に乗り込んでいった。

残されたのは、モニカ、ルイス、ブラッドフォード、レイ、ラウルの五人だ。

ブラッドフォードが残された馬車を見て、口を開いた。

「じゃあ、俺はあっちの馬車で王都に戻るぜ。お前さん達はどうする？」

「私は、少しやることがあるので……皆さんは、お先に馬車でどうぞ」

ルイスがすかさずそう言って、さもたった今思い出したような顔で、「あぁ、同期殿」とモニカを見る。

「同期殿は少し残ってくれませんか？〈偽王《ぎおう》の笛ガラニス〉に施した封印のことで、貴女に確認してほしいことがあるのです。帰りはリンに送らせますので」

モニカはルイスの言いたいことを察した。

封印についての確認は建前で、リンにモニカをセレンディア学園まで送らせるつもりなのだろう。

精神干渉魔術を使うか否かで、試すようなことを言われたばかりだというのに……と、こっそり胃の辺りを押さえていると、ラウルがモニカの肩をトントンと叩《たた》いた。

モニカが目を向けると、ラウルは分厚い体を折り曲げるようにして身を屈《かが》め、上着のポケットから取り出した封筒をモニカのローブのポケットにこっそり落とす。

「後で読んでくれ。こっそり話す時間はないだろうなーと思ってさ、あらかじめ手紙書いてきたんだ」

（他の七賢人には、知られたくない話……？）

「みんなには内緒だぜ」

パチンとウィンクをし、ラウルは身を離した。

そうして彼は、ブラッドフォードやレイと同じ馬車に乗り、馬車の窓から身を乗り出して、元気に手を振る。

「今度こそ、みんなで野菜パーティしような！」

「は、はぁ……」

ブンブンと手を振るラウルに、モニカは持ち上げた右手をぎこちなく振り返した。

やがて、彼らを乗せた馬車も走り出し、遠ざかっていく。

後に残されたのは、モニカとルイスだけだ。

「さて」

ルイスが発したその一言に、モニカは身構え、背筋を伸ばす。

「貴女には引き続き、第二王子護衛任務を続けてもらいます」

モニカはヴェールの下で唇を噛《か》み、考える。

（わたしは、ルイスさんに話していないことが、いくつもある）

護衛対象の第二王子と、コールラプトンの街でこっそり夜遊びをしたこと。

父の死の真相を探るために、クロックフォード公爵について調べていること。

その過程で、バルトロメウスに協力してもらったこと。

極秘の護衛任務が、ラウルにもばれたということ。

〈茨《いばら》の魔女〉様のことは、言った方がいい？　でも……）

モニカは、先ほどラウルにこっそり渡された封筒を、ポケットの上から触る。

（ルイスさんに話すかどうかは、セレンディア学園に戻って……この封筒の中身を確認してから、考えよう）

モニカの目の前で、ルイスが上着のポケットからエメラルドの嵌《は》まった指輪を取り出した。あれは、リンとの契約石だ。

ルイスが指輪を掲げて、詠唱をする。

「契約に従い、疾《と》くきたれ。風霊リィンズベルフィード！」

上空でゴゥッと強い風が吹き、メイド服の美女が風に乗ってこちらに向かってくる。

……グルングルンと、勢いよく回転しながら。

その着地点にいたルイスが素早く飛び退《との》くのとほぼ同時に、回転しながら落下してきたリンが、ピタリと地面の上で静止する。

「『トルネードキック着地法・改』です。いかがでしょうか？」

この頭の痛くなる発言。紛《まが》うことなく、いつものリンである。

どうやら〈偽王の笛ガラニス〉の支配から、無事解放されたらしい。

「……馬鹿メイド。今の攻撃については、とりあえず不問にしてやりましょう。我々は大変に疲弊していますす。お前の力で、〈沈黙の魔女〉殿をセレンディア学園に、その後は私を王都の家まで送りなさい」

ルイスの命令に、リンは真《ま》っ直《す》ぐに背筋を伸ばし、キッパリと答える。

「それはできません」

「………あぁ？」

ルイスは不穏な声を漏らし、リンを睨《にら》みつける。

だが、ルイスの恫喝《どうかつ》に怯《おび》えるリンではない。

「わたくし、さきほどの『トルネードキック着地法・改』で、飛行に使える魔力の全てを使い果たしました故」

リンの姿がだんだんと薄れていき、黄緑色の光の粒子になっていく。

その体が半分ほど透けたところで、リンは姿勢良く一礼をした。

「契約石の中で休ませていただきます。それでは、おやすみなさいませ」

光の粒子は、エメラルドの指輪に吸い込まれるように消えていく。

指輪を摘《つま》む手を震わせ、ルイスは低く呻いた。

「あの馬鹿メイド……主人より先に休みやがった……」

モニカは知っている。ルイスが昨日から、ほぼ休息も睡眠も無しで、飛び回っていたことを。

契約精霊が消耗している時は、契約者が魔力を分け与えることで、回復させることができる。だが、それができないぐらい、ルイスも魔力を消耗しているのだ。

「あの、ルイスさん、ごめんなさい。わ、わたしが、リンさんに大ダメージを与えちゃったから……」

「……気にしなくて結構です。徹底的にぶちのめして構わないと言ったのは、私なので」

そう答えるルイスは、どこか虚《うつ》ろな目をしていた。

彼は一日斧《おの》を振り回していた上に、先の戦闘で結界術を連発して、僅《わず》かに回復した魔力もほぼ使い切っているのだ。飛行魔術を使う余裕などない。

「同期殿、貴女一人なら、飛行魔術で帰れますね？」

「は、はい、なんとか……でも、あの、ルイスさん、は……？」

ルイスはフッと微笑《ほほえ》み、天を仰ぐ。長い三つ編みが力無くプラプラ揺れた。

「……馬車があるところまで、歩きます」

「お、お疲れ様です……」

＊＊＊

セレンディア学園に向かう馬車の中、シリルは座席の背にもたれ、窓の外を見ていた。

その手は無意識に、襟元のブローチを握りしめている。

このブローチの中には今、氷霊ロマリアが封印され、眠っている。ロマリアはシリルと契約を交わしたわけではない。ロマリアは、ただブローチの中で休んでいるだけの状態だ。

ロマリアが意識を取り戻し、自由に動けるように回復するまで、どれだけの時間がかかるかは分からない。

「副会長」

隣の席で、グレンがポツリと呟く。シリルは横目でグレンを見た。

「なんだ」

「オレ、冬休みにいっぱい修行して、できること増えた気でいたんすよ」

グレンは足元を睨みつけながら、絞り出すように言葉を続ける。

「でも、昨日の決闘でも、今日のあの森でも、オレ、何もできなくて……すっげー悔しいっす」

「……私もだ」

ヒューバード・ディーが原因となった決闘では、必ず勝利するとフェリクスに誓ったにもかかわらず、惨敗だった。

あの森で精霊達に助けを求められ、力になると約束したのに、自分は何もできなかった。氷霊ロマリアを助けたのも、シリルじゃない。

シリルは何もできないまま七賢人に助けられ、そして今、帰路についている。

自分はなんと無知で無力なのか。不甲斐《ふがい》なさに、腹が立つ。

(もっと、学ばなくては……)

自分は〈識者の家系〉の人間なのだ。いずれ、ハイオーン侯爵を継ぐのだ。

だからこそ、無力なまま立ち止まってはいられない。


悔しさを噛み締めるシリルとグレンを、向かいの席で〈星詠みの魔女〉が穏やかに微笑み、見守っていた。

星を詠む魔女は、二人の若者から窓の外に目を向ける。

(……いよいよ、動きだすのね)

〈沈黙の魔女〉と、彼女の近くでずっと瞬いている、喪失の星を抱く者。

その近くに、〈星詠みの魔女〉は小さな星を見た。

それは、ずっと身を潜め、時が来るのを静かに待ち続けた者の星だ。

＊　＊　＊

ケリーリンデンの森の前でルイスと別れたモニカは、適当な長さの枝を拾い、それに跨《また》がって飛行魔術を発動した。

モニカの飛行魔術はまだ不安定で、杖《つえ》や箒《ほうき》のように跨れる物があった方が安定する。

それでも二人乗りはできないので、ルイスは置いていくしかなかった。

（昨日が決闘で、今日が古代魔導具絡みの騒動で……なんか、色々あったな……）

あまりにも色々ありすぎて、自分は何か忘れていないだろうか、とモニカは一瞬不安になったが、そんな考えも疲労に流され、消えていく。

……だから、モニカは思い出さなかった。

森で別れてそれっきりになっている愛と情熱の男。

バルトロメウス・バールの存在を。

（昨日の夜から、今までずっと屋根裏部屋を留守にしてたけど、大丈夫だよね。一日ぐらいなら、誰にも気づかれないだろうし……）

ケリーリンデンの森とセレンディア学園は、馬だと三、四時間はかかる距離だが、飛行魔術だともっと早く着く。

モニカがセレンディア学園の敷地に到着したのは、日が暮れる少し前、夕焼けの赤が空を染める頃だった。

吹く風は冷たく、ローブの隙間から入り込む冬の寒さが、ジワジワと体を冷やしていく。

（ネロはまだ冬眠中かな？　帰ったら、とりあえず、温かいコーヒーが飲みたいな……）

学生寮付近に人の姿がないことを確認し、モニカは屋根裏部屋の窓枠に着地した。

ここまで箒代わりに跨ってきた枝は窓の外に投げ捨て、かじかむ手で窓を閉める。

口元を覆うヴェールを外して、ふぅっと一息ついていると、視界の端の暗がりで、何かが動いた気がした。

ネロが起きたのかと思ったが、ネロは今も黒猫姿のまま、ベッドのカゴの中で丸くなっている。

あれ？　と思ったその時、屋根裏部屋に静かな声が響いた。

「モニカ・ノートン」

モニカはヒュッと息を呑《の》み、肩を震わせる。

窓の外からだと死角になる暗がりに潜んでいたその人物は、ゆっくりと歩き、モニカの前に立った。

鮮やかな金髪の美貌《びぼう》の令嬢、生徒会書記ブリジット・グレイアム。

休日なのに制服を着たブリジットは、琥珀色《こはくいろ》の目を鋭く細め、問いかけた。

「お前は何者です」

＊　＊　＊

ケリーリンデンの森を南に抜けた〈宝玉の魔術師〉エマニュエル・ダーウィンは、ガクガクと震える足で、街道を目指し歩いていた。

（私は……これから、どうしたら……）

彼にとって唯一無二である、古代魔導具〈偽王の笛ガラニス〉が破壊されてしまった。

魔導甲冑《かっちゅう》兵と〈パウロシュメルの処刑鏡〉も、もう使えない。あれは動力源にした精霊を〈偽王の笛ガラニス〉を用いて操ることで、複雑な操作を可能にしていたのだ。

（それに……もし、今回のことが、クロックフォード公爵の耳に入ったら……）

他の七賢人達は、今回の件を隠したがっているので、クロックフォード公爵に告げ口する可能性は低い。

だが、万が一のことがあるし、なにより問題なのは巻き込まれた一般人だ。ケリーリンデンの森の精霊達は、セレンディア学園の生徒を攫《さら》い、騒動に巻き込んでしまった。

（よりにもよって、クロックフォード公爵の傘下にある、セレンディア学園の生徒を！）

セレンディア学園側から、今回の件が漏洩《ろうえい》する可能性があるのではないか。

エマニュエルの腹の中で、不安がグルグルと渦巻く。

エマニュエルが七賢人になれたのも、大きな魔導具工房を維持できるのも、クロックフォード公爵の力添えがあってこそだ。

クロックフォード公爵に見捨てられたら……否、あの冷酷な公爵は、ただ見捨てるだけでは済まさない。

（……処分されてしまう）

フゥッフゥッと息を吐きながら、エマニュエルはひたすら歩く。

今はとにかく、人のいるところに行きたい。一人で歩いていると、追いかけてくる自分の影すら、恐ろしい魔物に見えてくるのだ。

このまま街道に出て、夜まで歩けば、近くにベルダという街がある。

ベルダにはエマニュエルが管理する工房の支店があるから、そこに行けば路銀を調達することも、休むこともできるだろう。

（疲れた……早く、休みたい……）

日中は雲が出ていたのに、今は雲が晴れて、空は夕焼けに赤く染まっていた。

見る者の心をざわつかせる鮮烈な赤——そこに、ポツリと人影が浮かび上がる。

外套《がいとう》を羽織った長身の青年の後ろ姿だ。サラサラとした金髪は、夕焼けに照らされ、オレンジがかって見える。

青年が振り向いた。風に揺れる前髪の下で、長いまつ毛に縁取られた碧《あお》い目が細められる。

「ご機嫌よう、ダーウィン卿《きょう》」

赤い空の下で、その人は美しく微笑んでいた。

一度見たら忘れられない、完璧《かんぺき》な美貌の王子様——第二王子フェリクス・アーク・リディル。

（何故、こんなところにフェリクス殿下がいるんだ。まさか……クロックフォード公爵は、私のしたことに気がついて……！）

第二王子はクロックフォード公爵の傀儡《かいらい》だ。

ならば、この美しい王子は、自分を断罪しにきたのだ。

そう考え、青ざめ震えるエマニュエルに、フェリクスは柔らかな声音で告げる。

「今回の件、クロックフォード公爵の耳に入ったら、きっとあの人は、貴方を切り捨てるでしょうね」

フェリクスの言葉に、エマニュエルは一筋の希望を見出《みいだ》した。

「……まだ、あの方は知らないと？」

「少なくとも、私は言うつもりはありませんよ。絶対に情報が漏洩しないよう、セレンディア学園の教師達への口止めも徹底しましょう。学園長も、生徒の失踪《しっそう》なんて不祥事を公爵に知られたくないでしょうし」

それは、エマニュエルにとって有難い話だが、同時に酷《ひど》く不気味な話でもあった。

何故、クロックフォード公爵の言いなりである第二王子が、そんな根回しをしてくれるのか。

（それ以前に……）

エマニュエルはゴクリと唾《つば》を飲み、少しでも余裕を見せようと、うすら笑いを浮かべる。

「何故、貴方が護衛もなしで、こんな所におられるのです？」

「貴方を待っていたんです」

「どうして、ここが……」

「どうして？　そうですね、かいつまんで言うのなら……」

フェリクスは軽く腕組みをし、視線をケリーリンデンの森の方角に向ける。

「ケリーリンデンの森の精霊達を怒らせた貴方は、もうあの森にはいられない。今までは、定期的に迎えの馬車を呼んでいたのでしょうけれど、今は迎えの馬車がないから、徒歩で逃げなくてはならない。飛行魔術が使えない貴方の足で、移動できる範囲にある街は四つ。その内、貴方の工房の支店があるのが、南の街道沿いにあるベルダの街です。そこに、助けを求めようとしたのでしょう？」

まるで、自分の思考をそっくりそのまま読まれたような気持ち悪さに、全身から嫌な汗が滲《にじ》んだ。

口の中がやけにねばつく。水が飲みたい。

「ケリーリンデンの森で起こったことを、クロックフォード公爵に知られたら……貴方は破滅するでしょうね」

エマニュエルが無意識に後ずさると、フェリクスはその分だけ歩を進めた。

美しい顔に、哀れむような表情が浮かぶ。

「あなたはこれから先、ずっとクロックフォード公爵に怯《おび》え続けなければいけない」

フェリクスはエマニュエルに手を差し出した。

白い手袋が、今は夕焼けのせいで、血染めの赤に見える。

震えるエマニュエルに、フェリクスは甘く優しく囁《ささや》いた。

「私が貴方の力になりましょう、ダーウィン卿」

九章　優しい王子様と青い薔薇《ばら》の思い出

夕焼けが差し込む屋根裏部屋で、立ち尽くすモニカを鋭く見据えるのは、美貌の令嬢——生徒会書記ブリジット・グレイアム。

お前は何者です、と問う声には、言い逃れを許さない厳しさと鋭さがあった。

窓際に立つモニカが震えていると、ブリジットはズンズンと早足で詰め寄り、モニカの左手を掴《つか》む。

握手というには少しばかり強い力で左手を握られ、モニカは痛みに顔を歪《ゆが》めた。

「あ、うっ……うぐ……」

呪いを受けた左手は、多少は動くようになったが、強く握られれば、まだ痛む。

痛みに呻《うめ》きながら、モニカは己の失態に焦りを募らせた。

(左手を痛めてることが、ばれた！)

今、フェリクスはセレンディア学園にいる、左手を痛めた女性を探している。

それをモニカは今日までなんとか隠してきたが、とうとうブリジットに見抜かれてしまったのだ。

「そう、やはりお前が……」

そう言ってブリジットはモニカから手を放し、一歩下がる。その行動の一つ一つに、モニカにはない余裕を感じた。

どうしよう、どうしよう、と焦る気持ちを押し殺し、モニカは思案する。

ブリジットは、一体、何をどこまで知っているのか？

モニカが〈沈黙の魔女〉だと勘付いているのか？

（……ブリジット様は、わたしに「お前は何者です」って訊《き》いた。わたしが〈沈黙の魔女〉ってことまでは、気づいていないんだ）

ブリジットは、モニカが飛行魔術で窓から入ってくるところを目撃している。

だが、モニカが無詠唱魔術を使うところまでは、見ていないのだ。

（現時点でバレてるのは、わたしが魔術師であること。左手を痛めていて、殿下が探す人物であること）

そこまで考えて、ふとモニカは疑問を覚えた。

何故《なぜ》ブリジットは、この屋根裏部屋に潜んでいたのだろう。

（……何かが、おかしい）

ブリジットは女子生徒達の憧《あこが》れの的である、完璧な令嬢で優等生だ。

そんな人物が、モニカを探るために、たった一人で屋根裏部屋に潜んでいたという事実に、違和感がある。

モニカを追い詰めたいのなら、自ら動かず、人に命じることだってできたはずだ。

モニカは思案の末、慎重に口を開いた。

「ブリジット様は、いつから、この屋根裏部屋に？」

「質問しているのは、あたくしです」

「……寒かったんじゃ、ないですか？」

ブリジットの顔は、化粧では隠しきれないほど青白かった。

おそらく、相当長い時間、この屋根裏部屋にいたのだ。モニカが戻るのを、たった一人で待ち続けて。

「ブリジット様は……わたしと、何か交渉がしたくて、ここに来たんじゃないですか？」

「…………」

「だから、護衛もつけずに一人で来たんです、よね？」

ブリジットは無言だった。それに、モニカもまた無言を返す。

日は半分以上沈み、窓の外はすっかり暗くなっていた。

燭台《しょくだい》に火をつけようか、モニカは少し悩んでやめる。いつも無詠唱魔術で火を起こしているので、モニカはマッチの類を常備していないのだ。

「まずは、あたくしの考えを述べましょう」

深まる夜闇の中、ブリジットが口を開く。

「あたくしは探偵を雇って、ケルベック領内にある全ての修道院の記録を調べさせました。けれど、モニカという名の娘がいた記録は、どこにもなかった」

ここに至って、モニカはようやく気がついた。

冬休み中、ケルベック伯爵領内を嗅《か》ぎ回っていたのは、ブリジットの手の者だったのだ。

ブリジットは淡々と言葉を続ける。

「ケルベック伯爵は、第一王子派でも第二王子派でもない中立派で東の重鎮。殿下やクロックフォード公爵でも、迂闊《うかつ》に干渉はできない。故に、ノートン姓を名乗るお前が、フェリクス殿下やクロックフォード公爵の味方である可能性は低い」

「………………」

「モニカ・ノートンはケルベック伯爵に雇われた諜報《ちょうほう》員の魔術師で、フェリクス殿下について、なんらかの調査をしているのではないか、というのが、あたくしの考えです」

モニカは返す言葉に悩んだ。

正確には主として動いているのがモニカで、ケルベック伯爵は協力者である。流石《さすが》のブリジットも、モニカが七賢人だとは思わなかったらしい。

モニカはブリジットの考えに、正解とも不正解とも言わず、質問をぶつけた。

「……ブリジット様の目的は、なんですか？」

ブリジットの言動から察するに、彼女はフェリクスや、クロックフォード公爵の協力者ではないのだろう。

だが、ブリジットの目的が分からない以上、モニカも迂闊なことは言えない。

真意を探ろうとするモニカに、ブリジットはあっさりと答える。

「端的に言って、あたくしは、お前の正体などどうでも良いのです。交渉材料になるから調べただけで」

「……へっ？」

「あたくしの目的はただ一つ。どうしても知りたい、殿下の秘密がある。そのために、あたくしに協力しなさい、モニカ・ノートン」

予想外の言葉にモニカは面食らった。

「で、殿下の秘密？　えっと、それは、どういう……」

「それを口にするのは、お前があたくしに協力すると誓ってからよ」

モニカは混乱した。

ブリジットが知りたい、フェリクスの秘密というのは何なのだろう？

正直フェリクスに関しては、モニカも疑問に思うところが多すぎるので、気にならないと言えば嘘《うそ》になる。

だが、ここで簡単に頷《うなず》くわけにはいかない。一応、モニカはフェリクスの護衛役なのだ。

「協力しないと、わ、わたしの正体をばらすぞ、ってこと、ですか？」

震えるモニカに、ブリジットは小さく首を横に振る。

「残念ながら、あたくしにケルベック伯爵を敵に回すほどの力はありません。この件は我が父、シェイルベリー侯爵とは無関係……あたくしが個人的に知りたい、というだけのことなのだから」

モニカは改めて、今回の護衛任務にあたって、ルイスがケルベック伯爵に協力要請した理由を実感した。

ケルベック伯爵一家は、ただの演技派ノリノリファミリーではない。クロックフォード公爵やシェイルベリー侯爵ですら迂闊に手を出せない、超大物貴族なのだ。

（ブリジット様は、あくまで個人的な事情で動いているだけだから、ケルベック伯爵を敵に回したくない……だったら、わたしがケルベック伯爵の命令で動いてるふりをすれば、この場は逃げ切れる？）

淡い期待を胸に抱くモニカの左手を、ブリジットがチラリと見た。

「殿下は今、左手を負傷した女子生徒を探している。そして、お前はそのことを隠したがっている……違って？」

嘘の下手なモニカは、ギクリと肩を震わせる。

ブリジットが、すかさず言葉を続けた。

「左手を負傷した女子生徒。これが何を意味するのか、殿下が何故その娘を探しているのか、あたくしは知りません。けれど、お前は自分がそうだということを、殿下に隠したいのでしょう？」

「それは……その……」

モニカがもごもごと口籠《くちごも》ると、ブリジットは指を三本立てて、モニカに突きつけた。

「三日よ」

「……へ？」

「三日で、殿下に、左手を負傷した女子生徒探しを諦《あきら》めさせてみせるわ。その代わり、お前はあたくしに協力をなさい」

唐突に突きつけられた交換条件に、モニカは困惑することしかできない。

だが、ここで断って「モニカ・ノートンは左手を負傷している」とフェリクスにバラされたら、それこそモニカはおしまいだ。フェリクスに、モニカが〈沈黙の魔女〉であるとばれてしまう。

モニカは長い葛藤《かっとう》の末、慎重に訊《たず》ねた。

「……そんなこと、できるんです、か？」

「あたくしを誰だと思っているの？　社交界における情報戦で、あたくしの右に出る者は、そうはいなくてよ？」

そう言って、ブリジットは暗がりの中、微笑《ほほえ》む。

美しいが、背筋を震わせるような凄《すご》みのある笑み——そこに、モニカは強い意志と覚悟を感じた。

（この人は、本気だ……）

ゴクリと唾《つば》を飲むモニカに、ブリジットは笑みを引っ込め、静かに告げる。

「では、あたくしはこれで失礼しましょう。話の続きは三日後に……ご機嫌よう、モニカ・ノートン」

ブリジットは、あえて、モニカ・ノートンの名を強調し、屋根裏部屋を出ていく。

遠ざかっていく足音が聞こえなくなったところで、モニカはフラフラとベッドに近づき、そのまま横になった。

「ネロぉ……」

枕元のバスケットで眠るネロに声をかけると、ニャウニャウと幸せそうな声が聞こえた。竜の本能を忘れたとしか思えない。

「ブリジット様に、色々ばれちゃった……わたしが〈沈黙の魔女〉ってことは、ばれてないけど……」

ブリジットはあくまでモニカのことを、ケルベック伯爵に雇われた魔術師だと思っているらしい。

だが、モニカが一般人ではないことがばれてしまったのは事実だ。何より、左手の負傷のことを知られてしまっている。

「ブリジット様は、わたしに何をさせたいんだろう……？」

ブリジットには、どうしても知りたいフェリクスの秘密があり、そのためにモニカの力を借りたいのだという。

(殿下のことを知りたいのは、わたしも同じだけど……)

何故、フェリクスはクロックフォード公爵の言いなりなのか。

クロックフォード公爵が呪竜騒動に関与していること。そして、モニカの父の死にクロックフォード公爵が関わっているかもしれないことを、フェリクスは知っているのか。

気になることは、挙げだしたらきりがない。

(このことは……ルイスさんには相談できない)

ルイスは第一王子派で、クロックフォード公爵も第二王子も気に入らないと明言しているのだ。

フェリクスの秘密や弱みを知ったら、ルイスが嬉々《きき》として利用するのは目に見えている。

色々と考えたら、瞼《まぶた》が重くなってきた。

今日はもう、このまま寝てしまおうかと、寝返りを打ったモニカのポケットで、カサッと紙の音がした。

(そうだ、帰り際に〈茨《いばら》の魔女〉様から貰《もら》った手紙……)

モニカはのそのそと起き上がると、ポケットに手を突っ込み、ラウルから貰った封筒を引っ張りだす。

そうしてベッドに座り直し、無詠唱魔術で燭台に火をつけ、ボンヤリと明るくなった部屋の中、ラウルの手紙を広げた。

『やぁ、モニカ。友達に手紙を書くのって、なんだかワクワクするな！

こういうのって、まずは季節の挨拶《あいさつ》とか、日常の出来事から書くらしいから、まずは最近あったことを書くぜ！

実はこの間、レイをオレんちに招待したんだ。一緒に野菜の収穫をしたんだぜ！

レイが太陽の光が眩《まぶ》しくて溶けるって言うから、「ミミズみたいだな！」って言ったら、レイが怒って、オレに虫がたかってくる呪いをかけてきてさぁ。

いやぁ、いきなり虫がわらわら〜ってたかってきて、ビックリしたなぁ。

あの呪い、花の受粉に使えそうだよな。今度、レイに提案してみるぜ！

今度、モニカもうちに遊びに来てくれよな。とっておきの野菜スープで、もてなすぜ！』

元気の良い文字と文章になんとなく圧倒されつつ、モニカは二枚目の手紙を広げる。

『あ、そうそう。それで本題だけどさ、再来月にシェフィールドの祝日があるだろ？　その時にさ、オレ、クロックフォード公爵の屋敷の、庭の植え替え作業に行くんだ。

これって、屋敷に潜入して、公爵の悪事を暴くチャンスだよな！

レイは庭仕事は懲り懲りだから行かないって言い張るんだけど、モニカは来るかい？

植え替え作業の時は、オレんちの使用人を数人連れていくから、そこに紛れれば、正体隠して潜入できると思うんだ。

一緒に潜入調査しようぜ！

〈茨の魔女〉ラウル・ローズバーグより』

まるで遊びに誘うような気軽さで、潜入調査に誘われてしまった。

だがこれは、真実に近づく、またとないチャンスだ。

手紙の中にあるシェフィールドの祝日とは、風の精霊王が春を呼ぶ風を運んでくれることを祝う日だ。

祝日から一週間、セレンディア学園は休校となるから、抜け出すことはできるだろう。

モニカは立ち上がると、鍵《かぎ》付きの引き出しから一冊の本を取り出した。

コールラプトンの街の古書店、ポーターの店で、アイクと名乗るフェリクスに買ってもらった父の本だ。

ベッドに座り直したモニカは本を膝《ひざ》にのせ、表紙をそっと撫《な》でながら思考に耽《ふけ》る。

処刑されたモニカの父、ヴェネディクト・レイン。

その死に関与している呪術師ピーター・サムズ、本名バリー・オーツは冬休み中にレーンブルグで死亡している。

そして、この呪術師が、クロックフォード公爵と繋《つな》がっているのだ。

(仮にクロックフォード公爵が、お父さんの死に関わっているとして……屋敷に証拠を残しているとは思えない、けど……今は少しでも情報が欲しい)

ラウルの潜入調査の誘いを受けよう、とモニカは決める。

いつも誰かに振り回されて、流されてばかりのモニカだけれど、父の死の真相を掴《つか》むのだと、自分で考えて決めたのだ。

(だからこそ、見極めないと……ブリジット様が、敵なのか、味方なのかを)

＊　＊　＊

屋根裏部屋を後にしたブリジットは、何食わぬ足取りで、寮の自室に戻った。

部屋に控えていた年若いメイドのドリーが、「お帰りなさいませ」と頭を下げる。

「休日も生徒会のお仕事なんて大変ですね、お嬢様。わたす……わたくしにも手伝えることがあったら、なんなりとお申し付けください」

「ありがとう。それなら、温かい紅茶をお願い」

「かしこまりました!」

ドリーは元気に頷いて、紅茶を用意するため部屋を出ていく。

クリクリした黒髪にそばかすがチャーミングなドリーは、ブリジットの家で一番若いメイドだ。たまに訛《なま》りが出てしまうこともあるが、仕事熱心で、ブリジットを慕ってくれている。

(……これ以上は、まきこめないわ)

一人での調査には限界がある。だからドリーには、モニカ・ノートンの見張りや、探偵との連絡役を手伝ってもらったが、それ以上は駄目だ。

ドリーにさせられるのは、あくまで「お嬢様のおつかい」の範疇《はんちゅう》まで。

だからこそ、ブリジットは休日なのに制服に着替え、生徒会の仕事があると言って部屋を出て、あの寒い屋根裏部屋にずっと潜んでいたのだ。

すっかり冷たくなった手を擦《さす》り、椅子に腰掛けたブリジットは、テーブルに飾っている花瓶の花が新しくなっていることに気がついた。

花弁がフリルのように重なった、ピンク色の薔薇《ばら》だ。ドリーが新しく活《い》けてくれたのだろう。

薔薇は中心部分はクリームイエローで、縁にいくほど色濃いピンクになる。その花弁を冷えた指先でなぞり、ブリジットは過ぎし日のことを思い出した。

＊＊＊

「ブリジット、喜びなさい。クロックフォード公爵が、お前を屋敷に招待してくださった。お前は、フェリクス殿下の話し相手に選ばれたのだ」

やけに機嫌の良い父、シェイルベリー侯爵にそう言われたのは、ブリジット・グレイアムが、まだ七歳の時のことだった。

第二王子の祖父であるクロックフォード公爵の屋敷には、ブリジットと同じ年の第二王子フェリクスが病気療養のため滞在している。

フェリクスは外出が難しいほど病弱なので、ブリジットに話し相手になってほしい、というのが公爵側からの申し出だった。

この時、ブリジットは幼いながらに、自分がフェリクスの婚約者候補として招待されているのだということを、正しく理解していた。理解した上で不満を抱えていた。

リディル王国には既に、フェリクスより九歳年上の第一王子ライオネルがいる。

一六歳のライオネルは活発で、剣や乗馬の腕に長《た》けているという。

一方、第二王子は病弱で、王宮の行事にも殆《ほとん》ど出席せず、母親の実家であるクロックフォード公爵の屋敷で療養している。

王宮暮らしに耐えられぬ体の王子が、どうして王になれるだろう。

フェリクスの祖父であるクロックフォード公爵は、国内でも有数の権力者だが、肝心の第二王子は、王宮における存在感がまるでないのだ。

中には、フェリクス殿下は成人するまで生きられないのではないか、と心無い噂《うわさ》をする者までいる。

そんな王子の婚約者候補に選ばれても、ブリジットはちっとも嬉《うれ》しくなかった。


「はじめまして、フェリクス殿下。ブリジット・グレイアムと申します。この度は、お招きいただきましたこと、心から光栄に思いますわ」

クロックフォード公爵の屋敷を訪れたブリジットが完璧《かんぺき》な淑女の礼をしてみせると、使用人達は感心したようにブリジットに注目した。

ブリジットの容姿は際立って美しかったし、ドレスの着こなしから、所作、微笑み方まで、七歳の少女とは思えぬほど洗練されていた。

それに比べてフェリクスときたら、恥ずかしそうに俯《うつむ》いて、指をこねながら口をモゴモゴとさせるばかり。

フェリクスは美貌《びぼう》の令嬢とうたわれた亡きアイリーン妃の面影があり、非常に美しい少年だった。だが、白い頬は緊張で真っ赤になっていたし、視線はずっと足元を向いたまま、ブリジットを見ようともしない。

とにかく頼りない、というのが第一印象だ。

(あたくしは、いつまで殿下の返事を待っていればいいのかしら?)

「……殿下、練習を思い出してください」

もじもじしているフェリクスに、背後に控えていた従者の少年が、小声で話しかけているのが聞こえた。

(この程度の挨拶に練習が必要だなんて、なんて情けない!)

呆《あき》れるブリジットの前で、フェリクスは真っ赤な顔のまま自己紹介を始める。

「は、はじめまして、フェリクス・アーク・リディル、でひゅっ……」

噛《か》んだ。

フェリクスは真っ赤にしていた顔を、今度は青ざめさせて、涙目でプルプルと震えている。

様子を見守っているクロックフォード公爵と使用人達の間に、失望の空気が広がった。

その大人達の失望が、ますます幼い王子様を萎縮《いしゅく》させる。

そんな中、従者の少年が控えめに口を挟んだ。

「殿下、ブリジット様をティールームにご案内しましょう。ティールームに、殿下がブリジット様のために選んだ花を飾りました。きっとブリジット様も喜んでくださるでしょう」

「えっ、あのお花は、君が選んでくれたんじゃ……」

「……殿下」

従者のフォローを一瞬でぶち壊した幼い王子様は、ハッと両手で口を塞《ふさ》ぐ。

大人達の失望に満ちた空気が、ますます色濃くなった。失望したのは、ブリジットも同じだ。

（この方が、あたくしの将来の伴侶《はんりょ》になるかもしれないなんて……）

内心呆れつつ、それでもブリジットは失望を悟られぬよう美しく微笑《ほほえ》む。

「まぁ、どのようなお花なのでしょう。楽しみですわ」

ブリジットが話を振っても、やっぱりフェリクスは何も言えずに、口をモゴモゴさせている。

たまに顔を上げたと思えば、ブリジットではなく、クロックフォード公爵をチラチラと見ていた。

祖父の顔色を窺《うかが》うことしかできない、情けない王子様に代わって、従者の少年が口を開く。

「ご案内いたします。こちらへ、どうぞ」


案内されたティールームには、なるほど洗練された茶器が並び、ピンク色の薔薇が飾られていた。

ブリジットの父や、クロックフォード公爵達は別室でお茶をしている。まずは子ども同士で交流を深めろ、ということらしい。

（……殿下は、いつまでモジモジしている気？）

室内にいるのは、ブリジットの侍女と、フェリクスの従者の少年だけだ。

室内に入る使用人を最小限に絞っても、フェリクスは強張《こわば》った顔のまま、一向に口を開こうとしない。俯き、指をこねている。

仕方なく、ブリジットは自分から会話を切り出すことにした。

「まぁ、とても綺麗《きれい》なお花！　これを、あたくしのために選んでくださったのですか？」

「あ、えっと……」

「最近は、こういうフリルみたいな花弁の薔薇が人気だと聞きました。殿下は流行にも詳しくいらっしゃるのですね」

「……え、いえ……あの……」

「花瓶も素敵。コルミネットコレクションかしら。コルミネットコレクションは、あたくしの母も好きで、集めていますのよ。ティーカップが特にお気に入りで……」

「……コルミネット、コレクション？」

どうやらこの王子様は、この花瓶がどういう価値の物なのかすら分かっていないらしい。

初めて聞いた単語を復唱するような態度に、見かねた従者の少年がさりげなく口を挟んだ。

「ブリジット様がお好きな物を、用意したんですよね。殿下」

「あ、うん、そう。そう……です」

それだけ言って、フェリクスはまた俯いてしまった。まるで会話が続かない。

ブリジットは「まぁ、嬉しいですわ」と喜ぶ素振りをしつつ、内心酷《ひど》く苛立《いらだ》っていた。

（クロックフォード公爵がフェリクス殿下を王宮に出さないのは、病弱だからではなく、人前に出すのが恥ずかしいからではなくて？）

なんにせよ、自分はフェリクスの話し相手に選ばれたのだ。ならば、その使命は果たさなくてはならない。

「お菓子をいただいても、よろしいですか？」

ブリジットが訊《たず》ねると、フェリクスはコクコクと落ち着きなく首を縦に振った。

せめて口で「どうぞ」ぐらい言えないものか。

ブリジットが呆れ果てていると、主人に代わり、従者の少年が滑らかな口調で言う。

「本日のお茶菓子は、スコーンと三種のジャム、クロテッドクリームです。紅茶は、ブリジット様のお好きなフロウレンディアを。まずはストレートでお楽しみください」

用意されている紅茶も菓子も、どれもブリジットの好きな物ばかりだ。

だが、それもフェリクスが手配したのではなく、いかにも気の利きそうなこの従者が用意したのだろう。

（……茶番だわ）

ブリジットは不快感を押し殺し、美しい笑顔で覆い隠した。

だが、ほんの少しだけ……そう、本当に少しだけ、苛立ちが手元に影響したらしい。

スプーンですくった木苺《きいちご》のジャムがポタリと垂れて、ブリジットのドレスの胸元を汚した。

「……っ！」

ブリジットは咄嗟《とっさ》にナプキンで胸元を押さえつつ、己の未熟さを恥じた。

感情的になってこんな失態を犯すなんて、淑女失格だ。

「お嬢様、失礼いたします」

ブリジット付きの侍女が慌ててハンカチでジャムを拭《ぬぐ》ってくれたが、粘度の低いサラリとしたジャムは、白いレースにしっかりと染み付いてしまっていた。

淡い水色に白いレースを合わせたドレスに、木苺の赤はなんとも目立つ。

ブリジットが己の失態を恥じていると、フェリクスは何を思ったか、突然自身の襟元のスカーフを引き抜いた。

（まさか、それでジャムを拭《ふ》けとでも言うつもり？）

ブリジットが困惑していると、フェリクスは青いスカーフを細く折り、クルクルと巻き始めた。

そうして、スカーフに留めていた小さなブローチで、巻いたハンカチの端を固定する。

青いスカーフが、薔薇になった。

「あ、ああ、あの、そのっ……」

フェリクスは顔を真っ赤にして、恥ずかしそうに震えながら、スカーフで作った青薔薇のコサージュを差し出す。

「……ブ、ブリジット嬢には、あ、青が似合うと、思うので…………さ、差し上げまふっ」

また噛んだ。

それなのに、ブリジットはこの気弱な王子様を見下す気にはならなかった。

ブリジットは即席のコサージュとフェリクスを交互に見て、ポツリと言う。

「……ありがたく、頂戴《ちょうだい》いたしますわ」

生花に触れるよりも慎重な手つきで青薔薇を摘《つま》み、シミで汚れた胸元を隠すように留める。淡い水色のドレスの上に、鮮やかな青薔薇はよく映えた。

「……似合いますか？」

「は、はいっ！」

フェリクスは勢いよく顔を上げて、何度も頷《うなず》く。

ブリジットはその日初めて、心からの笑みを浮かべた。


手洗いのために席を外したブリジットは、ティールームに戻る途中で、廊下にフェリクスとクロックフォード公爵の姿を見つけた。二人は何やら、立ち話をしているらしい。

この手の立ち話ともなれば、ブリジットに対する批評と決まっている。

立ち聞きすべきか、知らんぷりをして素通りすべきか、決めあぐねていると、クロックフォード公爵の声が耳に届いた。

「スカーフをどうした」

「あ、あの、私、お茶をこぼして、スカーフを汚してしまったんです……も、申し訳ありません」

もじもじと指をこねながら答えるフェリクスに、クロックフォード公爵は不快さを隠さぬ顔で吐き捨てる。

「お前は、どこまで恥を晒《さら》せば気が済むのだ」

ブリジットは思わず、廊下を飛び出そうとした。

フェリクスは何も悪くない。彼はただ、優しい気遣いでブリジットの名誉を守ろうとしてくれただけだ。

殿下は何も悪くありません！　——そう口にしかけたブリジットの腕を、誰かが背後から強く引いた。

(無礼者！)

眉《まゆ》を吊《つ》り上《あ》げるブリジットの口を、誰かが塞ぐ。フェリクスの従者の少年だ。

従者の少年は鋭い目で、無表情にブリジットを見ている。

「僕の主人の優しさを、無駄にしないでください」

カッとなったブリジットは、従者の手を振り払った。その拍子に、ブリジットの指先が従者の長い前髪を払う。

「……あ」

ブリジットは思わず息を飲んだ。

目の前の少年は王族の侍従に選ばれるだけあって、金髪碧眼《へきがん》という貴族の従者に好まれる容姿をしていた。

だが、右目の上に縦一筋に伸びる傷痕《きずあと》がある。目は傷ついていないようだが、傷痕は一生消えないであろう深さだ。

やけに長い前髪だと思っていたが、どうやらこの傷痕を隠していたらしい。

従者の少年は乱れた前髪を指先で直し、静かに告げる。

「ティールームにお戻りを」

その冷たい目が語っていた。

——主人の気遣いを無駄にしたら、絶対に許さない、と。

ブリジットはしばし黙り込み、フェリクス達に背を向ける。

「ティールームに戻ります。案内なさい」

「かしこまりました」

従者の少年は何事もなかったかのように、ブリジットを先導して歩きだす。

フェリクスはまだ、クロックフォード公爵に叱咤《しった》されているのだろうか。

(あたくしを、庇《かば》ったせいで)

ブリジットは胸元を彩る青い薔薇《ばら》に手を添え、己の無力さと未熟さを強く噛みしめた。


それから、ブリジットはフェリクスの話し相手として頻繁に招かれるようになった。

話し相手と言っても、ただお茶を飲みながら談笑をするだけではない。

語学が堪能なブリジットは、既に帝国語を習得している。それをフェリクスに教えたり、時にダンスの練習相手をすることもあった。

フェリクスは決して物覚えが良い方ではなかったし、体を動かすことが苦手で、ダンスの練習では何度もブリジットの足を踏んだ。

それでもブリジットはフェリクスを叱咤しながら、根気強くダンスの練習に付き合った。

「ほら、殿下、また猫背になっていましてよ。背筋を伸ばして。顎《あご》は軽く引いて」

「は、は、はいっ……」

フェリクスは眉を頼りなく下げてオロオロしながら、それでも顔を真っ赤にして、必死でダンスに取り組んだ。

フェリクス・アーク・リディルは人よりも不器用で、鈍臭くて、人見知りで、頼りない王子様だ。

それでも、誰よりも優しい王子様だ。

フェリクスの拙いダンスを指導しながら、ブリジットは胸の内で呟《つぶや》いた。

(しっかりしてくださいまし。貴方《あなた》は将来、あたくしの伴侶になる……あたくしの王子様なのだから)

＊＊＊

「ブリジットお嬢様、お茶をお持ちしました」

幼い日のことを思い出し、ぼんやりとしているブリジットの前に、戻ってきたドリーが紅茶を置く。ブリジットの好きな紅茶とジンジャークッキーだ。

「ありがとう、ドリー。それと、一つ頼まれてくれるかしら?」

「はい、なんなりと」

ブリジットの手伝いをできることが嬉《うれ》しいのか、ドリーは目に見えて張り切っていた。

これぐらいなら、お手伝いの範疇《はんちゅう》だろうと、ブリジットはそのお願いを口にする。

「あたくしが今から言う噂を、使用人仲間に広めなさい」

ブリジット・グレイアムにできることは少ない。だからこそ、味方につける必要があるのだ。

モニカ・ノートンを名乗る、あの魔術師の少女を。

十章　帰ってきた日常、広まる噂《うわさ》

モニカが屋根裏部屋に帰ってきた日の翌日に、雪が降った。

この辺りは雪が多い地域ではないので、地面や木々に薄く積もる程度だったが、冬の寒さはより一層深まったように感じる。

その日は丁度休日だったので、モニカは殆《ほとん》ど布団に包《くる》まり、寝て過ごした。

溜《た》まりに溜まった疲労は、一日で完全に抜けたわけではない。

それでも、一日しっかり休んだおかげか、次の日の朝には、きちんと時間通りに起きることができた。

決まった時間に起きて、身支度を整えて、学園に行く——それは山小屋に引きこもっていたモニカにとって、ちょっとした成長だった。

山小屋暮らしをしていた頃は、ひたすら魔術研究にうちこみ、体が限界を迎えた頃、気絶するように机に突っ伏して眠るのが常だったのだ。

「ネロ、いってきます」

まだ、カゴに丸まって寝ているネロに声をかけ、モニカは屋根裏部屋を出る。

ハシゴを下りる時、左手に力を入れたら、案の定ズキリと痛んだ。治るには、あと一週間はかかるだろう。

(ブリジット様は、左手を負傷した女の子探しを諦《あきら》めさせる、って言ってたけど……)

ブリジットはたった三日でその問題を解決すると言っていたが、一体どうするつもりだろう。

そんなことを考えながら一人女子寮を出たモニカは、足を止め、空を見上げた。

(また、雪が降ってる……コート、着てくれば良かったかな)

それでも、今から屋根裏部屋に戻るのも面倒臭い。学園まではそんなに離れていないし、まぁいいか。とモニカは早足で歩き出した。

乗馬や魔法戦の訓練で使う森沿いに、整備された道を歩くと、セレンディア学園はすぐに見えてくる。その校門前に見覚えのある人物を見つけ、モニカは目を丸くした。

制服の上に厚手のコートを羽織り、しっかりと襟巻きをして佇《たたず》んでいるのはシリルだ。

モニカが最後にシリルの姿を見たのは、ケリーリンデンの森を出た時だが、モニカ・ノートンとして最後に会ったのは、ヒューバードとの決闘の前だ。

モニカは雪で足を滑らせぬよう気をつけながら、バタバタとシリルに駆け寄った。

「シリル様、お、おはようございますっ」

「あぁ、おはよう」

見上げたシリルは、頭にも肩にも雪が薄く積もっている。モニカに挨拶《あいさつ》を返す声は、掠《かす》れた鼻声だ。

モニカが瞬《まばた》きをすると、シリルは一歩後ずさり、襟巻きで口元を覆った。

「……あまり、近づかないように。風邪がうつる」

あっ、と声をあげそうになるのを、モニカは咄嗟《とっさ》に堪《こら》えた。

シリルは三日前、ヒューバードとの決闘の後、グレン共々、精霊達の手でケリーリンデンの森に攫《さら》われている。

真冬の森で一晩過ごして、その翌日も森の中を歩き回っていたのだ。それは、風邪もひくだろう。

「あの、シリル様、お風邪をひいてるなら、建物の中に入った方が……」

「ノートン会計を待っていたんだ」

一瞬、不安が込み上げてきた。

ケリーリンデンの森で、モニカは〈沈黙の魔女〉として、シリルに接している。

その時のことがきっかけで、モニカの正体に気づいたのではないだろうか。

(あ……や……やだ……)

続く言葉が恐ろしくて、モニカは耳を塞《ふさ》ぎたい、とすら思った。

歩くことで少しだけ温まった体から、熱が逃げていく。指先が冷たい。

目を合わせることすら怖くて、視線を彷徨《さまよ》わせていると、シリルが勢いよく頭を下げる。

「決闘では、私の力が及ばず、すまなかった」

「え、あ……」

「ヒューバード・ディーの魔導具の暴走で、決闘自体が流れたそうだが、私がヒューバード・ディーに敵《かな》わなかったことは事実。先輩として、後輩を守ることができなかった……本当に、すまない」

その時、モニカの胸に込み上げてきた感情は、正体がばれなかったことに対する安堵《あんど》。そして、自分のせいでシリルを決闘に巻き込んだことに対する罪悪感。雪の中で自分を待っていてくれたシリルに対する申し訳なさ……他にも、上手《うま》く言語化できない感情が、幾つもモニカの中に芽生えて、グチャグチャに混ざっていく。

「……前にも、こんなことがあったな。我ながら、不甲斐《ふがい》ない」

シリルが言っているのは、ケイシーが起こした木材倒壊事件のことだろう。あの時も、シリルは自分の管理ミスだとモニカに頭を下げた。彼に非はないのに。

先輩として後輩を気にしてくれるシリルに、自分はどんな言葉を返せば良いのだろう。

それが分からず、モニカが口をパクパクさせていると、背後から元気な声がした。

「モニカ、はよーっす！　副会長も、はよざいまーっす！」

薄く雪の積もった道を、パタパタと元気に走っているのはグレンだ。いつもは着崩している制服を、今はしっかりと着込み、首にマフラーをしている。

元気ではあるが、しきりに洟《はな》を啜《すす》っているグレンを見て、シリルが眉をひそめた。

「待て、ダドリー。貴様も、風邪をひいているのではないか？」

「えっ？　大丈夫っすよ。オレ、滅多に風邪ひかないし…………へぶしゅっ！」

言ったそばからクシャミをし、グレンは啜った洟を袖口《そでぐち》で擦《こす》る。

シリルの眉が勢いよく吊り上がった。

「袖《そで》で鼻水を拭《ふ》くな。ハンカチを使え！　他の人に風邪がうつったら迷惑だから、今すぐ寮に戻って療養しろ！」

そこまで一息に怒鳴って、シリルはゲホゴホと咳《せき》をする。その顔は真っ赤で、ゼーゼーという呼吸は苦しげだ。

グレンが真顔になった。

「副会長の方が、大丈夫じゃないっすよね？」

「…………」

「え、副会長、なんで外出てきちゃったんすか？」

「…………」

シリルはゴホゴホと咳をしながら、そっぽを向く。

「私はこれで失礼する。寮に戻るぞ、ダドリー」

グレンはもう一度洟を啜って、モニカに言った。

「モニカ。オレ、今日は休むって、ニールに言っといて！」

「は、はいっ、お大事に！」

シリルがフラフラとした足どりで歩き、グレンがその後を追いかける。

グレンは途中で足を止め、振り返って手を振ったので、モニカも小さく手を振り返した。

（二人とも……魔力中毒の症状はないみたい）

ケリーリンデンの森は、魔力濃度が濃い土地なので、長時間いると魔力中毒になる可能性が高い。

特にグレンとシリルはあの森にいた時間が長かったので、魔力中毒になっていないか、モニカは密《ひそ》かに心配だったのだが、どうやらその心配はないらしい。

（シリル様の魔導具に封印した、あの氷霊は、どうなるのかな）

今日のシリルは襟巻きをしていたので見えなかったけれど、きっと、今日もあのブローチをつけているのだろう。

氷霊はシリルの魔導具を仮の宿にして、休息させている状態だ。ただ、回復にどれだけの時間がかかるのかは、モニカにも分からない。

（……大丈夫かな）

あの時は、咄嗟に助けてしまったが、自分があの氷霊を助けたことで、シリルに何かを背負わせるのが、モニカは嫌だった。それはきっと、モニカの自分勝手な願いだ。

シリルとグレンの姿が見えなくなるまで見送り、モニカは校舎へ歩きだす。

じっとしていたせいか、手袋をしていても指が冷たい。痛めた左手に負担がかからない程度に、軽く揉《も》んだり擦《さす》ったりしていたモニカは、ふと気づいた。

今日はこんなに寒いというのに、手袋をしていない女子生徒がやけに多いのだ。そういう女子生徒達は皆、左手に包帯を巻いている。

（なんか……やけに、左手を怪我《けが》している女子が多いような……）

＊＊＊

（……やられた）

教室の自席で、フェリクス・アーク・リディルは憂いのため息を零《こぼ》す。

編入生ヒュー・バード・ディーが、生徒会を巻き込んで起こした決闘騒動から三日。

あの後、行方不明になっていたシリルとグレンは、七賢人に救出され、セレンディア学園に送り届けられている。

関係者への口止めも万全だ。シリルとグレンの失踪《しっそう》は、七賢人が絡む話ということもあり、外部には口外しないよう、学園長をはじめ、教師陣に徹底している。

（決闘騒動は、ヒューバード・ディーの魔導具の暴走ということで、ひとまずは決着。生徒会側の完全勝利とはいかないが、モニカを手放さずに済んだ）

セレンディア学園を騒がした決闘騒動と、シリル、グレンの失踪事件は、とりあえず落ち着いたと言っていい。

だが、フェリクスが個人的に抱えている件については、まったく順調ではなかった。

それ即ち、左手を負傷した女子生徒──〈沈黙の魔女〉探しだ。

「よぉ、殿下」

風邪で休んでいるシリルの代わりに、諸々《もろもろ》の雑事を片付けていたエリオットが、フェリクスの机に報告書を置いた。

ありがとう、とフェリクスが短く礼を言うと、エリオットはなにやら皮肉気に笑う。

「してやられたみたいだな」

「何の話かな？」

「左手を怪我した女子生徒の話だよ」

フェリクスは苦笑を浮かべ、さりげなく教室内に目を向けた。

すると、数人の女子生徒がここぞとばかりに左手首の包帯をチラつかせたり、わざと左手で物を持って、それを取り落としたりする。中には露骨に左手を押さえて「いたっ……」などと言う者もいた。

左手を負傷した女子生徒探しが難航している理由。それは休み明けから「左手を怪我した女子」

が急増したからだ。

「俺の家の使用人が言うには、『フェリクス殿下は、左手を怪我した少女を妻にしたいと考えている』って噂が、学園内に広まっているらしいぜ」

「噂の出所は？」

「明確な出所はなんとも」

その噂には、幾つかのバリエーションがあるらしい。

曰《いわ》く、フェリクスが暗殺者に狙われ、そこを通りすがりの令嬢が庇《かば》って怪我をした。フェリクスは責任を感じて、その令嬢を妻にしたいと考えている。

曰く、傷ついた動物を庇って左手を怪我した少女に、フェリクスは心奪われ、恋に落ちた。

曰く、左手を怪我した娘こそ、フェリクスの妻に相応《ふさわ》しいと、〈星詠みの魔女〉の予言があった。

……などなど、「左手を怪我した少女が、殿下の妻候補」という点は共通しているが、それ以外の部分は派生が多すぎて、噂の出所が曖昧なのである。

(どうやら、左手の怪我からレディ・エヴァレットの正体を突き止めるのは難しいようだ)

きっとこの噂も、賢いレディ・エヴァレットが流したのだろう。

残念な気持ちを押し殺し、机に置かれた報告書に目を通していると、視線を感じた。エリオットだ。

「……なにか？」

「殿下は、左手を負傷した女とやらに、ご執心なんだな」

「恩人だから、感謝の言葉を伝えたいだけだよ」

「そんなことをしている暇があるのか？　生徒総会や卒業式が近いって言うのに」

ささやかな棘《とげ》が見え隠れするエリオットの言葉に、フェリクスは完璧《かんぺき》で美しい笑みを返した。

「問題ないよ」

その笑顔に、エリオットが言葉を飲み込む。

たじろぎ、一歩後ずさるエリオットに、フェリクスは穏やかに言った。

「全て、つつがなく進んでいる。君達、生徒会役員が優秀なおかげでね」

「……そうかよ」

エリオットは動揺を誤魔化すように視線を窓の外に向け、わざとらしく不機嫌を顔に貼りつける。

「あぁ、まったく。シリルが休むと、雑事が増えて嫌になるぜ」

「ここ最近は冷え込んだからね。仕方ないさ」

「雪が降ったら風邪をひくのは、いつだって殿下だったのにな」

「そうだね。昔の話だ」

懐かしむように呟《つぶや》き、フェリクスはニコリと微笑《ほほえ》む。

「もしかして、気にかけてくれたのかな？　ありがとう、エリオット」

「……どういたしまして」

返す言葉に滲《にじ》むのは、本物の不機嫌だった。

＊＊＊

モニカがブリジットに一方的な約束をもちかけられて、三日が経《た》った。

放課後の廊下を一人歩きながら、モニカはブリジットの手腕に感心する。

すれ違った女子生徒が、左手の手袋を外して包帯を巻いているところを、モニカは今日だけでも五人以上見ていた。

(ブリジット様、すごいなぁ……)

ブリジットの流した噂は、モニカには到底思いつかなかったことだし、仮に思いついたとしても、モニカでは実行に移すことは難しかっただろう。

たった三日でここまで噂が広まったのは、学園におけるブリジットの影響力あってこそだ。

モニカの左手はだいぶ良くなってきているし、これなら数日中にはいつも通りに動かせるだろう。

「ややや、そこにいらっしゃるのは、生徒会会計のモニカ・ノートン嬢ではございませんか」

前方からモニカに声をかけたのは、眼鏡をかけた黒髪の小太りな男子生徒。魔法史研究クラブのクラブ長、コンラッド・アスカムだ。

コンラッドは大きな体に見合わぬ俊敏さでモニカに近寄ると、グフグフと笑いながら揉《も》み手《で》をした。

「ノートン嬢、よろしければ、これから我がクラブの研究室でお茶をいたしませんか?」

「え、えっと……」

「生徒総会も近い今日この頃、ノートン嬢とは親交を深めたく思いまして……グフフ」

生徒総会の一言で、モニカはコンラッドの狙いを察した。

来月行われる生徒総会では、各クラブの予算が決定する。

予算は、生徒会会計であるモニカが全てを決めるわけではないが、会計に口利きしてもらえば、クラブの予算を増やしてもらえると考える者は少なくない。

そして、魔法史研究クラブは、弱小クラブである。予算も少ない。

だからこそ、コンラッドはモニカに取り入ろうと必死なのだ。

「あ、あのっ、そういうのは、わたし……ちょっと……」

モニカが後ずさると、その分だけコンラッドが詰め寄る。

コンラッドは愛想の良い笑みを浮かべていた。だが、圧が強い。強すぎる。

「おや、今日はお忙しい？　では、いつならご都合よろしいでしょうか？　ノートン嬢のためなら、わたくし幾らでも予定を調整いたしますぞ」

「い、いえ、あのぅ……そのぅ……」

モゴモゴと口籠《くちごも》っていると、モニカの背後から高らかな笑い声と、不気味な鼻歌が同時に響いた。

「オーッホッホッホ！」

「んーっ、んっ、んっ、んっ」

モニカは目を剥《む》き、振り返る。

背後からこちらに歩み寄ってくるのは、侍女を従えたオレンジ色の巻き毛の令嬢と、赤毛を逆立てたヒョロリと痩《や》せた男。

モニカの任務の協力者であるケルベック伯爵令嬢イザベル・ノートンと、その侍女のアガサ。そして、モニカのミネルヴァ時代の先輩ヒューバード・ディーである。

妙な組み合わせにモニカが驚いていると、イザベルが扇子で口元を隠しながら言う。

「楽しそうなお話ですわね、アスカム様。我が家の使用人は招待するのに、わたくしは招待してくれないのですか？」

これにギョッとしたのは、コンラッドである。

コンラッドは弛《たる》んだ顎《あご》をブルンブルンと揺らして、眼鏡が落ちそうな勢いで首を横に振った。

「いやいやいや、我が研究室は狭いので、はい。イザベル様をお通しするわけには……」

早口で捲《まく》し立《た》てるコンラッドの肩に、ヒューバードがポンと手を置く。

ブルンブルンという顎の揺れが、ピタリと止まった。

「んっ、んっ、んっ、楽しそうなお茶会じゃねぇかぁ。俺も交ぜてくれよ。なーぁー？」

「ぎょえぇぇぇ、な、なんで、貴方《あなた》までぇ……」

「ケチケチすんなよ？　いいだろぉ？　魔法史に興味があるんだよぉ」

「絶対嘘《うそ》だぁぁぁ……」

コンラッドが半泣きで、悲鳴をあげる。

コンラッドと対峙《たいじ》するイザベルとヒューバードの姿は、まさに悪役令嬢と悪役令息——否、ヒューバードは悪役ではなく、正真正銘ただの悪人である。

（な、なんで、この二人が一緒に……？）

イザベルとヒューバードは、コンラッドの見ていないところで一瞬顔を見合わせ、火花を散らす。

その時、二人の背後に見えたのは、獲物を前に牙《きば》を剥く山猫と、舌なめずりをする蛇であった。

どっちも強そうだ。

「さぁ、アスカム様。楽しいお茶会をいたしましょう」

「んっんっん、ミネルヴァの教授が、魔法史研究クラブの研究発表は出来が良いって言ってたからなぁ。楽しみだなーぁー」

哀れ、コンラッドはイザベルとヒューバードに挟まれ、廊下を引きずられていく。

大丈夫だろうか、とモニカがオロオロしていると、イザベルの侍女のアガサが、モニカに小声で告げた。

「わたくしがついているので、ご安心ください」

「アガサさぁん……」

まったくもって、有能な侍女の鑑《かがみ》である。頼もしすぎる。

アガサは足音を殆《ほとん》ど立てず、静かにイザベルの後を追いかけた。色々と不安はあるが、アガサがいるのなら大丈夫だろう。

モニカがイザベル達を見送っていると、イザベル達が廊下の角を曲がったところで、背後から声がした。

「イザベル・ノートンと、ヒューバード・ディー。あの二人が、お前の味方というわけね」

振り向いた先、こちらに歩み寄ってくるのは美貌《びぼう》の令嬢ブリジット・グレイアムだ。

ブリジットの言葉に、モニカはモジモジと指をこねた。

「えぇと、味方と言いますか……」

イザベルは間違いなく味方だが、ヒューバードもそうかと言われると、首を傾《かし》げたくなるところである。

（魔法戦でガツンとしたから……多分、協力はしてくれる、よね？　それにしても、いつの間にイザベル様と……）


モニカが首を捻《ひね》っていると、ブリジットがモニカの前で足を止める。

改めて近くに立つと、ブリジットは際立って美しかった。

誰もが見惚《みと》れる美人というのは、こういう人のことを言うのだと思わせる気品と優雅さを、ブリジットは兼ね備えている。

「さて、今日で約束の三日です」

ブリジットは三日で、フェリクスの「左手を負傷した女子生徒探し」を諦《あきら》めさせると言った。

そして、その時は自分に協力しろ、とも。

「ティーサロンを押さえています。移動しましょう」

静かだが有無を言わさぬ声に、モニカは硬い顔で頷《うなず》いた。

十一章　煌《きら》びやかな笑顔の応酬

ブリジットがモニカを連れてきたのは、セレンディア学園で最も格式の高い個室のティーサロンだった。

ティーテーブルの上には既に食器が一通り揃《そろ》えられており、テーブルのそばにはブリジット付きの若いメイドが控えている。

メイドは二人分の紅茶をカップに注ぐと、あとは何も言わずに退室した。これで室内には二人きりだ。

「まずは紅茶を召し上がれ。フロウレンディアの初摘みよ」

「……あ、あのっ」

モニカは紅茶には口をつけず、膝《ひざ》の上で拳《こぶし》を握りしめて、ブリジットに問う。

「殿下の秘密って、なんですか。ブリジット様は、わたしに、何を手伝わせたいんですかっ」

率直に切りだすモニカの目の前で、ブリジットは優雅に紅茶を一口飲んだ。

「茶会で、前置きもなく本題を切り出すなんて、無粋だこと」

そう言って、ブリジットは花瓶に活《い》けられた花に目を向ける。つられてモニカも花を見た。

活けられているのはピンク色の薔薇《ばら》だ。フリルのように繊細な花弁で、縁にいくほど色が濃くなる。きっと、この季節に簡単に手に入る物ではないのだろう。

活けられた花一つで、茶会の主《あるじ》のセンスと財力が問われることを、モニカはこの半年で学んでいた。

「茶会らしく花と茶器を愛《め》でて、紅茶を楽しみながら、あたくしの話に付き合いなさい」

モニカとしては早く本題に入ってほしいのだが、ブリジットには何か思うところがあるらしい。

モニカが黙って紅茶に口をつけると、ブリジットは淡く微笑み、口を開いた。

「お前は、フェリクス殿下のことをどう思っていて？」

「……へっ？」

唐突な質問に、モニカは間の抜けた声を漏らす。

セレンディア学園に入学したばかりの頃だったら、「黄金比で、すごいなぁと思います」とでも答えていただろう。

だが、今のモニカはフェリクスに対して思うことが多すぎて、彼に対する感情を上手《うま》く言葉にできないのだ。

「……正直、よく分からない、です」

フェリクスは優秀で、誰からも慕われている完璧な王子様だ。だが、彼はクロックフォード公爵の傀儡《かいらい》でもある。

そしてモニカは、彼がアイクと名乗って、こっそり夜遊びしていたことや、〈沈黙の魔女〉の大ファンであることも知っている。

（色んな面が多すぎて……どれが本当なのか、よく分からない）

それが、モニカの本音なのだ。

よく分からない、だなんて曖昧《あいまい》な答えでは、きっとブリジットは満足しないだろう。

「そう」

ブリジットは小さく呟《つぶや》き、手元のカップに視線を落とした。

「勉強も運動も得意で、人望も厚く、話術も得意で人の心を掴《つか》むのが上手い、完璧《かんぺき》な王子様」

フッと喉《のど》を震わせ、ブリジットは皮肉気に笑う。

「……と、お前が口にしていたら、この話はここで終わりにしていたし、あたくしがお前に協力を乞《こ》うこともなかったでしょうね」

「……え？」

モニカは困惑に眉根《まゆね》を寄せて、ブリジットを見る。

ブリジットは何かを懐かしむように目を閉じ、そしてゆっくりと開いた。

「病弱で、気が弱くて、勉強も運動も苦手で、何をやっても平均以下。人前で話すことが大の苦手な人見知り」

（そ、それって、わたしのこと……？）

思わず身構えるモニカに、ブリジットは言う。

「……それが、あたくしの知る、フェリクス殿下よ」

一瞬、言われたことの意味を理解できなかった。

（殿下が何をやっても平均以下？　人前で話すことが苦手？）

困惑を隠せないモニカに、ブリジットは少しだけ遠い目をする。

「あたくしがフェリクス殿下と初めてお会いしたのは、七歳の時。初対面の印象は、なんて頼りないのかしら、の一言に尽きたわ。挨拶《あいさつ》もろくにできない。こちらとは目も合わせられない。すぐに俯《うつむ》いて、モジモジしてばかり」

ブリジットの話は、聞けば聞くほどモニカの話のようだった。とても、フェリクスについて話しているとは思えない。

「勉強も運動も人一倍努力していた。それでも人並みには届かなくて、『王族なのに、期待に応えられなくてごめんなさい』と、メソメソ泣いていたわ。本当に、臆病《おくびょう》で泣き虫で……」

長い睫毛《まつげ》の下で、琥珀《こはくいろ》色の目が僅《わず》かに揺れる。

「それでも、誰よりも優しかった」

最後の一言を口にした時、ブリジットの完璧な美貌が、ほんの少しだけ切なげに歪《ゆが》んだ。

その顔を見れば、彼女がフェリクスに対してどんな想《おも》いを抱いていたのかが、よく分かる。

「きっと、この方は国王にはなれないだろうと、誰もが思っていたわ。あたくしも、そう思っていた。それでも……添い遂げるなら、この方がいいと思ったわ」

常に完璧な令嬢が、己の感情を吐露する姿に、モニカは言葉を失う。

まして、恋心を理解できないモニカには、どういう言葉をかければ良いのかすら分からない。

「今から一〇年程前、フェリクス殿下は大きな病を患って……一年以上会えない日が続いたわ」

ブリジットが言うには、幼少期のフェリクスは病弱で、よく熱を出していたらしい。

だからこそ、フェリクスが大きな病を患ったと聞いたブリジットは酷《ひど》く心配した。

「見舞いすら許されず、不安な気持ちで一年近くの時を過ごし……ようやく殿下の病が完治したと聞いて会いに行ったら、あの方は別人のようになっていたわ」

＊　＊　＊

フェリクスはいつだって、ブリジットの前では恥ずかしそうに俯いている少年だった。

それなのに、久しぶりに再会した彼は、流れるような仕草でブリジットの手の甲に口づけを落とし、こう言ったのだ。

「久しぶり。君に会えて嬉《うれ》しいよ、ブリジット。一年前より、ずっと綺麗《きれい》になったね」

初恋の少年にそんなことを言われたのに、ブリジットの心はときめかない。それどころか、強烈な違和感に胸がざわついた。

目の前にいる少年は、確かにフェリクス・アーク・リディルだ。一年ぶりに会う彼は、背が伸びていたけれど、その顔を見間違える筈《はず》がない。

それなのに、ブリジットは酷い違和感と気味の悪さに、吐き気すら覚えた。

——お前は誰です。

そんな言葉が頭をよぎった。だが、ここはクロックフォード公爵の屋敷だ。まして、いくら親しくとも相手は王族。こんな不躾《ぶしつけ》な発言、許される筈がない。

ブリジットは違和感に目を瞑《つぶ》り、今まで通りにフェリクスに接した。

久しぶりに会ったフェリクスは、勉強も運動も容易《たやす》くこなせるようになっていた。

あんなに下手だったダンスも、難なく女性をリードできるし、作法もエスコートも完璧だ。

その振る舞いは堂々としていて、誰もが次期国王に相応《ふさわ》しい王子だと口を揃えて言う。

それなのに、ブリジットはフェリクスを受け入れることができなかった。

（違う、違う、違う！　あれは、あたくしの殿下じゃない！）

フェリクスは母親譲りの容姿の、際立って美しい少年だ。そんな彼が、堂々とした振る舞いを身につけると、同年代の少女達はたちまち彼に夢中になった。

自分を取り囲む少女達に、フェリクスは甘い笑顔で美辞麗句を垂れ流す。それを聞くたびに、ブリジットはすさまじい嫌悪感に見舞われた。

思えばこの頃からだ。国内貴族が第一王子派と第二王子派で、明確に分かれ始めたのは。

＊＊＊

「あたくしの知るフェリクス殿下は、それはもう内気で人見知りで、女の子とまともに会話もできない、頼りない王子だったわ」

ブリジットの語る「昔のフェリクス像」は、とても褒めているとは思えない。

それなのに、昔のフェリクスを語るブリジットの声は、好きな人のことを語る少女らしく、ほんの少しだけ弾んでいるのだ。

しかし一転、ブリジットの声が地を這《は》うように低くなる。

「それがいつのまにか、あんな中身のないスッカスカのポエムを素面《しらふ》で垂れ流す軽薄で浮ついた男になって……あたくしが、あの甘ったるい美辞麗句を聞くたびに、どれだけ鳥肌に耐えてきたと思って？」

ブリジットの手の中で、繊細な扇子がギシギシと音を立てて軋《きし》んだ。怖い。

モニカは恐る恐る口を挟む。

「え、えっと……それじゃあ、ブリジット様が知りたがっている、殿下の秘密って……」

「あたくしは、今、この学園で生徒会長を務め、フェリクス・アーク・リディルを名乗っている男が、偽物だと考えています」

モニカは、ブリジットがこのことを誰にも相談できなかった理由を悟った。

フェリクスが偽物だなんて、公の場で追及できる筈がない。不敬罪で処刑されても文句を言えない発言だ。

「……あたくしは、本物の殿下に会いたいのよ」

呟く声には、常に堂々としているブリジットらしからぬ弱気が滲《にじ》んでいた。

今この学園にいるフェリクスが偽物だなんて、あまりにも突拍子もない話だ。そんな主張をしたところで、誰も信じたりしないだろう。

（でも、わたしは知っている……）

フェリクスに裏の顔があることを。何かを隠していることを。

何より彼が大地の精霊王由来のミドルネーム《アークレイド》を持ちながら、水の上位精霊を連れていることに、モニカはずっと違和感を抱いていたのだ。

（……あの人が、偽物？）

荒唐無稽《こうとうむけい》な話だと笑い飛ばすことが、モニカにはできなかった。

コールラプトンの街で、彼が口にした言葉が、モニカの頭をよぎる。

『私は王にならなくてはいけないんだ』

あの言葉の真意は、なんだったのだろう。

もし、アイクを名乗る彼が、フェリクスの偽物なのだとしたら……どういう気持ちで、彼はその言葉を口にしたのだろう。

バクバクとうるさい心臓を服の上から押さえ、モニカはブリジットに訊《たず》ねた。

「もし、あの人が偽物なら……本物の殿下は、どこにいると、お考えですか？」

「本物の殿下は体が弱かったから、今もクロックフォード公爵の屋敷で、こっそり療養を……療養という名目で、幽閉されているのだと、あたくしは考えています」

クロックフォード公爵の屋敷——それは、ラウルの協力のもと、モニカが潜入する予定の屋敷だ。

もし、本当にクロックフォード公爵の屋敷に本物の第二王子がいて、ブリジットの言葉が真実だとしたら、それを暴いた時、アイクを名乗る彼はどうなるのだろう。

「ブリジット様は、もし、わたし達の知る殿下が偽物だった場合……それを、公にしたいんです、か？」

「そうしたら、殿下の評価は地に堕《お》ちるでしょうね」

そう、ブリジットの言う通り、フェリクス・アーク・リディルは社交界での立場を失うだろう。

最悪の場合、国王陛下を騙《だま》した罪に問われかねない。

ブリジットも、そのことは理解しているようだった。

「あたくしは、真実を公にして糾弾したいわけじゃない……ただ、あたくしの殿下に、会いたいだけよ」

モニカは自問自答した。

自分はどうするべきか……そして、どうしたいのか。

アイクの抱える秘密を暴くことは、きっと彼のためにならないのだろう。

彼はきっと、モニカが真実を知ることを望まない。

（それでも、わたしは、知りたい）

モニカのことを不良仲間だと言って、楽しそうに笑っていた彼が、たまに寂しそうな、何かを諦《あきら》めたような顔を見せる理由を。

（あの人のことを、知りたい）

誰かに対して、こんなふうに思ったことは、きっと初めてだ。

そして、自ら一歩踏み出すことも。

「ブリジット様、わたし……」

モニカが覚悟を決めて口を開いたその時、茶室の扉がノックされた。

扉越しに、若いメイドの焦ったような声が聞こえる。

「ブリジットお嬢様、申し訳ありません。フェリクス殿下が………あっ」

メイドが全てを言い終えるより先に、扉が開いた。

廊下の冷たい空気がティールームにさぁっと流れ込み、部屋の温度を僅かに下げる。

「やぁ、二人とも。私もお茶会に交ぜてくれないかい？」

そこに佇《たたず》んでいるのは、美しく微笑《ほほえ》む渦中の人物――フェリクス・アーク・リディルだった。

（よりにもよって、このタイミングで……！）

モニカは青ざめたが、ブリジットは顔色一つ変えない。それどころか、美しく華やいだ笑顔でフェリクスを出迎える。

「まぁ、殿下がティールームに足を運ばれるなんて、珍しいですこと」

「珍しいのは、この組み合わせだと思うけどね。君達はいつから、二人でお茶会をするほど仲良くなったんだい？」

「あら、同じ生徒会役員同士。何もおかしなことなんて、ありませんわ」

この学園が誇る美男美女の談笑は、非常に絵になる光景であった。

だが、その裏で行われている腹の探り合いに、モニカは思わず手に汗を握る。

(す、すごい……)

自分が口を挟んだら、うっかりボロを出しそうだ。

モニカは息を殺して、二人のやりとりを見守った。

まずはブリジットが、扇子を広げて口元に添える。

「もうすぐ生徒総会がありますでしょう？　ノートン会計には、そのための心得を少々」

ブリジットの流れるような言い訳に、モニカはひたすら感心した。これがモニカだったら、頓珍《とんちん》漢《かん》な言い訳を口走るか、ただモゴモゴと口籠《くちごも》っていただろう。

フェリクスはブリジットからモニカに視線を移し、ニコリと笑いかける。

「生徒総会の前は、クラブ長に予算の話をされることが多くなる。対策は大丈夫かい？」

「は、はい、あの、えっと……」

案の定口籠るモニカに、ブリジットは扇子を口元に当てて苦々しげに言った。

「正直、生徒総会以前の問題です。茶会の作法がデタラメですわ。ノートン会計、貴女《あなた》、お茶会の授業を真面目に受けていなかったのかしら？」

ブリジットに冷ややかな目で睨《にら》まれ、モニカは思わず竦《すく》み上がった。

「ひぇっ、す、すみみ、すみませ……」

「しばらくは、あたくしが貴女に茶会の作法を徹底的に叩《たた》き込《こ》みます。覚悟することね」

あ、上手い。とモニカは内心感心した。

これなら、この先ブリジットがモニカを茶会に誘っても不自然ではなくなる。

悪役令嬢を演じるイザベルもなかなかの演技派だが、ブリジットの演技は更に自然だ。

こういうところで改めて、頭の良い人なんだなぁ、とモニカはしみじみ思わずにはいられない。

少なくとも、モニカには絶対にできない芸当である。

モニカが呑気《のんき》に感心していると、フェリクスが苦笑まじりにブリジットを見た。

「君の指導は厳しそうだ。どうだろう、お茶会の練習をするのなら、客人役を手伝おうか？」

「まだ殿下にお見せできるほどの段階にいたっていませんわ。あたくし、中途半端な成果を晒《さら》すのは好きではありませんの」

だからこの場を立ち去れ、と言外に匂わせるブリジットに、フェリクスは柔らかな笑みを向ける。

「お茶会で一番大切なのは、会話を楽しむことだろう？　それなら、会話の相手がいた方が捗《はかど》ると思わないかい？」

この学園のトップに立つ生徒会長に、優しげな笑顔でそう言われて、断れる者がどれだけいるだろう。

モニカなら絶対に、この笑顔に押し切られていたところだ。

だが、ブリジットは扇子を口元に当てて、クスクスと笑う。

「いやですわ、殿下。淑女同士のお喋《しゃべ》りは、殿方には秘密と決まっていますのよ」

「私には聞かせられない話？」

「ええ、例えば気になる殿方の話とか」

ブリジットが目を細めて、美しく唇を持ち上げる。

それこそ、大抵の男性ならクラリと色香によろめきそうな、そんな笑みだ。

（す、すごい……なんか……キラキラした笑顔対決みたい……！）

笑顔対決ってなんだろう、と自分でも思わずにはいられないが、フェリクスとブリジットの応酬を見ていたら、そんな単語が頭をよぎったのだ。

フェリクスもブリジットも、自分の美貌《びぼう》の使い方をよく分かっている。

そんな二人に挟まれている地味なモニカは、ただただ背景と一体化することしかできない。

ところが、フェリクスはそんな背景にも、いちいち煌《きら》びやかな笑顔を向けてくるのだ。

「気になる殿方？　……モニカは、誰か気になる人がいるのかい？」

「へぅっ⁉」

突然話を振られたモニカは奇声を発し、ギョロギョロと目を泳がせた。

（こここれって、どう答えるのが正解なの？　気になる殿方って何？　今一番気になってるのは秘密がいっぱいな殿下のことです、なんて言えるはずがないぃぃぃぃ！）

モニカが内心頭を抱えていると、ブリジットが口を挟んだ。

「彼女とは、あたくしが初めて男の子に、お花を貰《もら》った時の話をしていましたのよ」

ブリジットは花瓶に活けられたピンク色のバラをなぞると、意味深にフェリクスを見上げる。

「……殿下は覚えていらして？　幼い頃、貴方《あなた》が初めてあたくしにくださった花の色を」

ブリジットは今、目の前にいるフェリクス・アーク・リディルを試しているのだ。

息を呑《の》んで見守るモニカの前で、フェリクスは襟元に結んだスカーフをスルリと外す。

（……スカーフ？　スカーフで、何をするんだろう？）

フェリクスは学年色の青いスカーフを細く折りたたんでクルクルと丸め、薔薇《ばら》の花の形に整えると、ブリジットに差し出した。

「やっぱり、貴女には青が一番似合う」

モニカには、これが正解なのか不正解なのか分からない。

ただ、ブリジットが扇子の下で悔しそうに唇を歪《ゆが》めたのが見えたから、多分これが正解なのだ。

ブリジットはすぐさまパッと明るい笑みを浮かべ、スカーフで作った青薔薇を受け取る。

「まぁ、覚えていてくださったの？　嬉《うれ》しいわ」

「昔より、上手に作れているだろう？」

「ええ、とてもお上手。殿下は、昔から器用でいらっしゃるのですね」

「そうでもないさ、あの頃は、幼いなりに練習したんだ」

はたから見ている分には、昔を懐かしむ心温まる会話だ。

だが、水面下では真剣で切り結ぶような神経戦が行われているのをモニカは肌で感じた。

ブリジットはあえて幼少期のことを話題にすることで、彼がボロを出すのを待っているのだ。

この勝負がどう転がるのか、モニカが静かに見守っていると、廊下の方からフェリクスを呼ぶエリオットの声が聞こえた。

「殿下はいるか？　至急で確認したい案件があるんだが……」

フェリクスは扉の方に視線を向けると、少しだけ残念そうに肩を竦める。

「次のお茶会は、私も呼んでほしいね」

「ノートン会計が人並みの作法を身につけたなら、喜んで」

そのやりとりを最後に、フェリクスはティーサロンを出て行った。

パタンと扉が閉まる音を聞きながら、モニカは何をしたわけでもないのに、深々と息を吐く。

「相っ変わらず、口の回る男だこと」

ブリジットが青いスカーフで作った薔薇をグシャリと握《にぎ》り潰《つぶ》して、憎々しげに呟《つぶや》いた。

その気迫に、モニカは震え上がる。美人の怒り顔というのは、どうしてこうも迫力があるのか。

「悔しいけれど、あの男は幼少期の殿下のことを、徹底的に調べあげているようね」

「あ、あのぅ、あの方が本物の殿下で、病気がきっかけで……その、性格が変わったとか、そういうことは……」

「どんな病気になったら、あの純朴だった殿下が、薄ら寒い言葉と笑顔を撒《ま》き散《ち》らすようになるのか教えてくださる？」

「…………」

どうやらブリジットは、モニカが思っている以上に、今のフェリクス・アーク・リディルという青年に拒絶反応を持っているらしい。

モニカはしばしの葛藤《かっとう》の末、一つの提案をした。

「あのですね、わたし……シェフィールドの祝日に、クロックフォード公爵の屋敷に、潜入する予定で……」

「なんですって？」

「お屋敷の内部のこと、ブリジット様が知ってるなら、教えてもらえたら……」

もしブリジットの推理通り、クロックフォード公爵の屋敷に本物のフェリクス殿下がいるのだとしたら、屋敷の内部の情報は少しでも多い方がいい。

そう思った上での提案だったのだが、ブリジットはモニカに詰め寄ると、予想外のことを言った。

「あたくしも、連れていきなさい」

「……へっ？」

「あたくしも、クロックフォード公爵の屋敷に潜入すると言っているのです」

「えぇぇぇぇっ⁉」

モニカは思わず椅子から転げ落ちそうになった。

この絵に描いたような深窓の令嬢が、自ら潜入？　そんなの無茶も良いところだ。

「あのっ、あのっ、潜入はですね、庭師として紛れ込むので、ブリジット様には難しいんじゃ……」

「本物の殿下に会えるのなら、庭師だろうが馬丁だろうが旅芸人だろうが、成りすましてみせてよ」

その後も、モニカは拙いなりに言葉を尽くして、ブリジットを説得しようとした。

だが、本物の殿下に会いたい一心のブリジットは、頑として譲らない。結局モニカは、彼女を説得することはできなかったのだ。

げに恐ろしきは、恋する乙女の行動力ということを、モニカは身に染みて思い知った。

＊＊＊

モニカがブリジットと茶会をしていた一方その頃、魔法史研究クラブの研究室を目指して歩く、一人の男子生徒がいた。

金髪を撫《な》でつけた、大柄な青年――彼の名は、バイロン・ギャレット。高等科三年の生徒で、魔法戦クラブのクラブ長だ。

バイロンは魔法戦クラブのクラブ長でありながら、魔法戦では生徒会副会長シリル・アシュリーに勝てず、つい最近は編入生ヒューバード・ディーに完膚なきまでに敗北している。

それでも彼は心折られることなく、日々魔術の腕を磨いている勤勉な男であった。

そんなバイロンが今、魔法史研究クラブを目指しているのは、友人である魔法史研究クラブ長のコンラッド・アスカムに借りた本を返すためだ。

魔法史研究クラブの研究室前に辿《たど》り着《つ》くと、扉の向こう側から何やら賑《にぎ》やかな声が聞こえた。

魔法史研究クラブは人数が少ないが、議論が白熱すると騒がしくなることがよくある。きっと今もそうなのだろう。

「議論中にすまない。コンラッドに借りた本を返しに……」

そう声をかけ、扉を開けた瞬間、研究室のソファに座っていた少女――ケルベック伯爵令嬢イザベル・ノートンが声を張り上げた。

「勿論《もちろん》、ここは〈沈黙の魔女〉様一択ですわっ！」

「グフフ、それではわたくしめは、〈星槍《せいそう》の魔女〉様を挙げさせていただきましょう」

「んっんー、なら俺は、身内贔屓《みうちびいき》で叔父貴……〈砲弾の魔術師〉を挙げておこうかねぇ」

バイロンは言葉を失った。

彼の友人であるコンラッドをはじめ、魔法史研究クラブ員達と共に何やら熱く語っているのは、大物貴族であるケルベック伯爵令嬢と、最近バイロンを負かした編入生ヒューバード・ディーではないか。

なんだこの顔触れは、とバイロンが扉の前で立ち尽くしていると、彼の友人であるコンラッドが勢いよくこちらを振り向いた。

「バイロン殿っ！　歴代の七賢人の中で、貴方が一番お好きなのは誰ですかなっ⁉」

「お、俺か？　そうだな………やはり〈結界の魔術師〉だろうか」

バイロンは魔法兵団を目指しているので、魔法兵団の元団長である〈結界の魔術師〉を目標にしている。

この答えに、何故《なぜ》かイザベルが悔しそうに唇を曲げた。

「くっ、新勢力ですわね……」

一体何の話だ、とバイロンが戸惑っていると、コンラッドがクイッと眼鏡を持ち上げて、不気味に笑う。

「グフフフ、今こそわたくしめの解説能力が本領を発揮する時。よろしい、我ら魔法史研究クラブが説明して差し上げましょう。七賢人の偉業をっ！」

その言葉に、コンラッドの後輩のクラブ員が挙手をする。

「はい、クラブ長！　自分は〈星詠みの魔女〉様が好きです！　何故なら美人だからです！」

「魔法史研究クラブなら、魔術を語れぇっ！」

コンラッドが唾《つば》を飛ばして喚《わめ》き散《ち》らすと、また別のクラブ員が挙手をする。

「すみません、クラブ長。僕は〈治水の魔術師〉様が好きです」

「渋いっ。だが目の付け所は悪くない！」

「はい、クラブ長。自分は子どもの頃から、〈雷鳴の魔術師〉様のファンです！」

「むむ、歴代の竜討伐記録における不動の一位、〈雷鳴の魔術師〉……分かる、分かりますぞ。少年なら一度は、〈雷鳴の魔術師〉か〈砲弾の魔術師〉に憧《あこが》れるもの……」

この騒がしさ。バイロンの知る、いつもの魔法史研究クラブである。

それぞれが最も推す七賢人の偉業について好き勝手に語り始めると、クラブ員ではないイザベルが、負けじと声を張り上げた。

「あら、偉業でしたら、ウォーガンの黒竜とレーンブルグの呪竜という、二大邪竜を討伐したお姉さ……〈沈黙の魔女〉様だって、負けていませんことよ！」

イザベルの主張に、コンラッドは眼鏡をキラリと輝かせる。

「なるほど確かに、邪竜討伐は偉業です。ですが、〈沈黙の魔女〉の凄《すご》さは魔術式の開発にこそ、その真髄があるのです」

「……っ！」

イザベルの表情が強張《こわば》る。

そこに、コンラッドがすかさず畳みかけた。

「七賢人の凄さは、魔術の知識がないと理解できない部分も多々ありますぞ。失礼ですが、イザベル嬢は魔術に関して、どれだけの知識がおありですかな?」

イザベルは扇子で口元を隠し、「くぅっ……」と悔しそうな声を漏らす。

「確かにわたくしは、〈沈黙の魔女〉様ファンになってから、まだ一年未満の新参……魔術に関する知識が浅いのは事実です」

「お嬢様っ! 魔術の知識がなくとも、お嬢様の〈沈黙の魔女〉様へのお気持ちは本物です!」

「ありがとう、アガサ。でも、わたくしはもっと、〈沈黙の魔女〉様のことが知りたいの……」

背後に控える侍女に笑いかけ、イザベルは胸を張り、宣言する。

「わたくし、来年は基礎魔術学の授業を選択しますわ!」

イザベルの熱意に、魔法史研究クラブ員達も「おおおお!」と盛り上がる。

そんな熱意に水をさす男がいた。ヒューバードである。

「んっんっんっー、ちなみに俺は、〈星槍の魔女〉〈結界の魔術師〉〈沈黙の魔女〉と、ミネルヴァでの在学期間が被《かぶ》ってるんだがな?」

盛り上がっていた一同が、口を閉ざして目を剥《む》き、ヒューバードを凝視する。

ヒューバードはソファにだらしなくもたれながら、ニタニタ笑った。

「ミネルヴァでの活躍ぶりといったら、そりゃあ、凄いもんだったぜぇ? 〈星槍の魔女〉と〈結界の魔術師〉が組んだ、研究室対抗の魔法戦。学会泣かせの〈沈黙の魔女〉の魔術式開発……」

ヒューバードの勿体《もったい》ぶった語りに、魔法史研究クラブ員達は歯軋《はぎし》りをし、イザベルはブルブルと震えながら「う、羨《うらや》ましくなんか……羨ましくなんか……」と呟く。

入り口に佇《たたず》んでいたバイロンは、賑やかな一同を眺めながら考えた。

（ところで俺は、いつになったら、コンラッドに本を返せるのだろう）

もう、その辺に置いて帰っても良いだろうか。いや幾ら気心が知れた友人とはいえ、それは失礼だ……と、真面目に葛藤するバイロン・ギャレットは、とうとう下校時刻まで、コンラッド達の七賢人トークに付き合わされるのだった。

十二章　恋愛初心者迷走中

白と黒の盤面を無表情に見下ろし、モニカは黒のナイトをコトリと動かす。

チェス盤を挟んで反対側に座るのは、精悍《せいかん》な顔の黒髪の青年、ロベルト・ヴィンケル。モニカとチェスで再戦するために隣国ランドール王国からやってきた、留学生である。

ロベルトが白のクイーンを下げたところで、モニカは間髪をいれず黒のビショップを動かした。

「チェックメイト、です」

「……負けました」

ロベルトが頭を下げた瞬間、無表情だったモニカは眉《まゆ》を下げ、いつもの頼りなげな顔に戻る。

モニカはチェスの授業が好きだ。盤面と向き合っている間は、悩みや不安を忘れられるのがいい。

特にロベルトは、この教室で唯一モニカに匹敵する実力者なので、なおのことチェスに没頭することができた。

すぐに婚約云々《うんぬん》の話を始めるのは困りものだが、ロベルトとのチェスは嫌いではない。

ロベルトは盤面の駒を真剣に見つめ、今の勝負について振り返っているようだった。

「今回は自分の詰めが甘かったです。新しい手を思いついたので、試してみたのですが……フォルテを効かせすぎて、カンタービレには程遠かった」

「……はい？」

「もっと緩やかな、クレッシェンドにするべきでした」

「……えっと？」

何故《なぜ》、唐突に音楽用語が飛び出したのか。

モニカの疑問を察したのか、ロベルトはどこか誇らしげに言った。

「自分の言葉には音楽的優雅さが足りないと、モールディング先輩にご指導いただきました。なので、モールディング先輩を見習い、実践してみた次第です」

モニカはぎこちなく首を動かし、この勝負を見学していたエリオットとベンジャミンを見た。

どこか遠い目をしているエリオットの横で、ベンジャミンは腕組みをしてうんうんと頷《うなず》いている。

「女性を口説くのに、ヴィンケル君の言い回しはあまりに硬すぎる。愛を囁《ささや》く時は、もっと音楽的で、優美でなくてはならないのだよ。分かるかね？」

「す、すみません、ちょっとよく分からないです……」

謝るモニカに、エリオットが頬杖《ほおづえ》をつきながら垂れ目を細めて言った。

「安心しろよ、子リス。俺もよく分からん」

「恋愛において重要なのは、華やかさと優美さ。即ち、ブリッランテ！　グラツィオーソ！　貴婦人の心を震わせる旋律を奏でるためには、感性が必要なのだよ！」

ベンジャミンが亜麻色の髪を振り乱して熱弁を振るい、ロベルトは手元の筆記帳にベンジャミンの言葉をそのまま書き記した。真面目である。

正直モニカには、ベンジャミンの言うことがこれっぽっちも理解できない。

いつもなら、恋愛はよく分からないと結論づけて、それ以上考えることをしなかっただろう。

ただ今日のモニカは、恋愛という言葉にブリジットを思い出した。

ブリジットにとって、幼い頃のフェリクスは初恋の相手だったのだという。

ブリジットが抱える事情を知って、一週間以上経《た》つが、あの時の彼女の悲しそうな顔が、モニカは忘れられない。

「恋愛って、楽しそうに見えない、です」

モニカがポツリと呟《つぶや》いた瞬間、エリオットとベンジャミンが同時に顔を上げてモニカを凝視した。

モニカが恋愛という言葉を口にするのが、余程珍しかったのだろう。

「ははぁん、なるほどねぇ……」

エリオットが何故か訳知り顔でニヤニヤ笑い、ベンジャミンが髪をかき上げて言った。

「無論、恋愛は華やかかつ優美に、音楽的に楽しまなくてはならないというのが私の持論だが、時に切なく胸を焦がす恋情も、他者を妬《ねた》ましく思う嫉妬《しっと》心も、運命に分かたれた悲恋も！　あぁ、恋しい人に抱く劣情に葛藤《かっとう》する心すらも！　全てが醜くも美しいものなのだよ、分かるかねノートン嬢！」

「……えっと、つまり、恋愛って醜いんですか？　美しいんですか？」

「醜くも美しい！　この二つは両立しうるのだよ！」

「ちょ、ちょっと、よく分からないです。数式で言ってください……」

物事をいちいち音楽に喩《たと》えようとするベンジャミンと、数式で理解しようとするモニカの間には、深い断絶があった。この溝が埋まることは、恐らく、きっと、一生ない。

モニカがグルグルと目を回しながら頭を抱えていると、エリオットが垂れ目を更に垂れさせて、意地の悪い顔でモニカを見た。

「子リスも、遂《つい》にそういうことを意識するようになったか。まぁ、学園祭の頃から、そうじゃないかと思ってたんだよ、俺は」

「……え？　いえ、あの、わたしの話じゃなくて……」

「俺は身分違いの恋なんて、ろくなもんじゃないと思うがね。貴族なら、それに相応《ふさわ》しい妻を娶《めと》るべきだ」

「は、はぁ」

身分違いの恋とは何の話だろう？　とモニカは首を捻《ひね》った。

エリオットは、学園祭の頃からなどと言うが、モニカには学園祭の時にそれらしい出来事に遭遇した記憶がない。遭遇したのは侵入者である。

困惑するモニカに、エリオットはいかにも年上ぶった態度で言う。

「身分の垣根を軽率に越える奴《やつ》は、ろくな目に遭わないんだ。世の物語だって、大抵が悲劇だろう？」

「エリオット！　君のそういう頭の固い考えが、身分違いの恋という悲劇を生み出すのだよ！　あぁ、だが、身分の壁があるからこそ悲劇が美しいのもまた事実っ！　悲劇は本人達が望まずとも美しい音楽を生み出してしまうから、なんと罪なのか！」

ベンジャミンはエリオットに向かって唾を飛ばして力説し、最終的に自分の言葉に苦悶《くもん》の表情を浮かべて天井を仰ぐ。

エリオットは肩を竦《すく》め、モニカに皮肉っぽい笑みを向けた。

「……まぁ、ノートン嬢は一応、前ケルベック伯爵夫人の養女なんだろう。それなら、相応の教養を身につければ、可能性としてなくはないんじゃないか……あいつも養子なわけだし」

あいつって誰だろう？　とモニカがますます混乱していると、ベンジャミンがクワッと目を見開いてエリオットを凝視する。

「驚いた。随分と頭が柔らかくなったじゃないか、エリオット。以前はあんなにも身分に固執していたというのに」

「……別に。元庶民同士お似合いだと思っただけさ」

一体、誰の話をしているのだろう、と首を捻りつつ、モニカは小声で言った。

「ごめんなさい……やっぱり、恋愛って、わたしにはよく分からない、です」

すると、今まで黙々とベンジャミンの言葉を書き記していたロベルトが、顔を上げた。

いつだって真っ直《ます》ぐ前だけを見ている男、ロベルト・ヴィンケルは、今も真っ直ぐにモニカを見て言う。

「大丈夫です、モニカ嬢。自分も恋愛面においては初心者。だからこそ、成長の余地があると考えています」

「は、はぁ」

「恋愛とはチェスと同じで、高度な駆け引きであると自分は学びました。自分はチェスの駆け引きなら得意分野。ならば、恋愛の駆け引きも同様に習得できると考えています。恋愛初心者同士、共に邁進《まいしん》していきましょう」

「な、なるほど……？」

物事をすぐに音楽で考えるベンジャミン、数学で考えるモニカ、チェスで考えるロベルト。

この三者の間には、やはり深い断絶があるのだが、モニカはそのことに気付いていない。

（結局、恋愛って何なんだろう。もう、生殖活動の過程の一つ、みたいな感じでいいのかな……でも恋愛がなくても生物は生殖活動ができるわけだし……あれ、もしかして、恋愛って種の存続に必要ないんじゃ？）

モニカがうんうん唸《うな》っていると、頭上から低い声が響いた。

「授業中は、私語厳禁」

こちらを見下ろしているのは、スキンヘッドの厳《いか》つい顔——チェス教師のボイドである。

四人はすみません、と声を揃《そろ》えて謝罪し、そそくさとチェスの駒を並べ直した。

＊　＊　＊

チェスの授業で恋愛とは何か、という問題に直面したモニカは、その日の放課後、図書室に向かった。分からないことは図書室で調べるに限る。

だが、広大なセレンディア学園図書館棟を訪れたモニカは、入り口で立ち尽くした。

（……恋愛について噛《か》み砕《くだ》いて分かりやすく説明してくれる本って、どういうカテゴリー？）

ベンジャミンが、恋愛は音楽的に云々と言っていたから、音楽書や音楽史だろうか？　だが、恋愛とは人間の体に起こる現象なのだから、生物学かもしれない。あるいは文学か、古典か……。

入り口で、むむむと唸っていると、モニカの名を呼ぶ声があった。

「モニカ、勉強しに来たんすか！」

こちらに早足で近寄ってくるのはグレンだ。そばには、第三王子のアルバートと、その従者のパトリックもいる。

最近のグレンは、図書館でアルバートと一緒に魔術の勉強をしていることが多い。

アルバートは魔術の座学の部分を、飛行魔術が得意なグレンは飛行魔術の使い方を、それぞれ教え合っているのだ。

「こんにちは。えっと……グレンさん、風邪はもう、大丈夫ですか？」

「バッチリっす！」

図書室だからか、グレンはいつもより声を幾らか抑えて言う。

「そういうモニカこそ、元気ないんすか？　なんか、すげーしかめっ面してたっすよ」

グレンが眉間《みけん》にギュッと皺《しわ》を寄せて、気難しい顔をしてみせる。どうやら、先程のモニカの顔を真似《まね》ているらしい。

グレンの横で、アルバートが胸を張って言う。

「モニカ、何か困っていることがあるなら、友人である僕を頼っていいぞ」

「友人の部分を強調したいんですねぇ」

「パトリック！　余計なことは言わなくていい！」

従者のパトリックに睨《にら》みを利かせ、アルバートは威厳ある王族の顔を取り繕う。

その目がなんだか、とても頼ってほしそうにキラキラしていたので、モニカは思い切ってアルバートを頼ることにした。

「えっと、ですね……恋愛の本を、借りたいんです」

「恋愛小説か？　それだったら、こっちの棚だ」

「い、いえ、そういうのじゃなくて、恋愛の定義が分かるものを……」

モニカのずれた発言に、アルバートとパトリックが閉口し、グレンが極めて難解な単語を前にしたような顔で言った。

「れんあいのてーぎ、って……なんすか？」

「それが分からないから、困ってるんです……」

自分がよく理解していないものの説明とは、なんと難解なのか。

モニカが指をこねていると、パトリックがふっくらとした頬に手を添えて、提案する。

「そういうのって、哲学書ですかねぇ？」

「良い案だ、パトリック！　冴《さ》えてるぞ！」

パトリックの提案に、アルバートが顔を輝かせた。

「哲学は物事の本質に触れて学ぶ学問。きっと、モニカの役に立つだろう」

「あ、アルバート様、すごいです」

モニカの素朴な称賛に、アルバートは腰に手を当ててふんぞり返った。とても嬉《うれ》しそうだ。

（そっか、哲学……哲学かぁ……）

哲学は、モニカが今まで全く触れてこなかった分野である。だから、自分は恋愛を理解できなかったのかもしれない。

「ありがとうございますっ。わたし……哲学してきます！」

モニカはフスッと鼻から息を吐き、哲学書が並ぶ本棚へ向かう。

恋愛について触れる時、モニカは真っ先に思い出す人物がいる。

その人物の名は、セルマ・カーシュ。セレンディア学園に入学したばかりの頃、出会った少女だ。

婚約者であるアーロンのために取り乱し、必死になる彼女は、モニカがセレンディア学園に来て、一番初めに直面した、理解できない存在だった。

婚約者を助けてほしい。自分はどうなってもかまわないから、と取り縋《すが》る彼女を見て、あの時のモニカは冷めた心でこう思った。

――どうして、そこまで他人に期待できるんだろう、と。

そして今、フェリクスのために必死なブリジットを見て、モニカはあの時と似た疑問に直面している。

――どうして、ブリジット様は、そこまでできるんだろう。

セレンディア学園に入学して半年以上が経ち、友達、先輩と交流は増えたが、やっぱり恋心なんて理解できない。

ただ、理解できないけれど、粗末にしてはいけない……と、今のモニカは思うのだ。

だから、モニカは知りたい。ブリジットを動かす恋心が、どんなものなのかを。

＊＊＊

モニカが図書室で哲学に関する本を借りた、五日後の放課後。

ラナとクローディアとの茶会の席で、モニカは深刻な顔で切り出した。

「わたし、ラナに教えてほしいことが、あるの」

いつになくかしこまった物言いのモニカに、ラナは紅茶のカップをソーサーに戻し、モニカを見る。

「今年流行《はや》りのドレスの色の話？　それとも、化粧？　簡単にできるヘアアレンジ？」

モニカはフルフルと首を横に振り、硬い顔で問う。

「あ、あのね……ラナは、誰かに恋をしたことって、ある？」

その言葉に、ラナは酷《ひど》く衝撃を受けたような顔で目を見開き、硬直した……かと思いきや、次の瞬間、勢いよく前のめりになる。

「モニカ……好きな人ができたのっ⁉」

興奮して声が大きくなったラナに、クローディアが冷ややかな目を向けた。

今日は個室のサロンではなく、大部屋なのだ。離れたティーテーブルでお茶をしている生徒が何人もいる。

ラナは気まずそうに、浮いた腰を椅子に戻す。

「モニカってば、急にどうしたの？　誰か気になる人がいるの？　……いるのね？」

「あ、えっと、わたしのことじゃないんだけど、恋してる人のために、一生懸命な人がいて……」

何故かラナが満面の笑みを浮かべた。すごく嬉しそうだ。

「そう、恋してる人のために、一生懸命な人がいるのね？　それで、それで？」

「うん。その人は、どうしても好きな人に、会いたいらしくて……恋をすると、普段ならやらないような行動も、できちゃうみたいなの」

「そうね、それが恋ってものだわ」

うんうんと頷《うなず》くラナを見て、モニカは思った。

（ラナは、すごい）

モニカと違って、恋愛のなんたるかを、きちんと心得ているのだ。

やっぱりラナは頼りになるなぁ、と思いながら、モニカは相談を続ける。

「わたし、今まで恋愛について真剣に向き合ったことがないから、そういう気持ちがよく分からなくって……」

そうして、哲学書を読《よ》み耽《ふけ》り、モニカはたくさん……それはたくさん考えたのだ。

「それで、わたし、思ったの」

薄茶の前髪の下で、丸い目が緑がかった色にギラリと輝く。

「恋心と行動力の関係性を数式化することができたら、今後、役に立つんじゃないかって」

ラナが真顔で、「待って」と口を挟んだ。

だが、一度思考が回り始めたモニカは止まらない。

「恋愛とは何か、って哲学書を読んだんだけど『恋愛とは○○のようなものである』って、熱病や音楽に喩《たと》えるケースが多いから、いまいちピンとこなくて。曖昧《あいまい》で抽象的な表現は良くないと思うの。もっと明確に『恋愛＝○○である』と明言してほしいというか、いっそ数式にしてほしいというか……この間読んだ哲学書では『恋愛とは欲望の一種である』って書いてあったんだけど、それなら恋愛をすることで、人体の中でどういう物質が生成されて、どういう欲求に影響するかを医学的に提示してもらえたら理解できるんだけど……」

「待って待って待って」

頭を抱えるラナの横で、無言で紅茶を飲んでいたクローディアが、心底くだらなそうに呟《つぶや》いた。

「医学的に提示？　……恋の病と馬鹿につける薬はないのよ」

「あぅっ」

言葉を詰まらせるモニカに、クローディアは淡々と言う。

「そもそも、恋愛自体が抽象的なものでしょう。人によって形の異なるものを、明確に定義できる数学者がいたら、見てみたいものだわ」

「人によって、形が、違う……」

クローディアの言葉は、モニカにとって衝撃だったが、確かに腑《ふ》に落ちた。

そうだ。人間は一人一人、体を構成する数字も思考も異なるのだ。ならば、恋愛だって一人一人違うのは、当然ではないか。

「あのっ、クローディア様の恋は……どんな形、ですか？」

人によっては失礼だと腹を立てそうな質問に、クローディアはあっさり答える。

「ニールの中の特別になりたいわ」

「誰かの特別になりたいのが、恋ってこと、ですか？」

特別になりたい――それは、モニカにとって、理解の難しい感情だ。

モニカが欲しいのは、七賢人が一人〈沈黙の魔女〉としての特別扱いではなく、特別扱いされない日常だからだ。

「……特別扱いは、イヤです。いつも通りがいい……です」

今は恋心の検証をしているのに、全く関係ない自分の感傷が混じってしまった気がする。

モニカが黙りこくっていると、ラナがお姉さんぶった顔で口を挟んだ。

「あら、一緒にいて安らげる人が良いっていう恋だって、ありだと思うわ。わたしのお父様が、そう言っていたもの」

クローディアとは真逆の答えにモニカが目を丸くしていると、ラナは亜麻色の髪を指にクルクルと巻きつけながら、唇を尖《とが》らせる。

「なにも、ドキドキするだけが恋愛じゃないでしょ。一緒にいて、落ち着ける人と恋に落ちたって良いじゃない」

「一緒にいて、落ち着ける人……」

自分にとって、一緒にいて落ち着ける人は誰か……モニカは頭に浮かんだことを、そのまま口にする。

「一緒にいて、一番落ち着けるのは……ラナ、かな」

ラナは無言でモニカの頭を撫《な》でた。


本を読んだり、人の話を聞いたりしてみたけれど、やっぱりモニカには恋愛が理解できない。

ただ、それは人によって形が違って、複雑で、難しくて、それぞれが心から大切にしているものなのだ。

……モニカが美しい数字の世界を愛して、大事にしているように。

それが、恋愛初心者モニカ・エヴァレットの、「恋愛とは何か？」という問題における、暫定的結論である。

＊＊＊

モニカがブリジットに協力を持ちかけられてから一ヶ月が過ぎた頃、ようやくネロが冬眠から目覚めた。

丁度そのタイミングで屋根裏部屋を訪れたのが、ルイス・ミラーの契約精霊であるリンだ。

久しぶりに屋根裏部屋を訪れたリンは、ルイスから決闘騒動や、〈偽王《ぎおう》の笛ガラニス〉の詳細を聞いていたらしい。

むにゃむにゃと前足で寝ぼけまなこを擦《こす》るネロに、リンは流暢《りゅうちょう》な口調で諸々《もろもろ》の騒動について語って聞かせていた。

ヒューバード・ディーが原因で、モニカを賭《か》けた魔法戦の決闘が行われたこと。

七賢人が一人〈宝玉の魔術師〉エマニュエル・ダーウィンが、古代魔導具〈偽王の笛ガラニス〉を手に入れ、精霊達を傀儡《かいらい》にしたこと。

一通り話を聞いたネロは、すっかり眠気が覚めた様子で、金色の目をキラキラとさせている。

「くそぅ、冬眠してたことが悔やまれるぜ。オレ様がいたら、そこに乱入するのに」

冬眠中で良かった、とモニカは心の底から思った。

決闘騒動にしろ、〈偽王の笛ガラニス〉騒動にしろ、ネロが乱入していたら、いよいよ収拾のつかないことになっていただろう。なにせ、リディル王国を震撼《しんかん》させた一級危険種、ウォーガンの黒竜である。

特に決闘騒動なんて、いかにもネロとリンが好んで乱入しそうな話だ。

二人があの決闘に乱入していたら……と恐ろしい想像にモニカが震え上がっていると、リンが窓を開けた。

「それでは、わたくしはやることがあるので、これにて失礼いたします。次に報告書を受け取りにくるまで、しばし間があくかと」

モニカはふと気がついた。年明けぐらいから、リンがこの屋根裏部屋を訪れる頻度が減っているのだ。

「あの、リンさん。もしかして……最近、お忙しいんですか？」

「はい、ルイス殿の悪巧みの片棒を担ぐのに忙しく」

サラリと返ってきた言葉に、モニカは頬を引きつらせた。

「……そ、それって、言っちゃって良いんですか？」

「口止めは、されておりませんので」

恐らく口止めはされていないけど、ホイホイ言いふらして良いことでもないのだろう。

精霊であるリンは、場の空気を読むとか、相手の気持ちを察するという能力に、いまひとつ欠けているのだ。

（ルイスさんは……一体、何を企《たくら》んでるんだろう）

気にならないと言えば嘘《うそ》になるが、詳しく訊《き》いてしまったが最後、自分も巻き込まれる予感がしたので、モニカは深く追求をすることをやめた。

リンは窓辺に立ち、姿勢良く一礼をした。その体が風に包まれる。

「それでは、わたくしはこれにて失礼いたします」

そう言ってメイド服の美女は、夜風に乗るように窓から飛び立っていった。

春起月《ウイドル》に入ってからは、空気も少し暖かくなってきて、窓の外の木々には白い花が咲いている。

モニカはしばし、窓の外に広がる春の夜を眺めていたが、リンの姿が完全に見えなくなると、静かに窓を閉め、鍵《かぎ》をかけた。

「ネロ」

いつになく神妙な声に、ネロがピクリと髭《ひげ》を震わせる。

「ネロが冬眠している間にあったこと、話すね」

「メイドのねーちゃんや、そのバックにいるルンルン・ルンパッパには聞かれたくない話ってことだな」

モニカはコクリと頷き、ネロが寝ている間の出来事をかいつまんで語って聞かせた。

冬休みに起こった呪竜騒動は、クロックフォード公爵が裏で糸を引いていた可能性が高いこと。

同じ七賢人である〈深淵《しんえん》の呪術師〉と〈茨《いばら》の魔女〉が、クロックフォード公爵の調査に協力してくれていること。

そして、ブリジットに魔術師であることがばれ、共にクロックフォード公爵の屋敷に潜入することになったこと。

一通り話を聞いたネロは、人間がするみたいに前足で顎《あご》を撫でて、ふぅむと唸《うな》った。

「ブリジットって言うと……あぁ、思い出した。オレ様のセクシーポーズを無視した、ツンツン女だな」

「せくしーぽーず？　……待って、何の話？」

モニカの疑問の声を無視して、ネロはふむふむと独りごちる。

「ツンツン女は、キラキラ王子を偽物だと疑ってるってわけだな……で、モニカはどう思ってんだ？」

「正直に言うと、半信半疑、かな。殿下に違和感があるのは事実だけど……でも、そう都合よく、同じ顔の人を用意できるとは思えないし」

なにせ、あれほど稀有《けう》な美貌《びぼう》の持ち主は、そうそういるものではない。

「でも、人間は魔術で顔を変えられんだろ？　ほら、学園祭の時にいたろ。気持ち悪いグニャグニャ粘土野郎が」

ネロが言っているのは、恐らくユアンの肉体操作魔術のことだろう。

あの男は、自身の顔を粘土のように歪《ゆが》めて、他人そっくりに化けていた。確かにあの技術を使えば、本物のフェリクスに成りすますことは可能だろう。

「前にも言ったけど、肉体操作魔術はリディル王国では禁術なの」

肉体操作魔術が認められているのは東の帝国だが、帝国でも解禁されたのは、つい最近。

ブリジットの話によると、フェリクスの性格が変わったのは一〇年前だから、時系列を考慮すると無理があるのだ。

「クロックフォード公爵は帝国との開戦派だから、帝国の技術を持ち込むとは思えないし……」

モニカの言葉に、ネロは何かを思いついたような顔で、モニカの膝《ひざ》をポムポム叩《たた》いた。

「オレ様閃《ひらめ》いた。きっとあのキラキラ王子は、本物の王子の双子の兄弟なんだ。そういう話を、小説で読んだことがあるぜ」

「流石《さすが》に、王族の方《かた》が双子だったら、記録に残ってるでしょ」

「それもそうだな」

ネロはあっさり引き下がり、残念そうに尻尾《しっぽ》をユラユラ揺らす。

モニカはゆっくりと息を吐き、ポケットから一枚の手紙を取り出した。

手紙は〈茨の魔女〉ラウル・ローズバーグからの手紙だ。そこには、いよいよ二週間後に行われる、潜入調査の集合場所が記されている。

それと、「協力者を連れて行きたい」というモニカの要望に了承する旨も。

モニカの肩に飛び乗って手紙を覗《のぞ》き込んだネロは、得意げにニヤリと笑った。

「この、協力者ってのがオレ様なわけだな？　従者の次は庭師役か」

「ううん、ネロは今回お留守番」

「にゃ、にゃにぃっ⁉」

モニカが手紙に書いた協力者とは、他でもない、ブリジットのことである。

「わたしがクロックフォード公爵の屋敷に潜入する間、ネロには殿下の護衛をお願いしたいの」

「ちぇっ、そういうことなら仕方ねぇけど……なぁ、暇潰《ひまつぶ》しに本を沢山用意しておけよ。なんなら、図書室のダスティン・ギュンター、ありったけ借りてこい。『バーソロミュー・アレクサンダーの冒険』シリーズは絶対な」

「はいはい」

相槌《あいづち》を打ちつつ、モニカは頭の片隅にこびりつく違和感に、ほんの少しの焦燥を覚えていた。

(なんだろう、何か見落としてる気がする)

ここしばらくの自分の記憶を、モニカは一つ一つ辿《たど》っていく。

古代魔導具〈偽王の笛ガラニス〉騒動、ヒューバード・ディーとの決闘、新年の儀、帰省、レーンブルグの呪竜騒動、学園祭、コールラプトンの街での夜遊び……。

「……あっ」

記憶に僅《わず》かに触れたのは、コールラプトンの街でアイクと出会う前──〈星詠みの魔女〉メアリー・ハーヴェイの屋敷でのやりとりだ。

『あたくし、国の未来と王族に関する部分を重点的に見ているのだけど……もう一〇年ぐらい前から、フェリクス殿下の運命だけが、読めなくなってしまったのよぉ』

一〇年前という数字はブリジットの言う、フェリクスが病になり、会えなくなった時期と一致する。

ブリジットは、本物のフェリクスはクロックフォード公爵の屋敷に幽閉されているのではないかと言っていた。

だが、それよりも悪い予想がモニカの頭をよぎる。

(もしかして、本物の殿下は……)

十三章　従者の名前

潜入当日の朝、モニカはブリジットと共に馬車に乗り込んで、クロックフォード公爵の屋敷近くにある宿の一室に移動した。そこで潜入の準備をするためだ。

モニカは持参した鞄《かばん》から、古着屋で買った服を取り出し、それに着替える。

すると、ブリジットはモニカの格好を見て、眉間《みけん》に皺《しわ》を寄せた。

「お前は、庭師を見たことがないの？」

「へ？　えっ？」

モニカは改めて自分の服装を見直す。

サスペンダー付きのズボンに、使い込んだシャツ、帽子。

どこから見ても庭師だとモニカは思っていたのだが、ブリジットは厳しい口調で言う。

「どこの世界に、そんな生白い庭師がいるというのです」

「……あっ」

言われてみれば確かに、庭仕事をしている者が、全く日に焼けていないのは不自然である。

モニカは、今回の潜入調査の協力者である〈茨の魔女〉ラウル・ローズバーグを思い出した。彼は確かに、健康的に日に焼けている。

そのことに今更気づいたモニカがオロオロしていると、ブリジットは自身の荷物の中からいくつかの瓶を取り出した。瓶の中身は舞台役者が使う、色の濃い肌の色を再現した練《ね》り白粉《おしろい》だ。

「まずは、これを肌に塗りこみなさい。顔だけでなく首も手も、露出するところ全てよ」

「は、はいっ」

モニカは言われた通りに、練り白粉を指にすくって手の甲に塗ってみた。しっかりと塗り込むと、青白いモニカの肌は日に焼けた赤茶色に変わっていく。

モニカが練り白粉を塗り込んでいる間に、ブリジットは美しいドレスから、くたびれたシャツとズボンに着替えた。履き替えたブーツも、しっかり泥で汚れて使い込んだ跡のある物だ。徹底している。

更にブリジットは美しい金色の髪をひっつめ髪にして、帽子の中に仕舞い込んだ。

そうして露出した白い肌は全て赤茶色に塗り替え、細い筆で顔にそばかすをポツポツと描く。

その徹底ぶりもすごいが、驚くべきは手際の良さだ。

着替えから、髪をまとめて化粧をするところまで、ブリジットは全て一人でこなしている。もしかして、何度も練習したのだろうか？

（確かにすごい……けど……）

どんなに美しい髪を隠して、肌の色を変え、そばかすを描いても、その際立った美貌は隠し切れていない。

やはり、ブリジットが潜入など、無理があるのではないだろうか。

モニカが密《ひそ》かにそんなことを考えていると、ブリジットは荷物の中から一掴《ひとつか》みほどの綿を取り出し、それを千切って口に含んだ。

最後に野暮ったい眼鏡を取り出して装着すると、その印象はガラリと変わる。

ブリジットは綿を含んだ頬をモゴモゴと動かして言う。

「これで、どうさー？」

モニカは絶句した。

ブリジットが発した声は綿のせいでくぐもっているだけでなく、独特の下町訛《なま》りがある。

「……え、っと……ブリジット様、です、か？」

間の抜けたことを言うモニカに、ブリジットは呆《あき》れ顔《がお》で鼻を鳴らした。

「お前はケルベック伯爵に雇われた諜報員《ちょうほう》なのでしょう？　この程度で驚いてどうするのです」

「す、すみません……でも、発音……」

「家の使用人が、時々話しているのを聞いて覚えました」

それは、一朝一夕で身につくことではないだろう。喋《しゃべ》り方だけじゃない。庭師になりきるための小道具も、変装の仕方も。

ずっとずっと、一人で準備してきたのだ。フェリクスに会うために。

ブリジットは庭仕事用の手袋を二つ取り出し、一つをモニカに押し付けた。

「それと、手袋は絶対に外さないようになさい。どんなに肌の色を変えても、手の荒れ具合を見れば、どのような階級の人間かは一目で知れてよ」

モニカは今更ながら、ブリジットに潜入ができるのかと疑っていた自分を恥じた。

ブリジット・グレイアムは、自称悪役令嬢なイザベル・ノートンとは別の意味で、徹底した演技派なのだ。

＊＊＊

今回の潜入調査の協力者であるラウルとは、クロックフォード公爵の屋敷の、少し手前で待ち合わせをしている。

庭師の変装をしたモニカとブリジットが待ち合わせ場所に向かうと、ラウルが満面の笑みで二人を出迎えてくれた。

「やぁ、今日は絶好の庭仕事日和だな！」

真紅の巻き毛に、濃い緑の目。妖精《ようせい》の国の王子様かと見紛《みまが》うような美貌が快活に笑うと、白い歯がキラリと眩《まぶ》しい。

フェリクスやブリジットに並んでも何ら遜色《そんしょく》のない容姿のラウルは、今日もお馴染《なじ》みの野良着姿であった。たくましい腕は、スコップを担いでいる。

ブリジットが一瞬動きを止め、モニカに耳打ちした。

「あの方は……〈茨の魔女〉ラウル・ローズバーグ？」

今のラウルは、七賢人のローブを着ていないし、杖《つえ》も持っていない。野良着とスコップの青年である。

それでも、名家出身のラウルは社交界に顔を出すこともあるから、ブリジットはラウルのことを知っていたのだろう。

初代〈茨の魔女〉譲りと言われる際立った容姿は、確かに目立つし、人の記憶に残りやすい。

「……七賢人が、協力者？」

「あ、はい、潜入調査に誘ってくれた人、です」

同僚です、とも言えないので、曖昧《あいまい》にぼかすモニカに、ブリジットは真顔を向けた。

「お前の人脈はどうなっているのです……いえ、今は追及するのはやめておきましょう」

ラウルには事前にブリジットが同行する旨と、モニカが〈沈黙の魔女〉であることをブリジットには隠して欲しいと手紙で伝えてある。

ラウルはブリジットの素性については、あまり深く詮索《せんさく》せず、「よろしくな！」と気さくに笑いかけた。

現場にはラウルの他に、ローズバーグ家の使用人が八人ほどいる。

皆、庭仕事に長《た》けた者達なのだろう。全員こんがりと日に焼けていて、改めてモニカはブリジットの判断が正しかったことを知った。この中で、モニカだけ青白い肌をしていたら、確かに不自然である。

ラウルは荷車の前で待機している使用人達に、移動の指示を出して先に進ませた。

そして使用人達と少し距離を空けてから、モニカとブリジットに小声で話しかける。

「今日の流れについて、ざっと説明するぜ。花壇担当は主に種蒔《たねま》きと苗の植え付け。植木担当は木の剪定《せんてい》。オレは全体の指揮って感じだな。モニカ達は一応、花壇担当だけど、適当なところで抜けて自由に動いていいぜ。ただ、屋敷の中の調査は、昼まで待った方が良いと思う」

「えっと、お昼に、何かあるんですか？」

「屋敷の中に飾る花のことで、執事さんから相談を受けててさ。飾る部屋を直接見たいって言ったら、作業が一段落した昼頃に見せてもらえることになったんだ。だから、オレと一緒に来れば、屋敷の中を見て回れるぜ」

「それじゃあ、その時に、同行させてください。よ、よろしくお願いしますっ」

「おぅ！　任せとけ！」

ラウルはドンと胸を叩くと「に〜わしごと〜、庭仕事〜」と鼻歌を歌いながら、大股《おおまた》で元気に歩きだす。

その背中を見送り、ブリジットが口を開いた。

「あたくしは、社交界であの方を遠くから見たことがありますわ」

やはり、ブリジットは社交界でラウルを見て、顔を知っていたのだ。

納得するモニカに、ブリジットはポツリと呟《つぶや》く。

「……近くに、お祖母様《ばあ》がいらしたからかしら。随分、印象が違うのね」

「え？」

「ニコリともしない、近寄り難い方だったわ」

そう言って、ブリジットは歩きだす。

モニカは、社交界は大変なんだなぁ、などと考えつつ、ブリジットの後に続いた。

＊　＊　＊

クロックフォード公爵はリディル王国でも有数の権力者であり、大貴族だ。

故にその屋敷は、さぞ豪華絢爛《けんらん》で金ピカで、とにかくすごくすごいのだろう……と想像力の貧困なモニカは思っていたのだが、実際の屋敷はモニカが想像していたよりもずっと上品で、歴史の重みがある佇《たたず》まいだった。

建物の装飾一つ一つに歴史を感じる荘厳さは、華やかさや絢爛さとは別の意味で、見る者を圧倒する──その佇まいは、屋敷の主人であるクロックフォード公爵その人を思わせた。

その敷地はとにかく広く、庭の手入れにこれだけの人手がいるというのも納得だ。

庭に移動したラウルは、連れてきた使用人達に指示を出している。

モニカとブリジットは最初の指示通り、花壇の手伝いをした。植え替え等、知識のいる作業は他の者がやってくれるため、モニカ達の仕事は草むしりである。

黙々と草を抜くだけの仕事は、正直、モニカにはありがたかった。

（潜入するのがメイドとかじゃなくて良かった……本当に良かった……）

モニカは不器用なわけではないのだが、山小屋暮らし時代、杜撰《ずさん》な生活を送っていたので、家事能力があまり高くないのだ。有り体に言えば、雑である。

（わたしにできることと言えば、コーヒーを淹《い》れるか、あとは、食べ物を綺麗《きれい》に等分することぐらいしか……）

モニカは目で見ただけで、円形のケーキを三等分でも、五等分でも、それこそ十三等分でも綺麗に分けることができる。養母ヒルダに褒められた、モニカの特技である。

ただ、それしか取り柄がないメイドは、流石《さすが》に駄目だろう。

（ブリジット様は、きっと、メイドの振りも完璧《かんぺき》にこなすんだろうな……）

花壇の前にしゃがんで、ブチブチと草をむしりつつ、モニカは横目でブリジットを見る。

ブリジットはモニカ同様、黙々と草むしりをしていた。侯爵令嬢である彼女は、草むしりなんてしたことがないだろうに、嫌な顔一つしない。

そんな彼女の横顔が、突然強張《こわば》った。

見れば、彼女のブーツの爪先に、ミミズがまとわりついている。

ブリジットは石のように硬直し、唇をブルブルと震わせた。

(もしかして……)

モニカは手を伸ばして、ミミズを摘《つま》み上げ、離れた場所に逃してやる。

「あの、わたし、虫、平気なので……」

「……感謝します」

ブリジットの表情は目に見えてホッとしていた。どうやら、相当苦手だったらしい。

そのまましばらく、二人が草むしりをしていると、枝の剪定をしていたラウルが声をかけてくれた。

「おーい、そっちの君達は、西側の草むしりも頼むよ! 広いから、迷子にならないように気をつけてな!」

なるほど、西側に行けということらしい。ブリジットが小声で呟く。

「西側は、人の出入りが少ないから動きやすいわ。行くわよ」

「は、はいっ!」

ブリジットが先導する形で、二人は庭を移動する。

ブリジットの目的は、本物のフェリクスの手がかりを探すことだ。彼女は既に、そのための目星をつけているらしい。

「仮に、本物のフェリクス殿下が、屋敷に幽閉されているとして、疑わしいのは、屋敷の二階以上の部屋のいずれか。一階は客人が出入りするから、可能性は低いわ。まずは屋敷の外からぐるりと回って、窓の様子を調べます。不自然にカーテンがかかっている部屋があったら、疑わしいと思いなさい」

「な、なるほど……」

モニカが潜入した目的は、呪竜騒動の主犯であるピーター・サムズとクロックフォード公爵の繋《つな》がりを調べるためだ。

ただ、それはどこから調べれば良いのか、まるで分からないので、先にブリジットの目的を優先することにした。

(できれば、この屋敷の使用人さんに、話を聞ければ良いんだけど……)

初対面の使用人から、あれこれ聞き出すことができるほど、モニカは話術に長けていない。

どうしたものかと、密かに唸《うな》っていると、ブリジットが窓を見上げながら言った。

「屋敷の使用人で、接触したい人物がいるわ。上手《うま》くいけば、味方にできるかもしれない」

「……接触したい人物、ですか?」

「幼い頃、フェリクス殿下に仕えていた従者よ。年齢は恐らくあたくしと同じか、少し上。金髪。右目の上に大きな傷痕《きずあと》があって、前髪でそれを隠していたから、見ればすぐに分かるわ」

ブリジットはそこで言葉を切り、一度だけ瞼《まぶた》を閉ざして、ゆっくりと開く。

「この屋敷の大人達は皆、公爵の味方で、殿下の味方ではなかった……そんな中で、あの従者だけが殿下の味方だったのよ」

無論、フェリクスを気遣う大人達も、少なからずいたらしい。

それでも、彼らは公爵に雇われた使用人だ。公爵には逆らえない。

だからこそ、フェリクスの唯一の味方だった従者の少年は、ブリジットの記憶に焼きついていたのだろう。

「あの従者が、まだこの屋敷にいるかは分からないけれど……もしいるのなら、きっと何か知っているだろうし、殿下のためなら協力は惜しまないはずよ」

そう言って先を歩くブリジットの足取りに、迷いはない。

「ブ、ブリジット様は、すごい……ですね……」

変装にしても、調査の段取りにしても、モニカよりよっぽど手際が良いし、徹底している。

先を歩くブリジットはモニカを少しだけ振り返った。

「あたくしが、何年かけて準備をしてきたと思っているの？」

その呟きには、重みがあった。

きっと、ブリジットはフェリクスに違和感を抱いた日から、ずっと彼女の王子様を探し続けてきたのだ。

……誰にも相談できず、たった一人で。

「たとえ、今日、何も手掛かりが得られなくとも、別のやり方を考えるまでよ。ずっと、そうやって、手探りで殿下を探し続けてきたのだから」

そう言ってブリジットは再び歩きだす。

この人は、なんて強いのだろう、とモニカは素直に思った。

もし、ブリジットの言う通り、本物のフェリクスがこの屋敷のどこかにいるのなら、見つけて、会わせてあげたい。

(でも、わたしの想像が、正しければ……)

その時、先を歩くブリジットが足を止めた。

彼女が見ているのは、右斜め前方にある小屋だ。真新しいというほどではないが、歴史を感じさせる屋敷と比べると、比較的新しく見える。

「見覚えのない小屋ね」

「ブリジット様も、知らない小屋なんですか?」

「あたくしがこの屋敷に出入りしていた頃は、もう少し古くて小さい物置小屋だったわ。恐らく、それ以降に作り直されたのね」

小屋はこぢんまりとしているが、物置小屋にするには少し大きい。

屋根には小さな煙突があるから、中に暖炉があるのだろう。そうなると、ますますただの物置小屋とは考えにくい。

「……怪しいわ。調べるわよ」

変装用の眼鏡の奥で、琥珀色《こはくいろ》の目を爛々と輝かせ、ブリジットが小屋に近づく。

小屋には明かりとりの窓がついてはいたが、窓の位置が高く、中の様子を覗《のぞ》くのは難しそうだった。飛行魔術を使えば、覗きこめるかもしれないが、誰かに見つかったら大騒ぎである。

「扉に鍵《かぎ》はかかっていないようね。中に入るわよ」

あまりの決断の早さに、モニカはギョッと目を剥《む》いた。

「えぇっ⁉ な、中に誰かいたら、どうするんです、か……？」

「それが本物の殿下なら、全て解決。それ以外だったら『物置小屋かと思った』とでも言えば良いわ」

そう言って、ブリジットはモニカが止める間もなく扉を開ける。

扉を開けてすぐのところには、靴の土を落とすマットが敷かれており、そのそばにコートかけが置いてある。

やはり物置ではなく、誰かが暮らしている生活空間なのだ。

ただ、とても本物のフェリクスが——貴人が暮らしているとは思えない空間だ。モニカが暮らしていた山小屋よりは幾らか上等、といった程度だろうか。

ブリジットの背中から顔を出し、モニカは小屋の中を観察する。

扉から入って左手には小さな調理台と暖炉。そして右手奥の方にはベッドがあり、そこで誰かが寝ている。そのベッドの膨らみを見たブリジットが、期待に目を輝かせた。

きっと、彼女は「殿下！」と声をあげたかったのだろう。それでもブリジットは開きかけた唇を一度閉じ、静かな足取りでベッドに近づいた。

ベッドに横たわっていた人物が、ゴロリと寝返りを打ってこちらを見る。

「……んぅ？　飯の時間かね？」

予想はしていたことだが、それは本物のフェリクス殿下ではなかった。白髪頭の老人だ。

「はて、お嬢さん方は……新しい使用人かね？」

老人はベッドに寝そべったままブリジットとモニカを見上げ、目を丸くしている。

言葉に詰まるモニカに代わって、ブリジットが口を開いた。

「あらま、ごめんなさい。わたす達、庭の手入れに来た者なんですけど。草刈り鎌をお借りしたくて、物置を探してたんです」

ブリジットは下町訛《なま》りで、流暢《りゅうちょう》に言い訳を捲《まく》し立《た》てる。モニカにはできない対応力だ。

老人は、ブリジットの言葉をあっさり信じたらしい。

「あぁ、そうだったのかい。わしが腰を痛めたばかりに、すまないね。草刈り鎌は、そこの木箱に入っているよ。他にも庭仕事の道具は全部そこに入ってるから、必要なら持って行くがいい」

ブリジットは「ありがとうございます」とハキハキ礼を言い、木箱の蓋《ふた》を持ち上げた。

木箱に入っているのは、どれも庭の手入れに使う道具ばかりだ。

モニカは思わず老人を見た。老人は痩《や》せてはいるが、その肌は赤茶色に焼けている。きっと、この屋敷の庭師なのだ。

ブリジットは草刈り鎌を探す振りをしながら、老人に訊《たず》ねた。

「わたす、このお屋敷に来るのは初めてなんですけど、おじいさんは、ここに勤めて長いんですか？」

「あぁ、かれこれ四〇年は、このお屋敷にお仕えしてるよ」

「はぁー、すごいんですねぇ」

ブリジットは、いかにも純朴な田舎娘のような態度で、老人にさりげなく話を振る。

そうして世間話を交えつつ、この老人の素性を聞き出した。

なんでもこの庭師の老人は、今も毎日庭の手入れをしているらしい。だが、高齢のため足腰が悪く、今日のような大規模な植え替えの時は、外部の者に任せているのだという。

この小屋は庭師の作業小屋兼、住居という訳だ。

老人は億劫《おっくう》そうにベッドから起き上がると、モニカを見て言った。

「お嬢さん。そこの薬を取ってくれないかね。そぅ、そこの紙袋だ」

モニカは言われた通りに、小さなテーブルの上に置いてあった紙袋を手に取る。

紙袋には薬の種類と、食後に一包み飲む旨、それと処方した人間の名が記されていた。

その名前にモニカはギョッとする。

──ピーター・サムズ。

それは、レーンブルグ公爵の屋敷に潜り込み、呪竜騒動を引き起こした実行犯。そして、モニカの父を売った男の名だ。

モニカの心臓が、音を立てそうなほどに跳ねる。

モニカが紙袋を凝視していると、老人は「どうしたのかね？」と不思議そうにモニカを見た。

(……動揺を、顔に出しちゃ駄目)

笑え、笑え、と自分に言い聞かせ、モニカはぎこちなく頬を持ち上げる。

「わたし、ピーター・サムズさんには、個人的にお世話になったことがあって……ご、ご挨拶《あいさつ》、したいです。まだ、この屋敷にいらっしゃるんですか？」

モニカの精一杯の嘘《うそ》に、老人は「あぁ」と寂しげなため息をついた。

「彼は、少し前に、別のお屋敷に就職してしまってね……彼が作ってくれたこの薬も、残り少ないから困ったものだ」

「ピーター・サムズさんが、おじいさんのお薬を、作っていたんですか？」

「彼は医者だったからね……うん？　違ったか？　旦那《だんな》様お抱えの研究者だったか？　……まぁ、医者みたいなもんだろう」

ピーターは、〈深淵《しんえん》の呪術師〉のオルブライト家に弟子入りしていた呪術師だ。

おそらく、クロックフォード公爵の屋敷にいる間、ピーターは表向きは医師の顔をして、裏で呪術の研究をしていたのだろう。

（バルトロメウスさんの言う通り、ピーター・サムズとクロックフォード公爵は繋がっていた）

できればもう少し、ピーターに関する情報が欲しい。

ブリジットはモニカのことを訝《いぶか》しげに見ていたが、急《せ》かしたり口を挟んだりはしなかった。

モニカはドクドクと煩《うるさ》い心臓を服の上から押さえ、呼吸を整える。

モニカは即興で嘘をついたり、探りを入れたりという駆け引きが苦手だ。それでも、拙いなりになんとか情報を引き出したかった。

「ピーターさん、このお屋敷に勤めて長かったです、よね？　何年ぐらいでしたっけ」

「ここに来たのは、一〇年前ぐらいだったかねぇ。前任のアーサー先生と、ほぼ入れ違いみたいなもんだったな」

アーサーという名前は珍しい名前じゃない。ただ、モニカは少し前にその名前を聞いていた。

それはレーンブルグのあの夜、ピーター・サムズが死の間際に残した言葉だ。

『あぁ、あぁ、は、はは、ははは、ア、ア、ア、アーサーの二の舞になど、なってたまるか！　私は、私は、あの方に……閣下に認められて……ひひっ、ひはっ、はははははははっ‼』

ピーターは目を血走らせ、そう叫んでいた。

（つまり、アーサーという人は、ピーター・サムズの前に、クロックフォード公爵の屋敷で、医師として勤めていた人……ってこと、かな）

ピーターは死の間際に「アーサーの二の舞になど」と口走っていた。ということは、そのアーサーという人物の身に、何かがあったのだ。

モニカが思考に耽《ふけ》っていると、その間をもたせるかのように、ブリジットが世間話を装って老人に話しかけた。

「おじいさんは、長いことこの屋敷にお勤めなんですよね？　それじゃあ、もしかして、フェリクス殿下の幼い頃も見たことが？　わたす、フェリクス殿下に憧《あこが》れてて！」

「あぁ、確かにフェリクス殿下は、幼少期にこの屋敷に滞在してたが……お体の弱い方でな。あまり外には出られなかったから、わしもそんなには、お顔を見たことがないよ。それに……」

老人は言葉を切り、遠い目をしてボソリと呟《つぶや》く。

「あの事件とご病気が重なって、フェリクス殿下は一時期、お屋敷の外に出ることが殆《ほとん》どなくなってしまわれたからなぁ」

ブリジットの目が、眼鏡の奥でキラリと輝くのをモニカは見た。

ブリジットはいかにも興味津々という体で、身を乗り出す。

「あの事件って？」

老人はすぐには答えず、紙袋の中から粉薬を取り出し、水差しの水で流し込んだ。

そうして紙袋を枕元に置いて、小屋の中をぐるりと見回す。

「当時、わしは使用人棟で暮らしていて、ここはただの物置小屋だったんだよ」

くっきりと深い皺《しわ》の刻まれた老人の顔が、深い悲しみに歪《ゆが》んだ。

「その物置小屋で火事があってな。火を消そうとして、使用人が二人亡くなったんじゃよ」

恐ろしい予感に、モニカの背筋がゾクリと震えた。

——幼少期のフェリクスが病気になったのと、ほぼ同時期に起こった火事。

——そこで死んだ二人の人間。

モニカは思わず身を乗り出し、訊ねる。

「どっ、どっ、どなたが、亡くなったんですか?」

「さっき話に出たアーサー先生と、殿下の従者の子だよ」

あぁ、とモニカは声をあげそうになった。

最悪の予想の輪郭が、どんどん鮮明になっていく。

「当時、侍女頭だったマーシー婆《ばあ》さんも、この事件にショックを受けて、修道院に入っちまってさあ。フェリクス殿下は、その侍女頭のマーシー婆さんと、死んだ従者に懐いていたもんだから、すっかり落ち込んで塞《ふさ》ぎ込んじまったらしい」

モニカは、全身の血が足元に落ちていくのを感じた。

(だから、あの人は……)

酷《ひど》く冷たくなった手を胸の前で握り、モニカは震える声で問う。

「……その、亡くなった従者の方の、お名前、は？」

老人は目尻《めじり》の皺を深くする。

それは、優しく切ない思い出を懐かしむ顔だ。

「アイザック・ウォーカー。ワシの手伝いも、ようしてくれた、殿下想《おも》いの優しい子じゃったよ」

＊＊＊

庭師の小屋を後にしたブリジットは、苦々しげな顔で呟いた。

「まさか、あの従者が、とっくに死んでいたなんて」

ブリジットにとって、フェリクスをよく知る従者の少年――アイザック・ウォーカーは貴重な情報源だ。それが既に亡くなっていたという事実に、彼女は焦っている。

「……その、アイザックさんという方は、どんな方だったんです、か？」

モニカが訊ねると、ブリジットは不機嫌そうに唇を曲げた。

「腹が立つほど有能な男よ。殿下は、それこそ兄のように懐いていて……悔しいけれど、あたくしよりも、よっぽど慕われていたわ」

奥歯をギシリと軋《きし》ませて言うぐらいだから、相当悔しかったのだろう。

ブリジットは眉間《みけん》に深い皺を刻んで、早口で呟く。

「正直、本物の殿下を探すにあたって、あのアイザックという従者が一番の手がかりだったのよ。あの従者は殿下のためなら何だってするような忠義者だった。殿下が偽物と入れ替わっていたら、黙っている筈《はず》がない」

ブリジットは伊達眼鏡《だてめがね》を外し、眉間の皺を指で揉《も》む。

「あるいは、アイザック・ウォーカーは殿下に近すぎたからこそ、口封じのために殺害された可能性もあるわね。一緒に死んだアーサーという医者は、分からないけれど」

ブリジットの呟きに、モニカは肯定も否定もせず、足元に視線を落とした。

今、モニカの頭の中には一つの予想がある。

（……ただ、それを繋《つな》げるためのピースが、まだ足りない）

モニカとブリジットは、しばし無言で屋敷の周りをぐるりと一周し、外から見て不審な部屋がないかを探した。

だが、ブリジットが言うような、カーテンに閉ざされた不審な部屋は見つからない。

そのまま屋敷正面の庭まで戻ってきたところで、ラウルが「おーい！　おーい！」と、手を振りながら駆け寄ってきた。

「これから、執事さんと一緒に屋敷の中を見て回るから、一緒に行こうぜ！」

無論、モニカとブリジットに断る理由はない。

「は、はい、行きますっ」

「じゃあ、これ持ってくれな」

モニカが頷《うなず》くと、ラウルは切り花を詰めたバケツを、モニカとブリジットに一つずつ渡した。

そうして自身も花の入ったバケツを持って、「こっちこっち」と二人を正面玄関まで案内する。

玄関には初老の執事が待機していた。ラウルは自分より遥《はる》かに年上の執事に、気さくに話しかける。

「これから、屋敷に飾る花を選ぶんだろ？　それなら、女の子の意見も聞いた方が良いかと思うんだ」

これがただの庭師なら、大変失礼な態度だが、ラウルはこの国の魔術師の頂点である七賢人である。

執事は恭しい態度で、一つ頷いた。

「なるほど、そういうことでしたら構いません。どうぞ、こちらへ」

執事は扉を開けると、三人を屋敷の中へ招き入れた。

屋敷の中は、外から見た時と同じく、品良く美しい装飾でまとめられている。

緋色《ひいろ》の絨毯《じゅうたん》はよく見ると微妙に色味の違う糸で模様を織り込んでいるし、柱のレリーフは離れて見た時と、近くで見た時とで印象が変わる。

そういった屋敷を構成する物の一つ一つが調和を織り成し、この空間を作り上げているのだ。

そして、この計算し尽くされた美しい空間に見合う花を選ぶのが、ラウルの役割らしい。

失礼ながら、ラウルに屋敷を彩る花選びなんてできるのだろうか、とモニカは思っていたのだが、ラウルは迷いなく執事に指示を出していた。

「正面玄関は、最近交配に成功した八重咲きの薔薇《ばら》がいいと思うな。香りが強い品種だけど、広い空間だから程よく香りが広がるし、華やかだから見栄えもする。珍しい品種だから、客受けも良いと思うぜ」

「なるほど……では、こちらの部屋は」

「紫のジギタリスを飾ってた部屋だよな。あぁ、カーテンの色を変えたんだ？　それなら、柔らかい印象の花が良いと思う。アプリコットカラーの花をメインに据えて、それに白のオルラヤを添えれば、カーテンの色とも調和が取れるんじゃないかな」

モニカの懸念とは裏腹に、ラウルは慣れた様子で次々と花の種類を挙げていった。

モニカには、ラウルが口にする単語の意味が半分も理解できなかったのだが、ブリジットが「やるわね」と小さく呟いていたから、恐らくラウルの指示は適切なのだろう。

執事は一階をぐるりと回ると、二階へ三人を案内する。

二階に上がると、ブリジットの目が一層鋭くなった。彼女は二階より上の階に、本物のフェリクスが幽閉されていると考えているのだ。

一般的に、地下は使用人が使う部屋、一階は客人をもてなすための部屋が多く、上の階に行くほど屋敷の主人のプライベートな空間になる。この屋敷もそうだ。

ブリジットはその部屋の配置も、概《おおむ》ね頭に入っているようだった。執事がある扉の前で足を止めると、ブリジットの横顔が僅《わず》かにこわばる。

「こちらは、フェリクス殿下が幼少期に使われていた部屋です」

そう言って執事が扉を開ける。

幼少期のフェリクスが使っていたというから、モニカは子ども部屋を想像していたのだが、室内の家具はどれも大人向けの物ばかりだ。

ラウルが室内を見回し、執事に訊《たず》ねる。

「この部屋は、今も殿下が使っているんだっけ？」

「はい、殿下がこちらに滞在される時に、お使いになられます」

今もたまにフェリクスが使うだけあって、室内の家具もそれに合ったサイズの物が揃《そろ》えられているのだろう。幼少期のフェリクスが使っていた物は、殆ど残っていないように見える。

それでもブリジットは、どこか切なく愛《いと》しげな目で、室内の家具をじっと見つめていた。

この部屋にいる、幼き日のフェリクスの姿を思い描くかのように。

「いつ見ても、お上品な部屋だなぁ。執事さん、前回、殿下が滞在した時に飾っていた花は？」

「イーリスでございます」

「イーリス？」

執事の言葉に、ラウルが不思議そうに眉根《まゆね》を寄せた。

どうやら植物の専門家であるラウルにも、知らない花はあるらしい……などとモニカが考えていると、ブリジットがボソリと呟く。

「……アイリス」

その呟きに、執事はハッとしたような顔で訂正した。

「失礼しました、アイリスでございます。以前ここに勤めていた男が、アイリスをイーリスと呼んでいたので……つい」

執事の訂正に、ラウルは「あぁ！」と明るい声をあげる。

「アイリスのことかぁ！　イーリスは、えーっと、帝国の言い方だっけ？」

「ええ、申し訳ありません」

執事はどこか気まずそうな顔で、曖昧《あいまい》に頷く。

その時、モニカの頭の中に浮かんだのは、この場に関係のない男——愛に生きる職人、バルトロメウス・バールだ。

『俺の名前がバルトロメウスなんだよ。リディル王国風に言うと、バーソロミューだ。格好良いだろ』

バルトロメウスと、バーソロミュー。

イーリスと、アイリス。

同じ意味の、帝国語とリディル王国語——その時、モニカの中で何かが繋がる。

(もしかして……)

モニカが考え込んでいると、ラウルが声をかけた。

「おーい、次の部屋に行くぞー」

顔を上げると、既にラウル達は廊下に出ている。モニカは慌てて部屋を後にした。

フェリクスの部屋を出た後は、客室を二つ見て、それから扉を一つ飛ばして、次の部屋に向かう。

その飛ばした扉が気になり、モニカはラウルに小声で訊ねた。

「このお部屋は、いいんですか?」

「ここは、公爵の魔導具コレクションを置いてる部屋なんだってさ」

魔導具は気軽に身につけられる物もあれば、管理が難しい物もある。おそらく、公爵のコレクションは後者なのだろう。故に、出入りできる人間は厳選されているらしい。

モニカがジッと扉を見ていると、背後で低い声がした。

「卿《きょう》になら、案内しても構わないが? 〈茨《いばら》の魔女〉殿」

その声に、モニカの背筋が震えた。

決して大声ではないのに、相手の心に深く響き、そして威圧する声——それをモニカは知っている。

この屋敷の主人、クロックフォード公爵ダライアス・ナイトレイ。

（振り向いちゃいけない、顔を見られちゃいけない……！）

モニカが唇を震わせていると、ブリジットがモニカの服の裾《すそ》を引いて壁際に寄り、深々と頭を下げた。そうだ、今の自分はローズバーグ家の使用人なのだ。

モニカもブリジットの真似《まね》をして、頭を下げた。

新年の城で、モニカは〈沈黙の魔女〉として、クロックフォード公爵と会っているのだ。顔を見られるのはまずい。

（あの時は、ヴェールで口元を覆って、フードを目深に被《かぶ》っていたけれど……）

緊張に、モニカの手が汗ばむ。

そこにいるだけで、人の目を惹《ひ》きつける圧倒的な存在感。

ただ一言で、些細《ささい》な一挙一動で、場の人間を従わせ、動かす支配力。

そういった、ごく僅かな人間だけが持つ力を、クロックフォード公爵はその全身から滲《にじ》ませていた。

その空気は、フェリクスがたまに見せる威圧感や人を従わせる時の空気に似ている。きっと彼は、その技術をクロックフォード公爵から学んだのだろう。

硬直するモニカとブリジットをよそに、ラウルはモニカ達にするのと変わらぬ快活さで、クロックフォード公爵に笑いかけた。

「こんにちは、閣下。庭の植え替えは殆《ほとん》ど終わりました。今は屋敷に飾る花を選んでいるんですけど、こちらのコレクションルームにも？」

「任せよう」

ラウルの言葉はいつもより丁寧だし、クロックフォード公爵からも、ラウルに対し、客人に向ける丁重さを感じた。

これは、魔術の名門の当主ローズバーグ魔法伯と、大物貴族クロックフォード公爵の会話なのだ。

クロックフォード公爵は懐から鍵《かぎ》を一つ取り出し、コレクションルームの扉を開けた。

モニカは下げた頭をほんの少しだけ持ち上げ、目をキョロリと動かして、コレクションルームを観察する。

さほど広くはない部屋だ。中には封印を施したガラスケースが幾つか並び、その中に魔導具らしき装身具が展示されている。

今のモニカは使用人に成りすましている身だ。コレクションルームの中には入れてもらえないだろう、と思っているとラウルがコレクションルームに足を踏み入れ、モニカとブリジットに手招きをした。

「おーい、君達も来いよ！」

（えぇぇぇ……そ、それは、怒られるんじゃ……）

モニカは顔を引きつらせた。

案の定、クロックフォード公爵が冷ややかにラウルを睨《にら》む。

「使用人まで入れることを、許可してはいないが」

「この二人は、うちの家の弟子なんで。こういう部屋にはどんな花を飾るのが良いか、勉強させたいんです」

ローズバーグ家にとって、弟子と使用人は、ほぼ同義である。

クロックフォード公爵が、ジロリとモニカ達を睨んだ。

その視線には、相手の心臓を冷ややかな手で握《にぎ》り潰《つぶ》そうとするかのような、威圧感がある。

だがラウルは特に気にした様子もなく、あっけらかんと言った。

「この屋敷ほど花を飾りがいのある屋敷も、そうそうないので」

「見習いには過ぎた教材だ」

「教育には一流の教材を使えっていうのが、祖母達の教えです」

「なるほど、この国最高峰の魔術師である卿が言うと、説得力がある」

嘘か本当か分かりづらい軽口を叩《たた》いてラウルがカラカラ笑うと、クロックフォード公爵の威圧感も少しだけ和らいだ。

どうやら、入室を許されたらしい。モニカとブリジットはクロックフォード公爵と目を合わせないように気をつけながら、コレクションルームに足を踏み入れた。

ガラスケースに展示されているのは、どれも高級魔導具ばかりだ。それ一つで、屋敷が買えるほどの値段がつくだろう。

だが、今のモニカにとって重要なのは魔導具じゃない。

(この部屋の、寸法は……)

モニカはサッと室内全体に目を走らせ、部屋を構成する数字を記憶する。

もし、フェリクスがこの屋敷に幽閉されているとしたら、隠し部屋に閉じ込められている可能性もある。

だから、モニカは屋敷の外観を見て回った時に、屋敷を構成する数字を記憶し、屋敷の内部を歩きながら、不自然な空間はないか照合していた。

モニカが脳内でその照合作業をしている間も、ラウルとクロックフォード公爵は言葉を交わしている。

「すごいなぁ、高級魔導具が沢山。あっ、これってもしかして、エマニュエルさんが作ったやつですか？」

「左様。定期点検も、〈宝玉の魔術師〉殿に頼むことが多い」

〈宝玉の魔術師〉エマニュエル・ダーウィンの名前に、モニカはドキッとした。

何せ、少し前にケリーリンデンの森で対峙《たいじ》したばかりなのだ。

あの騒動の後、エマニュエルは森から逃げ出したようだが、今はどこで何をしているのだろう。

モニカが思案している間に、ラウルは部屋に飾る花を決めたらしい。こういった花はどうだろうか、と幾つか提案している。

それに対し、クロックフォード公爵の返事は簡潔だった。

「この国の技術と、財力を象徴する花を」

花の品種改良には莫大《ばくだい》な金と時間がかかる。新種の花は、それだけで一つの財産だ。

だからこそクロックフォード公爵は、国内で品種改良に成功した花を屋敷に飾ることで、その権力を誇示したいのだ。

それは決して、権力を誇示することで、己の自尊心を満たすための行動ではないのだろう。

一流の貴族にとって、権力を誇示するという行為は、己の家の品格を保つための手段にすぎない。

ラウルに花を依頼したり、エマニュエルに魔導具の管理を任せたり、そういったことを七賢人に依頼するのも、クロックフォード公爵は七賢人と懇意であると、周囲に印象づけるためだ。

〈茨の魔女〉様のローズバーグ家は、政治的に中立だけど……クロックフォード公爵は、ローズバーグ家も自陣営に取り込みたいんだ。新年に、わたしに声をかけたように）

コレクションルームを出て、扉に鍵をかけたところで、クロックフォード公爵はラウルに声をかけた。

「卿の祖母君《おばぎみ》達は、何度か食事会に誘ったのだが、断られている。次は色良い返事を期待していると、伝えるがいい」

ラウルではなく、ラウルの祖母達に夜会や食事会の誘いをしているのは、ローズバーグ家の実権を握っているのが、ラウルの祖母達だからだろう。

〈茨の魔女〉様は、どう切り返すんだろう……）

下手に了承したら、クロックフォード公爵に取り込まれかねない。だが、あっさり断っても角が立つ。

「うーん、うちのお祖母様方は高齢なので……」

ラウルは困り顔で腕組みをしていたが、何かを思いついたようにパッと顔を上げた。

「あっ！　姉なら、招待したら喜んで行くと思います！」

その瞬間、場の空気が凍った。

「……それでは、私はこれで失礼しよう。応接室に茶を用意させている。ゆっくりされていくがいい」

クロックフォード公爵はそれだけ言って、その場を立ち去る。今のは明らかに、会話を打ち切りたがっている態度だった。

あのクロックフォード公爵に会話を打ち切らせる、ラウルの姉――四代目〈茨の魔女〉とは、一体どのような人物なのだろう。

元七賢人に詳しくないモニカは、密かに首を捻《ひね》る。

(なんか……あまり関わりたくなさそうな雰囲気だったけど……)

なんにせよ、ローズバーグ家は、こうやってクロックフォード公爵と一定の距離を保っているのだ、とモニカは理解した。

多分そこには、複雑な政治的駆け引きがあるのだろう。

モニカが尊敬の目でラウルを見上げると、ラウルは感心したように呟《つぶや》いた。

「うちの姉ちゃんの名前出すと、みんなこうなるんだよなー。なんか魔除《まよ》けみたいだな!」

そばに控えている執事が、とても困った顔をしていた。

エピローグ　沈黙の魔女より粘土男《クレイマン》へ

作業を全て終えて屋敷を出た後、ラウルはローズバーグ家の馬車でモニカ達を宿まで送ってくれた。

本来、使用人は道具を載せた荷馬車に乗るのだが、モニカとブリジットだけ特別扱いである。

馬車の中で、ラウルはニコニコしながらモニカに訊《たず》ねた。

「何か役に立ちそうな情報はあったかい？」

「……はい」

モニカがハッキリと答えると、ラウルは満足気に頷《うなず》き、モニカの肩を気さくに叩く。

「また、手助けが必要になったら言ってくれよな！　オレ達、友達だろ！」

「あ、ありがとう、ござい、ます」

ラウルの大きい声に、モニカはビクビクしながらブリジットを見た。

ブリジットは無言のまま、じっと足元を睨みつけている。

やがて宿の前に馬車が着くと、ブリジットは「失礼いたします」と丁寧に頭を下げ、先に馬車を下りた。

追いかけようとモニカが座席から腰を浮かすと、ラウルがモニカを引き止め、耳打ちする。

「なぁ、モニカ。あの子だけどさ……」

「は、はい」

「なんで、口に綿を入れてるんだい？」

モニカはギョッとした。誰一人としてブリジットの変装に違和感を抱いていなかったので、まさか、ラウルが気づくとは思わなかったのだ。

ブリジットが侯爵令嬢であることは、伏せておいた方が良いだろう。

モニカがどう言い訳しようか悩んでいると、ラウルが大真面目な顔で言う。

「もしかして、あの子……綿を口に詰め込んじゃうぐらい、お腹《なか》減ってたんじゃないかな」

「…………」

「だから、これ」

そう言ってラウルは荷物鞄《かばん》からニンジンを取り出し、モニカの手に握らせる。

「あの子に食べさせてやってくれよな！」

「……えぇと」

モニカは言葉を選びに選んだ末、「ありがとう、ございい、まふ」とぎこちなく礼を言って、馬車を降りた。片手に、ニンジンを握り締めながら。


（このニンジン、どうしたら……）

若干困りつつ、モニカは宿の階段を上り、部屋の扉を開ける。

ブリジットはベッドに腰掛け、口に含んでいた綿を吐き出し、顔を布で拭《ぬぐ》っていた。

その表情は、布に覆われていて見えない。

モニカはニンジンをサイドボードに置き、ぎこちなく声をかけた。

「……あの、ブリジット、様」

返事はない。ブリジットは顔を上げない。

クロックフォード公爵の屋敷の中に、本物のフェリクスが幽閉されているらしき部屋はなかった。

それは、ラウルと共に殆どの部屋を見て回ったから間違いない。

更に言うと、モニカは屋敷の外観と室内の数値を照合し、隠し部屋の類はないと確信している。

あの屋敷に、ブリジットの求めている王子様はいないのだ。

そして、屋敷を見て回ったことで、モニカは一つの確信を抱いていた。

これは残酷な事実だ。だけど、言わないといけない。

「本物のフェリクス殿下は、もう……」

「言わないで」

モニカの言葉を遮り、ブリジットは肩を震わせる。

鮮やかな金髪が窓から差し込む光を受けて、彼女が体を震わせるたびに美しく輝いた。

「……薄々、分かっては、いたのよ」

賢いブリジットは、きっと今のフェリクスが偽物だと感じた瞬間に、最悪の予想をしていたのだろう。

即ち、本物のフェリクス・アーク・リディルは、もう死んでいて、だからこそ影武者と入れ替わる必要があったのだと。

「それでも、あたくしは自分の手で、足で、真実を確かめたかった」

ブリジットはしばし項垂《うなだ》れていたが、やがてグイグイと乱暴に顔を拭うと、勢いよく顔を上げた。化粧を落としていても、その顔はいつもの凛《りん》とした淑女の顔だ。

ブリジットはいつもの彼女らしい態度で、モニカに言い放つ。

「協力感謝します、モニカ・ノートン。お前の謎の人脈については、色々と問い詰めたいところですが、今は不問にしましょう」

「お、恐れ入ります……」

「ことの真相について、あたくしがこれ以上触れるのが難しいことは承知しているわ。それでも、今は次の手を考えることとします……たとえ、殿下がもういないとしても。あたくしは真実を知りたい」

やっぱり強い人だ、と思う。

残酷な現実を突きつけられてもなお、彼女は歩みを止めず、真実を掴《つか》もうとしている。

(それでも、わたしは……ブリジット様に、全てを話すことはできない)

モニカは硬い声でブリジットに訊ねた。

「ブリジット様は、外国の言葉に、お詳しいです、よね？」

「それが何か？」

モニカは帝国語に詳しくない。だから、語学堪能なブリジットに問う。

「アーサーという名前を、帝国の言葉にすると……何て言うか、ご存知《ぞんじ》ですか？」

ブリジットは訝《いぶか》しげに眉《まゆ》を寄せ、簡潔に答えた。

「アルトゥール」

モニカはその名を、学園祭の時に耳にしている。

その名を口にしたのは、学園祭に侵入し、フェリクスに接触した帝国の魔術師。

『ユアン、例の件は確認できたのですか？』

眉毛の太い少女の問いに、ユアンと呼ばれた男は、確かにこう言ったのだ。

『ええ、接触こそできなかったけれど、至近距離で確認したから間違いない。痕跡《こんせき》があった。あれは裏切り者のアルトゥールの仕事よ。やはり、あの方の読みは正しかった』

モニカは目を閉じ、拳《こぶし》を握りしめる。

（……これで全部、繋《つな》がった）

今なら、ユアンと呼ばれていた男が、セレンディア学園に侵入した目的が分かる。

ユアンは、モニカと同じ疑念を抱いていたのだ。だから、肉体操作魔術を扱うあの魔術師は、言葉通り確認をした。

ゆっくりと目を開け、モニカは硬い声でブリジットに告げた。

「ブリジット様。学園に戻る前に、寄りたいところが、あります」

「あたくしに協力した報酬代わりに、どこへでも連れて行きましょう。それで、どこに行きたいの？」

モニカはしばし考えた後に、口を開く。

「王都に」

＊＊＊

庭師の男は、ゆっくりとベッドから起き上がり、軋《きし》む膝《ひざ》を軽く曲げ伸ばしした。もうすっかり体が衰えてしまっている。そろそろこの仕事も、後継を探す必要があるだろう。

彼が仕えるクロックフォード公爵の屋敷には、権威を示すために珍しい品種の花がいくつも植えられている。その管理をする庭師には、相応の知識が必要だった。

この庭の管理は、並の庭師に務まる仕事じゃない。

「あの子がいてくれたらなぁ……」

呟き、男は上着を羽織って庭に出る。

ローズバーグ家の植え替え作業は、男の目から見ても良い仕事だった。そのことが少し妬《ねた》ましくもある。この庭は自分が守ってきたという自負があるからだ。

それでも、過酷な庭仕事に体が追いつかなくなったのも、また事実。

一〇年ほど前は、ある少年が庭仕事をよく手伝ってくれたのだ。草むしりを手伝ってくれたり、重い道具を運んでくれたり、身軽に木に登って剪定《せんてい》をしてくれたりもした。

手伝ってくれた礼にと、木になっていたプラムを分けてやると、その場ですぐには食べず、上着の中に隠して持ち帰り、夜食にするのだと笑っていたのを覚えている。

あの少年が自分の後継になってくれないものかと、使用人同士の飲み会でこぼしたら、厨房《ちゆうぼう》長に「あいつは筋がいいから、俺の後継にするんだ」と言われ、口論になったりもした。

その厨房長も、もう退職してしまった。あの頃の使用人は、今では半分も残っていない。

「……おや」

庭の隅に、剪定で出た枝がきちんとまとめて積んであった。

今日の植え替え作業の際に、ローズバーグ家の人間は剪定作業もしてくれたらしい。

こういった枝を、他のゴミと一緒に焼いて処分するのも男の仕事だった。

(他に燃やす物はあるか、執事さんに聞いておかないとなぁ……)

ふと、昔を思い出した。


その日は、枝のついでにこれも燃やしておいてくれと、紙ゴミの類を寄越《よこ》されたのだ。

その中に、やけに立派な装丁の本があった。天文学の本だ。古書店に持ち込めば、買い取ってもらえるだろうに、勿体《もったい》ない。

(まぁ、旦那《だんな》様が燃やせと仰《おっしゃ》る気持ちも分かるが……)

やれやれと腰を叩《たた》きながら、火を起こす準備をしていると、こちらに駆け寄り、「待って!」と声をかける者がいた。いつも庭仕事を手伝ってくれる金髪の少年だ。

少年は剪定した枝や紙ゴミといっしょくたにされている本を見て、悔しそうな顔をする。

「その本……」

「旦那様が燃やせってさ」

風が吹いて、少年の長い前髪が揺れた。前髪で隠した右目の上には、縦一筋に深い傷痕《きずあと》がある。

大きい生き物の爪に抉《えぐ》られた傷だ。失明はしていないようだが、あの傷はおそらく一生残るだろう。少年は、この屋敷に来る前のことをあまり話さない。ただ、東部地方出身なのだと漏らしたことがある。

（東部は竜害が多いから……きっとあの傷も、竜にやられたんだろうな）

少年は風に揺れる前髪を右手で押さえ、唇を噛《か》み締《し》めていた。

その顔に浮かぶのは、強い葛藤《かっとう》だ。この本を回収することで、庭師の男に迷惑がかからないか、考えているのだろう。

庭師の男は少年に背を向け、屋敷の方へ歩き出す。

「どれ、わしは他に燃やす物がないか、確認してくるか」

「ゴミとして捨てられた物を、誰かが拾っても、わしの知ったことじゃない」

「…………」

「……ありがとう」

少しだけ振り向くと、少年が天文学の本を上着の中に隠すのが見えた。

少年はいつも、そうやって上着の中に宝物を隠して、王子様に届けに行くのだ。

（あの本、結局、旦那様に見つかっちまったんだっけな……）

本は燃やされ、少年は酷《ひど》い折檻《せっかん》を受けたと聞いた。

当時の庭師は、それに気づきもしなかったのだ。少年は我慢強くて、周りにそのことを悟らせもしなかった。

「生きていたら……二〇歳かぁ。立派になったフェリクス殿下を、見たかったろうにな」

成長したフェリクスのそばに、大人になったあの少年がいない。

その事実を切なく思いながら、老人は煙草《たばこ》に火をつけ、一〇年前、ここで死んだ少年に哀悼の祈りを捧《ささ》げた。

＊　＊　＊

窓の外がすっかり春めいてきたある日、リディル王国王都にある、最大手新聞の広告欄に、このような文章が載せられた。

『青い鱗《うろこ》の粘土男《クレイマン》へ、あなたの言った、おぞましい真実の答え合わせをしましょう。連絡お待ちしています。無言の女より』

諜報《ちょうほう》活動が主な任務のユアンは、当然に日頃から国内外の各種新聞に目を通していたので、この広告にもすぐに気がついた。

「これは〈沈黙の魔女〉からのメッセージで、間違いないかと思いますわ」

そう言ってユアンは、己の主人に新聞を差し出した。

ユアンは気紛《きまぐ》れに顔を変える男だが、主人の前でだけは、少し目の細い平坦《へいたん》な顔に統一している。

それはかつてユアンが捨てざるをえなかった顔であり、同時に最も肉体操作魔術を使うにあたって負担の少ない顔だ。

「どれどれ」

ユアンの主人である男は、黒い目を輝かせて新聞の文面を追う。

緩く波うつ黒髪の、二〇代後半の男だ。彫りの深い顔立ちは神話像のように雄々しく美しいが、彫刻にはない生命力と気迫に満ちている。

鋭い目がゆっくりと新聞の文面をなぞり、唇がニンマリと持ち上がった。牙《きば》を剥《む》いた獣を思わせる笑みだ。

「〈沈黙の魔女〉……確かリディル王国の七賢人とやらだったな。いいな、七賢人。響きが良い。四天王、三銃士……物語に出てくると実に心躍る響きではないか」

男は物語の世界に想《おも》いを馳《は》せるような顔をしていたが、不意にポンと手を打った。

「よし、うちも作るか。そうだな。向こうが七賢人なら、こちらはもっと数を増やそう。十人衆、一二剣聖、一三騎士も捨てがたい。うぅむ、どれが良いか」

「……お戯れを」

ユアンが苦笑まじりに言うと、男は実に楽しそうに喉《のど》を鳴らして笑う。

「馬鹿め。お前は、余が戯れを実績に変える様を、何度見てきた？」

「あえて申し上げるなら、無闇に数を増やしすぎない方がよろしいのでは？　あまり数が多いと、安っぽくなりますもの」

「うむ、一理あるな。よし、六人以下にしよう。それで〈沈黙の魔女〉とやらは、お前の目から見て、どうなのだ？」

冗談とも本気ともつかぬ、戯れのようなことを言っていたかと思えば、突然本題に戻ってくるのが、この男の常だった。

そんな男との会話に慣れているユアンは、淀《よど》みない口調で答える。

「〈沈黙の魔女〉の使う無詠唱魔術は、暗殺を生業《なりわい》にしている者からしたら、羨《うらや》ましいことこの上ないですわ」

沈黙の魔女はその気になれば、一言も発さずに敵の首を刎《は》ねることができるのだ。あれほど暗殺に適した技術もない。

「なによりその精度が尋常じゃない……あれは対竜戦より、対人戦で猛威をふるいますわ」

「戦争になれば、兵器たりえると？」

「アレはバケモノです。とても同じ生き物とは思えない」

ユアンの言葉に、男は喉を仰《の》け反《ぞ》らせてケラケラと笑った。

「世の人間は、顔を持たぬお前の方こそバケモノと言うのではないか？　なぁ、ユアンよ」

「では、〈沈黙の魔女〉は、わたくし以上のバケモノだと思っていただければ」

「……ほぅ？」

ユアンの主人は長い足を組み替えると、椅子の手すりを指先でコツコツ叩いた。

「実に興味深い。ところで、なぁユアンよ。〈沈黙の魔女〉とやらは、良い女か？」

また主人の悪癖が出たぞ、とユアンは思わず黙り込んだ。

そんなユアンに、彼の主人は足を組み替えながら言う。

「胸と尻《しり》が大きい美人で、野心と野望に目がギラギラしている女がいい。理想は初代〈茨《いばら》の魔女〉レベッカ・ローズバーグのような毒婦だな」

「……残念ながら、全てにおいて真逆ですわ」

「なんだつまらん！　……だが、そうだな。無詠唱魔術とやらには興味がある」

その言葉に不吉なものを感じたのか、ユアンが頬を引きつらせた。

「我が君？　まさかと思いますがぁ……」

「余も行くぞ。リディル王国に」

ユアンはオホホホホとヤケクソ気味に笑い、限りなく引きつった顔で主人に言った。

「……ご冗談ですよねぇぇぇ？」

彼の主人はユアンに対抗するかのように、ワハハと豪快に笑う。

「余は冗談を全力で行動に移すのが大好きでな！」

【シークレット・エピソード】

星詠む魔女の願い

Wish of the Starseer Witch

「わっはー！　こいつが俺の工房ですかい⁉」

バルトロメウスは、〈星詠みの魔女〉メアリー・ハーヴェイの案内で、ガレスという街の一角にある工房を訪れていた。

その工房は、元々は年老いた金物職人が使っていたものらしい。だが、急な病でその職人は亡くなり、家族は工房を処分したがっていた。そこを、メアリーが家具や工具も込みで買い上げたのだ。

工房は小さいが炉が二つあるし、年季の入った工具は充分に手入れされている物だ。その気になれば、すぐにでも炉に火を入れて作業ができる。

思えばバルトロメウスは、いつも大きな工房の雇われ職人だった。何でも屋をしていた頃は、工房なんてなく、腰のポーチの工具だけが全てだったのだ。

（まさか、自分の工房を持てる日が来るなんてなぁ！）

喜びを噛み締めるバルトロメウスに、メアリーはおっとりと微笑《ほほえ》みながら言う。

「ここを好きに使ってくれて構わないわ。ただし……」

「えぇ、分かってまさぁ。魔女様のご注文は最優先でお受けいたしやすぜ！　家具でも靴でも杖《つえ》でも、修理したいモンがあったら何でも言ってくだせぇ！」

そこまで言って、バルトロメウスはハッと顔を強張《こわば》らせる。

「あー……でも、〈星紡ぎのミラ〉の修理はちょっと……」

「ふふっ、分かってるわ」

メアリーは小さな袋を取り出し、作業机に置いた。袋の口からチラリと見えるのは、大銀貨だ。

「これを当面の運転資金にしてね」

「っはー、ありがてぇ、ありがてぇ……」

ヘコヘコと頭を下げつつ、バルトロメウスはこっそりメアリーを観察した。

美しい女だ。どこか夢見る少女のようなあどけなさと、成熟した女性のたおやかさを併せ持っている……だが、それだけが彼女の本質ではないのだ。

彼女は現七賢人の中で就任歴が最も長く、七賢人達のまとめ役でもあるらしい。

しかも国一番の予言者で、国王が頼りにしている相談役。ただ、美しいだけの女性であるはずがない。

「いやぁー、色々と親切にしてもらって、ありがてぇんですが……どうしてここまで、ご尽力してくださるんで？」

さりげなく探るようなことを言っても、やはり彼女の穏やかな表情は変わらない。ただ、バルトロメウスを見つめる淡い水色の目が、ほんの少し遠くを見た気がした。

それは、この場にいない誰かを想《おも》う表情に似ている。

「死なせたくない人がいるの」

そいつはきっと男だな、とバルトロメウスは思った。ただの勘だ。

To be continued in the Silent Witch VIII.

ここまでの登場人物

Characters of the Silent Witch

Characters Secrets of the Silent Witch

モニカ・エヴァレット

七賢人が一人〈沈黙の魔女〉。嫌いなものは無駄な術式分割。必要な術式分割なら許容できるが、その基準は極めて厳しい。今回、信念に反してしまったことを深く気にしている。

ルイス・ミラー

七賢人が一人〈結界の魔術師〉。魔法兵団時代に訓練を受けており、武器は一通り使えるが、拳で殴る方が好き。一番手に馴染む武器は斧。正直、杖より馴染む。

ネロ

モニカの使い魔。その正体はウォーガンの黒竜。冬眠明けで肉に飢えている。モニカが屋敷に潜入している間、学園の厨房の親父と、肉を巡る熾烈な攻防を繰り広げていた。

リィンズベルフィード

ルイスと契約している風の上位精霊。ケリーリンデンの森から帰還して回復した後は、力尽きたルイスを放置して、カーラの家の掃除に行った。

メアリー・ハーヴェイ

七賢人が一人〈星詠みの魔女〉。美少年が大好き。幼少期のラウルと交流が深く、よくお出かけに連れて行ったりもした。気がついたらムキムキになっていて泣いた。

ブラッドフォード・ファイアストン

七賢人が一人〈砲弾の魔術師〉。魔力量が七賢人で二番目に多い。圧倒的な火力が強みだが、魔力操作技術や魔術式の理解力も非常に高い。純粋な魔術の天才。

レイ・オルブライト

七賢人が一人〈深淵の呪術師〉。人形を呪う要領で魔導具の鎧も呪ってみたらできちゃった、とてもすごい呪術師。対人戦闘に非常に強いのだが、本人にその自覚はない。

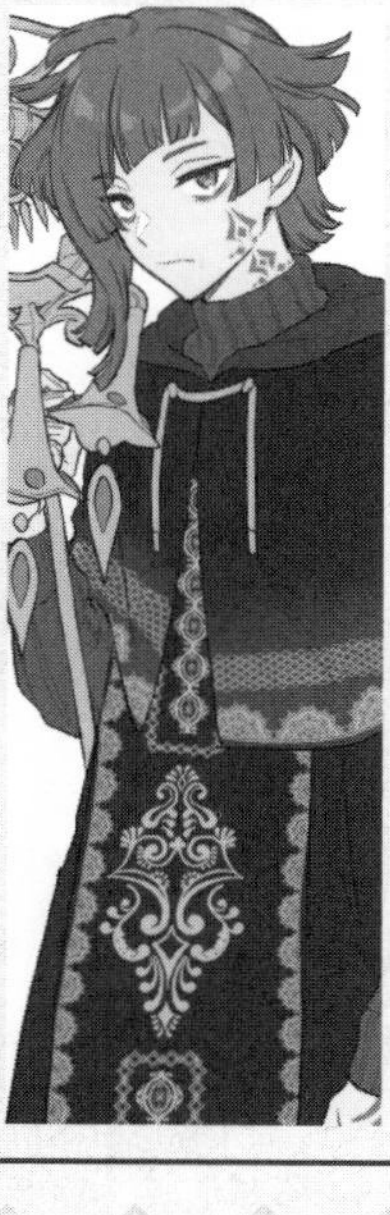

ラウル・ローズバーグ

七賢人が一人〈茨の魔女〉。一般的な攻撃魔術は使えないが、初代〈茨の魔女〉の力を借りて、人喰い薔薇要塞を操る。怖がられたくないので、人前では滅多に使わない。

Characters Secrets of the Silent Witch

エマニュエル・ダーウィン

七賢人が一人〈宝玉の魔術師〉。クロックフォード公爵の支援を得て今の地位を得た。〈偽王の笛ガラニス〉を破壊され、逃亡した先でフェリクスと遭遇。現在は潜伏中。

フェリクス・アーク・リディル

セレンディア学園生徒会長。リディル王国の第二王子。秘密裏に〈宝玉の魔術師〉と接触した真意は不明。今は左手を負傷した女子生徒探しに失敗して、ションボリしている。

カーラ・マクスウェル

元七賢人〈星槍の魔女〉。ルイスの姉弟子。旅人気質で、魔力量調査の旅に出ていることが多い。旅に出ている間、王都にある家の管理はルイスに任せている。

シリル・アシュリー

セレンディア学園生徒会副会長。ハイオーン侯爵令息（養子）。襟元のブローチに氷霊ロマリアが眠っている。森から帰った後は、精霊の生態や精霊言語について勉強している。

エリオット・ハワード

セレンディア学園生徒会書記。ダーズヴィー伯爵令息。音楽の天才、数学の天才、チェスの天才が頓珍漢な会話を繰り広げる度に、呆れつつも生温かい目で見守っている。

ニール・クレイ・メイウッド

セレンディア学園生徒会庶務。メイウッド男爵令息。決闘騒動の後始末に忙しく走り回っていた有能な庶務。シリルが休んだ時、一番仕事が増えたが、文句一つ言わなかった。

ブリジット・グレイアム

セレンディア学園生徒会書記。シェイルベリー侯爵令嬢。第二王子を偽物と疑い、本物を探し続けていた。今のフェリクスが甘い言葉を口にする度に、虫唾が走って大変。

ラナ・コレット

セレンディア学園高等科二年。モニカのクラスメイト。モニカに恋愛について訊ねられ、頼られたことにウキウキしているが、自分に恋愛経験がないことは内緒。

Characters Secrets of the Silent Witch

イザベル・ノートン

ケルベック伯爵令嬢。モニカの任務が邪魔されぬよう、ヒューバードを牽制しつつ、魔法史研究クラブと七賢人トークで盛り上がっている。モニカのミネルヴァ時代の活躍に興味津々。

クローディア・アシュリー

セレンディア学園高等科二年。シリルの義妹。シリルが風邪をひいたと使用人から聞いたが、特に何もしていない。ニールだったら押しかけて看病していた。

グレン・ダドリー

〈結界の魔術師〉の弟子。今回の騒動を経て、師匠以外の七賢人は大体良い人だと再認識した。特に薔薇の人はリンゴをくれたから、お礼に野菜に合う肉料理を教えたい。

ベンジャミン・モールディング

セレンディア学園高等科三年生。ロベルトに音楽的な美しい恋愛を指南中。ロベルトのセンスの無さに絶望し、教室の隅で妙なポーズで固まっている姿が時々目撃されている。

エリアーヌ・ハイアット

セレンディア学園高等科一年。レーンブルグ公爵令嬢。風邪をひいたグレンにお見舞いを贈るか悩み、渡そうと決意を固めた日の朝、元気に登校するグレンと遭遇した。

ヒューバード・ディー

ミネルヴァ時代のモニカの先輩。叔父である〈砲弾の魔術師〉を尊敬しているが、魔力量が少なく、同じ戦い方はできなかったため、魔導具で罠を張る戦闘スタイルを選んだ。

Characters Secrets of the Silent Witch

バーニー・ジョーンズ

アンバード伯爵令息。モニカの元同級生。現在はミネルヴァを中退し、実家を継ぐため勉強中。アンバードは魔導具産業に強いので、ミネルヴァで学んだことが役に立っている。

バルトロメウス・バール

帝国出身の技術者。センスのない二流職人だが、小器用で仕事が早い。第二王子と〈沈黙の魔女〉は恋仲という誤解は継続中。リンへの求愛も継続中。

ウィリアム・マクレガン

セレンディア学園の基礎魔術学教師。元ミネルヴァの教授。セレンディア学園は元気のある子がいっぱいで、毎日がとても楽しい。

ダライアス・ナイトレイ

クロックフォード公爵。フェリクスの母方の祖父で、第二王子派筆頭。貴族議会を牛耳っており、議会の影響を受けない七賢人を手中に収めたがっている。

Other Characters Secrets of the Silent Witch
その他の登場人物紹介

アガサ
イザベル付きの侍女兼護衛。イザベルのために、〈沈黙の魔女〉絡みの本と恋愛小説の新刊チェックはかかさない。

◆◆◆◆◆

ウィルディアヌ
フェリクスと契約している水の上位精霊。人前に姿を現せず、隠れていることが多い。以前はフェリクスの母であるアイリーン妃の契約精霊だった。

◆◆◆◆◆

ヴェネディクト・レイン
モニカの父。禁術使用罪で処刑された学者。妻とは死別している。

◆◆◆◆◆

アルバート・フラウ・ロベリア・リディル
リディル王国の第三王子。最近はグレンと一緒に魔術の勉強をする仲。頼られると、嬉しくて張り切ってしまう性分。

パトリック・アンドリュース
アルバートの従者。食いしん坊でのんびりした少年。突出した才能はないが、コツコツと何かを続けるのは得意。

◆◆◆◆◆

ロベルト・ヴィンケル
ランドール王国からの留学生。チェスと恋愛について勉強中。五人兄弟で兄弟全員主張が強いので、周りが何を言おうと自分の主張をゴリ押す癖がある。

◆◆◆◆◆

バイロン・ギャレット
セレンディア学園高等科三年生。魔法戦クラブのクラブ長で熱血漢。コンラッドとは、ともに魔術について学ぶ友人。将来の夢は魔法兵団団長。

◆◆◆◆◆

コンラッド・アスカム
セレンディア学園高等科三年生。魔法史研究クラブのクラブ長。弱小クラブなので、予算確保にいつも必死。笑い方が独特。

◆◆◆◆◆

ユアン
帝国の魔術師。肉体操作魔術で体の一部を竜のように変化させたり、他人に化けることができる。

あとがき

『サイレント・ウィッチ』七巻をお手にとっていただき、誠にありがとうございます。

今巻は、七賢人達が力を合わせて事件の解決にあたったり、物語の根幹の謎にモニカが近づいたりする回となりました。

書籍版で加筆をするにあたり、特に書きたいと思っていたことの一つが、七賢人達の活躍です。

七賢人達の格好良い姿を、これからもお届けできれば幸いです。


藤実《ふじみ》なんな先生、今巻も素晴らしいイラストをありがとうございます。

なんと言ってもカバーイラストの格好良いこと、格好良いこと……。

さながら聖戦に挑む英雄のような七賢人達をありがとうございます。

特に今巻は、カバーイラストとカラー口絵の温度差が楽しく、何度も見返しています。

通りすがりの木こりは殺意に満ちているし、通りすがりの庭師は場違いにルンルンしているし、通りすがりの詩人は今にも死にそうだし、通りすがりのオッサンはとても格好良いですね！

栈《たな》とび先生、いつも楽しいコミカライズをありがとうございます。

栈先生の描かれるキャラクターはどれも魅力的なのですが、特にラナが可愛《かわい》くて、登場する度に

「表情がすごくラナだ……！」と感動しています。

ラナにつられて、モニカが色々な表情を見せるのも、微笑《ほほえ》ましいですね！

まだ単行本には収録されていないのですが、栈先生の描かれるケイシーも、とても表情がケイシーで「この笑い方は、ケイシーだ……すごくケイシーだ……」と原稿を見る度に感動しています。

他にもキラキラが眩《まぶ》しい殿下、カッ！　という効果音と集中線がやたらと似合う副会長、元気いっぱいなグレンと、モニカの学園生活も賑《にぎ》やかになってきました。

そんなコミカライズは、ビーズログコミック様で三巻まで発売中です。


また本編とは別に、今回斧《おの》を振り回していた人が主役のスピンオフ『サイレント・ウィッチ－another－結界の魔術師の成り上がり』の上巻が発売中です。下巻も二〇二四年春頃に発売予定です。

こちらでは、本編ではまだ挿絵では登場していない、第一王子のライオネル殿下が見られます。

優しい目をした高貴な金のゴリラ、という難解なキャラクターデザインに、藤実先生は完璧《かんぺき》に応えてくださりました。

藤実先生が描いてくださったキャラクターデザインを見た時、

「なんて優しい目をしているんだ……それでいて気品もあるのが素晴らしい……」

と、私は感動で胸がいっぱいになりました。

まだ悪ガキだったルイスと、若かりし頃の奥様、それと金のゴリラな第一王子がワイワイしているこちらのスピンオフも、どうぞよろしくお願いいたします。

最後になりましたが、いつも応援してくださる読者の皆様に、厚く御礼申し上げます。
これからも全力で取り組ませていただきますので、どうぞ次巻もお付き合いいただければ幸いです。

依空《いそら》まつり

カドカワBOOKS

サイレント・ウィッチ Ⅶ
沈黙《ちんもく》の魔女《まじょ》の隠《かく》しごと

2024年 2 月10日　初版発行

著者／依空《いそら》 まつり

発行者／山下直久

発行／株式会社KADOKAWA

〒102-8177
東京都千代田区富士見2-13-3
電話／0570-002-301（ナビダイヤル）

編集／カドカワBOOKS編集部

印刷所／大日本印刷

製本所／大日本印刷

Printed in Japan
ISBN 978-4-04-075093-4 C0093

新文芸宣言

かつて「知」と「美」は特権階級の所有物でした。

15世紀、グーテンベルクが発明した活版印刷技術は、特権階級から「知」と「美」を解放し、ルネサンスや宗教改革を導きました。市民革命や産業革命も、大衆に「知」と「美」が広まらなければ起こりえませんでした。人間は、本を読むことにより、自由と平等を獲得していったのです。

21世紀、インターネット技術により、第二の「知」と「美」の解放が起こりました。一部の選ばれた才能を持つ者だけが文章や絵、映像を発表できる時代は終わり、誰もがネット上で自己表現を出来る時代がやってきました。

UGC（ユーザージェネレイテッドコンテンツ）の波は、今世界を席巻しています。UGCから生まれた小説は、一般大衆からの批評を取り込みながら内容を充実させて行きます。受け手と送り手の情報の交換によって、UGCは量的な評価を獲得し、爆発的にその数を増やしているのです。

こうしたUGCから生まれた小説群を、私たちは「新文芸」と名付けました。

新文芸は、インターネットによる新しい「知」と「美」の形です。

2015年10月10日

井上伸一郎

シリーズ好評発売中！
魔術で「目」を作りたい——
その好奇心が少年を
水魔術の天才へ飛躍させる！